KB214118

착 한 ✎ 대 화
✎ 콤 플 렉 스

일러두기

- 맞춤법과 띄어쓰기는 한글 맞춤법과 표준어 규정을 따르는 것을 원칙으로 하였습니다. 다만, 간혹 한국어 특유의 말맛을 전달하기 위해 구어체 표현을 살렸습니다.
- 외래어 표기는 국립국어원이 정한 규칙을 최대한 따랐으나 일부는 일상적으로 통용되는 외래어를 그대로 살렸습니다.
- 신문, 노래, 영화, 방송 프로그램의 제목은 〈 〉로 묶었고, 잡지, 단행본, 장편 도서의 제목은 《 》으로 묶어 표기했습니다. 유튜브 채널명은 『 』, 온라인 콘텐츠명은 「 」로 표기했습니다.

착한 대화 콤플렉스

말실수가 두려워
말수를 줄이는
우리의 자화상

유승민 지음

two
Rabbits

차례

추천사

속속들이 파고들어 연구하는 태도를 '궁구하다'라고 한다. 유승민은 한국인의 언어생활에서 나타나는 갈등과 그 속사정을, '나 이거 정말 궁금했는데' 생각이 드는 사례 제시를 통해 잘 궁구한다. 그로 인해 이 책은 말에 관한 분노와 피로가 깊게 자리 잡은 오늘날 사람들의 마음속에 누군가를 쉽게 판단하지 않으려는 마음씨, 벌어진 일의 맥락을 검토해 보려는 의욕을 북돋는다. 그저 지적하고 꾸짖는 목소리로 일관된 '한국인론'이 아니라 당신과 내 안에 잠재된 세심함, 타인과 공존하고 싶은 의지를 같이 찾아 나서는 '한국인론'의 등장이 참 반갑다.

_**김신식**(감정사회학자)

착한 대화 콤플렉스

"

쓰는 언어 하나하나가 민낯으로 펼쳐지는 직업이라, 댓글로 지적받고 황급히 수정하며 가슴을 쓸어내리던 날들이 많았다. 이 시대엔 그게 옳다며 끝없는 검열을 조마조마하게 반복할 무렵 이 책을 펼쳤다. 언어 감수성을 또 확인하려던 맘이 무색하게도 몰랐던 내용이 여전히 가득해, 헛웃음이 나오다 긴장이 외려 풀렸다. 언어가 서로를 잘게 찢는 도구가 아니라 색색의 천을 봉합하는 섬세한 실이 되었으면 좋겠다고. 누구나 그럴 수 있으며, 기다림을 내어줄 여유가 필요하다고. 혐오의 시대에 동떨어진 서로를 박음질하듯 촘촘히 이으려 애쓴 흔적이 가득해 따뜻했다. 새삼 떠오른 장면들이 있었다. 부산 곱창집에서 흡사 싸우듯 거친 언어로 실랑이하는 장면이, 실은 단골손님이 사장님에게 잘 먹어 고맙다고 돈을 더 주려거나 말리는 모습일 때. 겨울 출산을 앞둔 아내와 유모차 혹은 유아차를 혼용하며 잘 사기 위해 고민하는 게 빠짐없이 아기에 대한 세심한 고민일 때. 그 모든 언어의 이면에 사랑이 담긴 거라고. "그 말 쓰면 안 돼"란 막연한 언어 공포 현상에 "왜?"라는 질문을 날카롭게 던진 걸 넘어 "그래서 우리는 어떻게"라는 고민까지 더해준, 저자의 노고에 더없이 감사하다.

_**남형도 기자**(《제가 한번 해보았습니다, 남기자의 체험리즘》 저자)

"

남에게 상처가 되는 표현을 지적하는 건 쉬운 일이 아니다. 지적받은 사람은 나쁜 뜻이 아니었다거나, 다들 쓰는 표현이라는 말로 빠져나간다. 저자는 단어 하나, 토씨 하나를 두고 쉽게 타인을 판단하고 편을 가르는 우리의 자화상을 세심하게 그려낸다. 더 나아가 "시대를 살아온 단어를 미워할 필요가 없는" 이유에 대해 촘촘한 논리의 그물을 사용해 설득해낸다. 이렇게 자상하고 이해하기 쉽게 설명할 능력도, 인내심도 부족한 나는 우리가 겪는 고맥락의 불편한 상황을 저맥락으로 풀어서 설명해주는 이 책의 등장이 고맙다.

_**박상현**(《친애하는 슐츠 씨》 저자)

"

누군가가 스쳐 지나가며 한 말에 마음이 와장창 깨진 경험이 있다. 그런 말을 할 사람이 아닌데, 어떻게 저런 단어를 선택했을까. 그간 쌓였던 호감이 한순간에 무너진 기억, 우리에겐 숱하다. 타인을 소외시키지 않는 언어, 서로를 배려하는 언어를 선택하기 위해 작가는 일상을 관찰한다. 책상 밖 세상에서 듣고 옮겼던 대화를 곱씹으며, 조용히 제안한다. 마음을 돌보듯 우리의 언어도 돌보자고. 언어 감수성이 왜 필요한지, 어떻게 쌓아야 하는지 고민하는 독자들에게 이보다 더 좋은 길잡이가 있을까.

_**엄지혜**(《태도의 말들》 저자)

　　　　　　　　　　　　　　　　　　　　　착한 대화 콤플렉스

"

우리 시대의 언어생활에 관하여 이토록 예리하고도 사려 깊게 다룬 책은 아직 보지 못했다. 말 한마디 잘못으로 '나락'에 가는 유명인, 말실수 한 번으로 '손절'당하는 관계, 단어 하나로 편을 가르며 적대시하기 바쁜 시대에, 이 책은 언어 행위란 무엇인지를 근본적으로 성찰한다. 우리는 말 한마디로 가해와 피해, 선의와 악의, 갑질과 배려, 차별과 다정, 정상과 비정상, 지옥과 천국을 극단적으로 오가는 시대에 살고 있다. 유승민은 그런 세상에서 섣불리 정답을 내리기보다는, 각각의 언어 행위들이 일어나는 상황과 조건을 섬세하게 살펴보며 '조심스러운 관찰자'의 입장을 견지한다. 그 입장을 견지할 수 있는 건 무엇보다 그가 세상의 수많은 타자를 대하는 공감 어린 태도 덕분이다. 책을 읽고 나면, 우리 사회에 논란이 되는 온갖 언어 행위뿐만 아니라 매일 말하며 사는 나의 일상과 주변을 다시 돌아보게 된다. 나의 말이 당신과 나 사이를 보다 값지게 이어주길 바라는 모든 이들에게 이 책을 추천한다.

_정지우 문화평론가 겸 변호사(《인스타그램에는 절망이 없다》 저자)

들어가며
말실수가 두려운 당신에게

 좋은 걸 좋다고 말하지 못하는 세상이 되어버렸습니다. 호기심, 걱정, 애정, 관심에서 비롯된 말들에 '선을 넘는다'는 대답이 돌아오면서부터입니다. 익숙하게 써온 말인데 누군가에게는 무례로 비칠 수 있다고 하니 조심스러워집니다. 무엇보다 어려운 건 어디까지가 넘어도 될 선이고, 어디까지가 넘으면 안 되는 선인지 종잡을 수 없다는 점입니다.

 불편하다거나 무례하다는 말은 좋은 방패가 되어주기도 합니다. 꼭 필요한 목소리였으니까요. 사적인 영역을 침범해오는 발언에, 성차별적인 시선이 가득 담긴 말에, 허락한 적 없는 외모 평가에, 누군가를 따돌리거나 깎아내리는 언어에 경각심을 심어주자는 취지로 사용되어 왔기 때문입니다. 그러나 어느 순간 그 건강했던 취지는 점점 사라지고, 불편함과 무례함이라는 키워드 앞에서 사람들은 말을 꺼내다 말아버립니다.

'오늘 정말 예쁘다! 아, 요즘 이런 말하면 안 되지.'
'오랜만에 휴가 가네? 주말에 데이트해? 아, 사생활이지. 미안.'
'항상 가족처럼 든든해. 아, 가족이라는 말에 오해는 말고.'

말에 민감해진다는 건 분명 좋은 징조입니다. 더욱 섬세하고 다채로운 언어를 찾기 위한 과정일 테니까요. 반면 다른 한편에선 섬세함과 다양성을 존중하는 언어가 까탈스러움과 예민함으로 읽혀버리기도 합니다.

'아니, 왜 말 한마디 가지고 난리야?'
'요즘은 무서워서 말도 못 하겠어!'
'참 불편한 것도 많다.'

저는 그 사이 어디쯤엔가에 서 있습니다. 올바른 언어를 사용하고 싶지만, 모든 단어에 과도하게 반응하고 싶지는 않은 사람. 악의를 가지고 어떤 말을 내뱉은 적은 없어도 무심코 시대

착한 대화 콤플렉스

의 흐름에 걸맞지 않은 발언으로 실수를 저지르는 사람. 한 단어를 둘러싸고 벌어지는 논쟁을 마주할 때마다 나는 과연 어디에 서 있는가, 자문하게 되는 사람. 아마도 저와 비슷한 사람이라면 서서히 말을 줄여가는 쪽을 택할지도 모르겠습니다. 서너 마디 하고 싶었던 말도 꾹 참고 한마디로 일축해버립니다. 내가 가진 선의가 혹여나 상대에게 불편함으로 가닿을까 봐, 내가 미처 읽지 못한 시대의 화두에 어긋나는 무례함으로 비칠까 봐, 급기야 입을 다물어버리는 일이 왕왕 있습니다.

우리가 점점 말을 잃어가는 사이, 내적 물음표는 늘어갑니다. 하루에도 수십 번씩 '나만 이상한가?' '나만 예민한가?' '나만 꼰대인가?' 자문하는 모습. 어쩌면 이 시대의 자화상일지도 모르겠습니다. 즐겨 보는 소셜미디어에도 하루 수백 개씩 새로운 질문이 올라옵니다. '나만 불편해?' '다들 어떻게 생각해?' 의견을 구하는 글입니다. 아기와 함께 장거리 비행을 가도 되는지. OO 폭행, OO 장애라는 말이 나만 불편한지. 지하철에서 화장하는 여성을 어떻게 생각하는지. '신생아 이동 중, 느려도 양해 부탁'이란 차량에 붙은 문구가 유난인지 아닌지. 이전 같았으면 무심하게 지나갈 법한 일에도 다들 의문을 품기 시작합니다. 어쩌면 대수롭지 않아 보이는 질문들이죠.

하지만 그 안에는 세대 차이, 남녀 차이, 문화 차이를 비롯해

센스와 매너, 민폐와 무례, 독점과 다양성, 육아와 커리어, 혐오와 차별까지 우리 사회가 안고 있는 문제들이 오롯이 담겨 있습니다. 어쩌면 이 모든 건 대화가 생략되었기에 생겨나는 간극일지도 모르겠습니다. 서로를 알기 위해서는 언어가 필요한데, 주고받아 마땅한 언어가 사라진 사회에서 우리는 살아가고 있으니까요. 우리는 여전히 서로를 잘 모르고 있다는 생각이 들었습니다.

올라오는 질문에 댓글 반응은 그야말로 천차만별입니다. 작성자는 본인의 의도와 다르게 흘러가는 여론을 살피며 조용히 차단 버튼을 누르기 시작합니다. 애초에 '당신이 옳다'는 답을 듣기 위한 질문이었다는 방증입니다. 갈피를 잡지 못하고, 내가 나쁜 사람으로 비칠까 우려스럽고, 피해는 보기 싫고, 하지만 사회적 시선에서 크게 벗어나고 싶지는 않은 마음들. 선택적 공감과 수용 앞에서 이런 질문을 던져보고 싶었습니다. 과연 우리는 언어가 건강한 사회에 살고있는 걸까. 이 책은 그러한 맥락에서 출발한 여정입니다.

* * *

직장 내 괴롭힘을 취재할 때였습니다. 언어가 가진 힘과 한계에 대해 노무사가 해주었던 말을 그대로 옮겨봅니다.

"'요즘 대학은 뭘 가르치는 거야?'라는 이야기를 들었을 때 문자만 떼어놓고 보면 정말 요즘 대학에서 무엇을 가르치는지 궁금해서 건넨 말이라 해석할 수 있겠죠. 하지만 뉘앙스와 억양을 살펴보면 '요즘 대학에서 도대체 뭘 가르치길래 대학까지 나와서(⋯)'라는 의미라는 걸 누구라도 알 수 있을 거예요."

말의 풍경엔 사람이 있습니다. 동시에 말이란 뉘앙스와 맥락, 눈치, 억양을 피해 갈 수 없다는 뜻이기도 합니다. 누군가를 죽일 수도 있는 말이지만, 정작 그 활자는 아무것도 담아내지 못하고 있는 셈이니까요. 활자만 가지고 섣부른 판단을 해버리는 우리 모두에게 던져보는 화두이기도 합니다. '잘한다, 잘해!'라는 말이 결코 칭찬으로 쓰일 수 없음을 아는 것처럼 언어는 우리가 어떻게 빚어나가느냐에 따라 때론 무례함으로, 때론 사랑으로 가닿을 수 있을 테니까요. 그렇다면 우리가 하는 말은 누군가를 죽이고 있을까요, 살리고 있을까요.

매일 사용하는 단어를 두고 벌어지는 오답 찾기 싸움을 잠시 중단해봅니다. 그 단어들은 어디서 왔고 어떻게 흘러가고 있으며 앞으로 어떻게 쓰이면 좋을지 고민해봅니다. 이 책엔 그러한 고민이 담겨 있습니다. 책에서 예로 든 사례들은 대부분 평소 취재를 하면서 이야기를 나누었던 분들로부터, 일상적인 대화를 주고받는 지인의 언어로부터, 포털 사이트와 각종 온라인 커뮤니티를 가득 채우는 표현으로부터 빌려왔습니다. 특정 단어에 대한 생각은 책을 써내려가는 과정에서도 수없이 바뀌어왔습니다. 내가 아는 게 전부가 아니고, 정답도 아니라는 걸 재차 확인할 수 있었던 여정입니다. 그때마다 글에 담긴 저의 정체성 또한 달라졌습니다. 어떤 글은 과격하고 어떤 글은 말랑말랑합니다. 그러한 일관성의 부재가 어쩌면 언어가 가진 자연스러움의 매력이 아닐까, 생각해봅니다.

이 책을 쓰게 된 계기는 단순합니다. 이유도 없이 모르는 사람을 미워하는 사회에서 살고 싶지 않아서, 였습니다. 사랑하는 사람들이 틀딱, 노인충, 한남, 한녀, 급식충, 맘충, 개저씨와 같은 영역으로 내몰리는 걸 가만히 보고 있을 수만은 없었기 때문입니다. 혐오의 언어로 한 명씩 한 명씩 사라진 세상에 온전하게 남을 수 있는 사람이 과연 몇이나 될까요. 말 한마디, 글자 하나로 단절은 빠르고 쉽게 이루어지지만, 그 속도를 조금이라도 늦출 수 있다는 데 희망을 걸어봅니다.

1부는 '쓰지 말아야 할 단어'가 점점 늘어나는 세상에서 우리는 어디쯤 머무르고 있는지에 대한 이야기입니다. '나만 이상해?' '나만 불편해?' '왜 이렇게 다들 까칠해?'라는 질문을 한번쯤 품어보았다면 이 장에서 조금은 갈증이 해소될 수 있을 겁니다. 2부에서는 조금 더 단어의 본질에 초점을 두었습니다. 포털 사이트에 곧잘 대두되는 이슈 키워드를 모아 '공감'에 죽고 사는 한국 사회, '노인'을 둘러싼 다채로운 시선들, '아줌마'의 명과 암, '라떼와 꼰대'의 비하인드와 같은 이야기를 담았습니다. 3부는 단어에 담긴 편견, 반전, 새로운 시각을 소개합니다. 긴 세월 우리 사회에서 곱씹어온 단어들을 사례 위주로 풀어나가는 장입니다. 마지막으로 4부에서는 이 책을 덮고 한 걸음 더 나아갈 수 있는 이정표를 제시해 보았습니다.

내 선의가 무례가 될까 봐 침묵을 선택해버리는 목소리. 그걸 이 책에서는 '착한 대화 콤플렉스'라 가정해봅니다. 콤플렉스는 결핍이자, 갈구하는 마음이자, 불안인 동시에 애정을 대변하는 단어입니다. 시시각각 변하는 선의와 무례의 기준 앞에서 고민하고 괴로워해 본 이들에게 언어의 가능성을 이야기하고 싶었습니다. 말 한마디에 죽고 사는 세상이라지만, 해석의 열쇠를 쥐고 있는 건 어디까지나 우리 자신이라는 것. 사람들은 당신이 생각하는 것보다 무해하다는 것. 그렇기에 정답은 없는 걸지도 모르겠습니다. 그럼에도 착한 대화를 지키고자 하는 분들의 갈증이 다소나마 해소되길 바라며 이야기를 시작해보려 합니다.

2024년 가을, 유승민

1부 ❝

내   선의가

무례가

되는

사회 ❝

쓰지 말아야 할 단어가 늘어나다

평범했던 말에 어느 날 갑자기
'쓰지 말아야 할 단어'라는 꼬리표가 붙는다.
아차, 하는 사이 '언어 감수성 떨어지는 사람'으로 낙인찍히는 사회.
어떻게 대화해야 할까.

대화를 나누다 머뭇거리는 순간이 잦아졌다. 어떤 단어는 입 안에 맴돌다 끝끝내 나오지 못한다. 발설된 순간 실수한 건 아닐지 곱씹게 되는 단어들도 있다. 익숙한 단어인데, 사전을 찾아보는 횟수도 늘었다. 혹시 내가 모르는 사이, 단어에 따라붙은 이슈가 있었는지 모른다. 요즘 유행하는 말이랍시고 섣불리 입에 담았다가 특정 커뮤니티에서 파생된 말인 걸 뒤늦게 알고 입을 틀어막는 경우도 왕왕 있다.

'이야, 역시 효자상품이야.'
'버진 로드는 아버지랑 걸어야지.'

'여배우 중에서는 OOO이 으뜸이지.'

'벌써 반팔을 입었어?'

효자상품, 버진 로드, 여배우, 반팔. 이 단어들에 불편함을 느끼는 이들이 있다. 반면 누군가에겐 아무런 이질감 없는 단어일지도 모른다. 이렇듯 지극히 평범했던 말에 어느 날 갑자기 '쓰지 말아야 할 단어'라는 꼬리표가 붙었다. 별생각 없이 발설했다가 아차, 싶은 순간을 경험한다. '몰랐다'는 말도 명분이 되어주진 못한다. 찰나의 실수로 '언어 감수성 떨어지는 사람'이라는 낙인이 찍히는 사회. 나는 선의로 건넨 말인데, 세상은 그런 나의 선의를 무례라고 읽는다. 재빨리 수습하며 능글맞게 웃어도 보지만 ("참, 요즘은 이런 말 하면 안 되지?") 정적이 흐를 뿐이다.

조심스러워진다는 건 좋은 징조다. 시대적 흐름과 사회적 맥락에 민감해진다는 뜻이니까. 상대방의 감정과 입장을 가늠할 여유가 생겼다는 뜻이다. 누군가를 불편하게 만들지 모른다는 노파심은 배려와도 맥을 같이 한다. 문제는 이렇게 늘어난 여유만큼이나 입을 다물게 만드는 두려움 또한 증폭했다는 지점에 있다.

과연 정답이 있을까. 온라인에 떠도는 '언어 감수성 테스트'도 빙산의 일각일 뿐이다. 점수가 낮으면 낮은 대로 위축되고,

높게 나온다 한들 안심하기엔 이르다. '쓰지 말아야 할 단어'는 지금 이 순간에도 어디선가 늘어날지 모르는 일이라서.

시선을 지나치게 의식하고 싶지 않지만, 언어 감수성이 떨어진다는 말은 듣기 싫다. 더러 오기를 부려본다. '대체 말 한마디 가지고 왜 이렇게 다들 난리야?' 짜증이 솟구치다가도 실수할 바에야 차라리 입을 다물어버리겠다며 다짐하기도 한다.

그래서 우리의 언어는 매일 겉돈다. 나는 결코 무례한 사람이 아니고 싶다는 바람과 시대의 흐름에 뒤처지지 않고 싶다는 간절함 사이에서. 이 양가적인 감정을 오가는 우리의 마음을 선함이라 불러보고 싶다. 누군가에게 상처 줄 의도는 없었다는 말도 믿어본다. 의도와 관점이 다르고, 눈앞에 흘러가는 정보의 속도 또한 저마다 다르기에. 다소 진부하지만 진실에 가까울 그 말들에 기대를 얹어보고 싶다. 사람들이 점점 말을 잃어가는 세상에 살고 싶지 않아서.

어디선가 '유모차'라는 단어를 쓰면 안 된다는 정보를 들은 듯한데 딱히 이유도 대체어도 떠오르지 않을 때. 누군가 이렇게 얼버무렸다. "그 있잖아, 엄마가 아기 태워서 끌고 다니는……." 끝끝내 유모차라는 단어를 발음해내지 못한 그는 한순간에 바보가 되어버린 기분이라며 자조 섞인 웃음을 지었다. '쓰지 말아야 할 단어'를 발설하지 않겠다며 입을 다물어버리는 마음은 어떤 마음일까. 배려와 두려움 사이를 맴돌다 유모차라는 말을 꺼내지 못하게 만드는 세상은 건강한 세상일까.

최근 한 웹 예능 프로그램에서 출연자들이 유모차라고 발언한 것을 제작진이 유아차로 자막을 바꿔 단 일이 있었다. 이에 일부 시청자들 사이에서 거센 비판이 일었다. 유모차도 유아차도 둘 다 표준어로 등재된 단어인데, 왜 굳이 자막을 수정하냐는 것이었다. 과도한 처사라는 항의가 지속됐지만, 제작진은 별다른 견해를 내놓지 않았다.

제작진에게 사과를 요구했던 일부 시청자들은 국립국어원 홈페이지로 몰리기 시작했다. 문의가 쇄도하자 국립국어원 관계자는 '현재 표준국어대사전에 유모차와 유아차가 모두 표준어로 등재돼 있다'고 답했다. 그러면서도 '유아차나 아기차로 순화한 이력이 있다는 점에서 되도록 권장하는 표현은 유아차나 아기차'라며 대체 움직임에 동조했다.

유모차는 좀 더 많은 사람이 이용해온 단어. 반면 유아차 역시 표준국어대사전이 만들어지기 이전부터 등재됐던 단어◆다. 사전 속에 묻혀있던 유아차란 단어가 언론에 갑자기 등장하기 시작한 건 2018년, 서울시가 성평등 언어사전을 발표한 해였다. 유모차에 어미 모(母) 자만 들어간다는 점을 들며 성차별 용어로

◆ 유아차(乳兒車): 젖먹이를 태워 가지고 손으로 밀고 다니는 작은 수레(《조선말 큰사전》, 1957년 10월 9일)

착한 대화 콤플렉스

서 인권을 침해한다는 지적을 받았다. 동시에 '유아가 사용하는 차'라는 의미로 '유아차(乳兒車)'를 사용하자는 의견이 반영됐다.

그러나 유아차를 쓰자는 목소리가 공론화되고 5~6년이 지난 오늘날에도 여전히 논쟁은 이어지고 있다. 인플루언서가 소셜미디어에 유아차라는 단어를 쓰면 '당신 페미니스트였냐'는 질문이 쏟아진다. 유모차라는 단어를 쓰면 '성차별 언어를 사용한다'며 질타를 받는다. 둘 다 사전에 등재된 단어인데 어느 한쪽이 질타를 받아야 하는 이유는 뭘까. 아이를 돌보는 책임과 의무가 여성에게만 있다는 오랜 관습에서 벗어나고 싶은 마음, 성평등 언어를 사용하자는 움직임, 성차별 언어 사용자에게 보내지는 날카로운 시선, 단어 하나에 예민하게 구는 사람들이 그저 짜증 나는 분노의 마음들까지. 언어를 둘러싼 거대한 맥락이 반영되고 있다. 아이러니하게도 유아를 태우는 차니까 유아가 중심이 되는 용어를 사용하자는 본래의 초점에서 벗어난 지는 오래다. 단어를 둘러싼 우리의 분노는 어디서 비롯된 것이며 우리는 왜 곁가지만 맴돌고 있는 걸까.

'쓰지 말아야 할 단어'가 점점 늘어가는 세상에서

단어는 시대를 살아간다. 우리 선조들이 점 하나, 획 하나,

정성스럽게 빚어 만든 한자어가 있는 반면 누군가의 입에서 옹알이처럼 맴돌다 하루아침에 생겨난 신조어도 있다. 태생이 어떻든 한번 세상에 나온 단어엔 세월의 흔적이 깃들어간다.

그때는 맞았지만, 지금은 틀렸다며 누군가 반론을 제기하는 순간 암묵적 금지어로 돌변하는 단어들이 있다. 그러나 유모차, 유아차와 마찬가지로 논쟁은 좀처럼 사그라들 줄 모른다. 오랫동안 입에 오르내려온 서사가 존재하기 때문이다. 그 익숙함은 무 자르듯 잘라내기 어렵다. 하지만 잘라내지 않으면 끈질기게 잔존한다. 상반된 두 명제 사이, 유모차와 유아차는 끊임없이 상충하고 있다.

문제는 이 단어들로 관계의 편 가르기가 시작된다는 점이다. 죽이고 살려야 할 것은 단어인데, 그 단어를 발설하는 사람까지 죽이고 살리려 든다. 저 단어를 쓰는 사람은 나와 같은 부류의 사람, 이 단어를 쓰는 사람은 당장 의절할 사람. 무언의 잣대가 탄생하는 순간 사람들은 눈치를 보기 시작한다. 익숙한 단어와 익숙하지 않은 단어를 두고 매일 입이 바싹바싹 말라가는 이들은 답답한 심정을 이렇게 토로한다.

"아니, 요즘은 무서워서 무슨 말을 못 하겠어……"

이를테면 '예쁘다'라는 한 마디로 관계가 단절된 미용실 사

착한 대화 콤플렉스

장과 손님 같은 경우다. 미용실을 운영하는 A는 손님 B의 머리를 짧게 잘라주었다. 매무새를 가다듬던 A가 거울에 비친 B를 보며 활짝 웃는다.

"어머 손님, 너무 예쁘네요. 잘 어울리세요."

그러자 B가 조금 불쾌하다는 듯 말을 자르며 대꾸했다.

"죄송한데, 예쁘다는 표현 쓰지 말아 주실래요?"

A는 당황했다. 자신이 잘라준 머리가 잘 어울려 뿌듯한 마음에 건넨 말이었다. 게다가 예쁘다는 말은 어디까지나 칭찬이 아니었던가. A는 우선 사과부터 건넸다. 안타깝게도 B에게 전달되지 않았던 모양이다. 성가신 존재를 떨궈내듯 "네네, 괜찮습니다"라고 건성으로 대답하고 떠나버린 B를 그날 이후 볼 수 없었으니 말이다.

영문도 모르고 손님을 잃은 A는 억울했다. 고민 끝에 포털 사이트를 열어 검색어를 입력한다. '예쁘다는 말, 기분 나쁜 이유'. 잇따라 등장하는 글 가운데 '페미니즘, 외모 평가'와 같은 단어들이 보였다. A는 쓴웃음을 지으며 노트북을 덮는다. 그가 운영하던 미용실 앞엔 여대가 있고, B는 20대 초반의 여성이다. 이 두

가지를 번갈아 곱씹던 A는 나름의 결론을 내린다. 얼마 후 자신과 비슷한 연령대의 손님(나였다)에게 A는 이렇게 말한다.

> "요즘 20대 여자들은 예쁘다는 말을 싫어하나 봐요."

그리고 다시 한번 시도한다.

> "와, 단발이 잘 어울리시네. 예뻐요."

결국 A에게 '예쁘다'라는 단어는 '20대 여성에게 쓰면 안 되는 말'로 각인된 셈이다. 아무도 본질을 설명해주려 하지 않는 모습들이 아쉬웠다. 모든 건 말들의 부재로 비롯된 오해이기도 했다. 유아차라는 단어에 광분한 시청자가 '방송국도 페미가 장악했다'는 말 대신 '둘 다 표준어인데 왜 유아차를 선택했나요?'라고 물었더라면. '국립국어원에서 유아차라는 단어를 권장하고 있습니다'라는 제작진의 해명이 있었더라면. '예쁘다는 말이 달갑지 않은 이유는 이러합니다'라는 손님의 설명이 있었더라면. 다시 안 볼 사이니 분노를 표출하는 쪽이 쉬웠던 걸까. 어차피 대화가 통하지 않을 거란 선입견이 이겨버린 걸까. 정당한 이유 없이 내던져지는 불쾌함이 반가울 사람은 없다. 이 모든 관계를 '어쨌거나 번거롭고 귀찮다'는 이유로 손쉽게 단절해버

착한 대화 콤플렉스

리는 마음들이 지금도 여전히 아쉽다.

언어의 매력은 사용을 강제할 수 없다는 데 있다. '자장면'이 표준어였던 시절을 기억하는가. 국립국어원이 '자장면'을 표준어라 주장할 때 사람들은 '짜장면'을 외쳤다. 간절한 외침은 오랫동안 이어졌다. SBS 스페셜은 다큐멘터리 〈자장면의 진실〉까지 제작하여 '짜장면' 표기의 정당성을 내세웠다. 어른 동화 《짜장면》을 집필한 시인 안도현은 "짜장면을 먹자고 해야지, 자장면을 먹자고 하면 영 입맛이 당기지 않을 게 뻔하다"며 짜장면 표기를 고수했다. 짜장면과 자장면 표기 대국민 설문조사가 이루어지고, 급기야 '짜장면 되찾기 국민운동본부'라는 온라인 카페까지 등장했다. 2011년, 만고의 노력 끝에 짜장면이 표준어로 인정됐다. 짜장면에 대한 이 간절하고 귀엽고 진지한 외침이 국어사전을 바꾸어버린 것이다.

물론 성평등, 차별 언어와 같은 용어 사용에 대한 문제의식을 짜장면에 비할 바는 아니다. 다만 발화자들의 암묵적인 동의가 이루어질 때 비로소 '말'은 살아날 수 있다는 맥락엔 진배없다. 한번 바꿔야겠다고 마음먹으면 어떻게든 바꾸고 마는 사람들의 근지는 또 얼마나 대단한가.

단어에는 잘못이 없다, 쓰임에 잘못이 있을 뿐

대화의 장이 펼쳐지는 순간 끊임없이 나와 잘 통하는 사람, 닮은 언어를 구사하는 사람, 비슷한 범주에 들어가 있는 사람을 가려내기 시작한다. 우리는 '같은 언어를 사용하고 있다'는 유대감과 각자 지향하는 언어를 매개체로 공감대가 형성된다. 좋은 취지로 이루어진 유대감이라지만, 그건 곧잘 나와 다른 타인을 철저하게 소외시켜버린다. 나와는 다른 언어 사용이 분노의 도화선이 되기 때문이다. 말 한마디로 한 사람의 인생이 나락으로 치닫고, '손절'은 고요하게 이루어진다.

하물며 짜장면도 25년이 걸렸다. 단어 하나에 얽힌 네가 살아온 세상과 내가 살아온 세상이 우리가 살아갈 세상을 만든다. 서로 다른 두 세계가 융화될 만큼 충분한 시간이 주어져야 마땅하다. 차별 언어를 개선하는 일이 다름을 인정하기 위한 발걸음이라면 나와 다른 언어를 구사하는 이에게도 기다림을 내어줄 여유는 왜 없는 것일까. 상대가 내 기준과 상식에서 벗어난 범주에 머물고 있다면 그 또한 다름의 범주로써 인정할 수 있는 건 아닐까. 의문이 생기는 이유다.

우리는 너무도 손쉽게 '잼민이'와 '꼰대'와 '틀딱'을, '맘충'과 '개저씨'를, '한남'과 '한녀'를 일상 속 대화에 소환한다. 다 사라졌으면 좋겠다는 무시무시한 발언과 함께. 어린이도 없고, 장년

착한 대화 콤플렉스

층과 노년층도 사라지고, 어머니와 아버지, 남자도 여자도 사라진 세상엔 과연 누가 살고 있길래.

아슬아슬하게 운명의 기로에 선 단어들 이야기로 돌아가 본다. 스스로 그 어떤 차별 언어도 사용한 적 없고, 사용하지 않을 거라 단언할 수 있는 사람이 과연 얼마나 존재할까. '정상인은 틀린 표현이고, 비장애인이 맞는 표현이에요!'라고 외치는 사람과 점심 메뉴를 고르지 못하겠다며 '나 결정장애인가 봐'라고 되뇌는 사람은 동일 인물이다. (결정장애는 장애인 차별표현이다.) '학부모 대신 보호자'라는 단어를 쓰자고 목소리를 높이는 사람과 골프장 필드에 나가 #골린이의성장일기라는 해시태그를 올리는 사람도 동일 인물이다. ('~린이' 역시 아동차별적 단어다.) 이쯤 되면 누가 누구를 판단하고 깎아내리려 하는 건지 조금은 혼란스럽기도 하다.

《타인의 고통에 응답하는 공부》에서 김승섭은 '정의로운' 사람들과 '합리적인' 사회에 날카로운 질문을 던진다. 나는 절대로 누군가를 차별하지 않으리라 생각하는 것 자체가 착각일지도 모른다고. 어쩌면 가장 큰 폭력은 스스로 정의롭다 믿는 사람들에 의해 행해지는 것일지도 모른다고. 하지만 편견과 차별적인 구조를 지닌 사회에서 태어난 우리가 그 시스템으로부터 완벽하게 자유로울 순 없다. 그러니 나 역시 의도와는 무관하게 언제든 가해자가 될 수 있다는 사실을 인정한다면 우리에게는 '어떻게 행동할 것인가?'라는 질문만이 남는다.[1] 우리는 어디까지나 우리의 시선이 닿는 범주 안에서 똑똑해질 뿐이고, 목소리를 내고 있을 뿐이다. 하물며 지금 옳다고 생각하는 단어들에 언제 또 새로운 해석이 더해질지 모르는 것 아닌가. 옳고 그름에 절대적인 기준이 과연 존재할까.

가장 건강한 접근은 우리의 언어생활을 인지하는 일이다. 언제든 이중성이 동반될 수 있다는 사실까지도. 지금 내 입에서 나가는 말이 누군가에게 상처가 될 수 있다는 걸, 나 역시 실수하는 사람이란 걸 인지한다면 누구에게도 섣부른 잣대를 들이대기 어렵다. 나도 그럴지 모른다는 가능성을 인지하는 것만으로도 우린 이미 좋은 시작점에 서 있다.

시대를 살아온 단어를 미워할 필요는 없다. 만들어진 단어에 쓰임새를 적용하고, 뉘앙스를 덧대온 건 전부 우리였다. 지금 악습이라 불리는 단어들조차 그 시절엔 최선의 작명이었을 것이다. 알지 못했고, 좀 더 많은 걸 보듬지 못한 죄다. 오늘날 우리에게 다가온 깨우침은 과거의 과오가 있었기에 가능한 일이기도 하다.

'쓰지 말아야 할 단어'가 늘어난다는 건 번거롭고, 피로한 일이다. 그러나 그 이상의 가치를 품고 있는 희소식이기도 하다. 암묵적 동의하에 쓰여온 단어들에 어느 날, '어라? 그러고 보니 이 단어, 조금 이상한데?' 하고 의문을 품는다는 건 비로소 우리가 그 단어의 주인이 되었다는 뜻이니. 앞으로 써나갈 언어를 차근차근 톺아보는 움직임은 값질 수밖에 없다.

논의가 가열하게 진행되는 여정은 다소 지난하겠지만, 좀 더 공들여 그 시간을 누려보고 싶다. 오랫동안 사람들이 곱씹은 단어는 또다시 고스란히 다음 세대로 흘러갈 것이고, 그들은 우리가 밟아온 흔적을 따라 더 나은 언어를 만들어갈 것이기에.

'예쁘다'고 말하는 게 두렵다면

객관적인 외모 등급…….
'예쁘다' 세 글자에 담긴 이 시대의 자화상을 들여다본다.
우리는 '예쁘다'란 말을 영영 잃어버릴 준비가 되어 있는가?

예쁘다고 말하는 횟수가 줄었다. 지인 몇 명이 모인 자리에서 어쩌다 주워들은 말이었다. 요즘은 '예쁘다'는 표현 안 쓴다고 하더라. 처음엔 개의치 않았다. 어디까지나 주관적인 감탄사에 불과하니까. 여전히 지나가는 강아지와 돌담에 피어난 꽃, 새로 생긴 동네 카페 정도라면 눈치 보지 않고 외친다. '예쁘다!' 그러나 사람이 대상이 되는 순간 머뭇거린다. 말이 구구절절 길어지는 식이다. 저 친구는 '마음이' 참 예쁘다던가, 오늘 걸치고 나온 '스웨터가' 예쁘다던가. 예쁘다는 말 외에 적당한 대체어를 찾지 못할 때마다 내가 가진 언어 세계가 한없이 좁았음을 절감한다.

착한 대화 콤플렉스

미인이라는 단어를 낯설게 바라본다. 아름다울 미(美), 사람 인(人). '아름다운 사람'이라는 어원을 가진 단어다. 이 한자 어디에도 성별을 가르는 단서는 없다. 하지만 곧잘 '얼굴이나 몸매 따위가 아름다운 여자'에 국한되어 쓰인다. 뜻만 놓고 생각하면 남녀노소에게 사용할 수 있는 단어인데, 생판 모르는 남성에게 '정말 미인이세요!'라고 한다면 어떤 대답이 돌아올지 궁금하다. 당황하는 상대방에게 '아름답다는 뜻이에요. 칭찬인데 왜 기분 나빠하세요?'라는 말을 들려준다면 과연 몇 명이나 호응해 줄까.

'예쁘다'는 말이 조심스러울 수밖에 없는 이유는 분명하다. 주로 여성의 외모를 평가할 때 사용되는 말이라서다. 앞서 언급했던 미용실 사례를 소환해 본다. 미용실을 운영하는 A는 뷰티 서비스업 종사자다. 그런 그가 고객을 만족시키기 위해 스스럼없이 '예쁘다'는 말을 건넨다는 맥락을 우리는 안다. 하지만 제아무리 서비스 언어로 '예쁘다'를 언급했다 한들 외모를 평가했다는 점에서 벗어날 순 없다. '예쁘다, 못생겼다, 잘생겼다, 미인형 얼굴이다'라는 말들에는 '지금 내가 당신을 평가하고 있다'는 시선이 깃들어있기 때문이다. 낯선 타인으로부터 훅 들어오는 외모 평가가 그저 달가울 사람은 없기에. 이런 말은 언제나 감탄과 찬사, 평가라는 경계를 아슬아슬하게 넘나든다.

때때로 예쁘다는 말은 족쇄가 된다. 나에게 예쁘다는 말을 자주 건넸을 사람을 떠올려본다. 가족과 연인, 친구처럼 가까운 관계들. 실로 우리 가족은 매일 아침 출근길, '잘 다녀오라'는 말 대신 '오늘도 예쁘다'는 말을 건네곤 했다. 연인도 마찬가지였다. 만날 때마다 '예쁘네'라는 말로 데이트를 시작했다. 가족이나 연인으로부터 듣는 예쁘다는 말이 비단 외모만을 이야기하는 게 아니란 것쯤은 안다. 그럼에도 '예쁘다'는 말을 듣는 날이면 괜히 거울을 한 번 더 들여다보고, '예쁘다'는 말이 없을 때도 괜히 한 번 더 거울을 들여다봤다. 오늘은 왜 예쁘다는 말이 없지? 어제 라면 먹고 자서 얼굴이 부었나? 따위의 생각을 하면서.

'예쁘다'의 부재는 그간 내가 '예쁘다'란 세 글자에 중독됐다는 걸 깨닫게 해준다. 나도 모르는 사이 평가를 갈구하게 되는 마음. 상대방에게 인정받고 싶다는 욕구. 기대에 부응하기 위해 외모를 한 번 더 살피게 만들어버리는 은밀하고도 지속적인 힘. 과연 그 힘은 내게 건강한 영향을 주는 것일까 자문하게 된다.

그래서 예쁘다는 말을 쉽사리 누군가에게 건넬 수 없게 됐다. 그 말의 부재가 내게 주는 감정이 그리 달갑지 않다는 걸 알게 되면서부터. 내 마음속에서 제아무리 상대가 예뻐 보인다 한들, 그것이 생김새든 행동이든 분위기든 무엇이 되었든 간에. 단지 겉모습만을 평가하는 듯한 뉘앙스를 조금이라도 담고 있다면 머뭇거리게 된다. '예쁘다'는 말 대신 상대방이 가진 성정과 매력을 표현할 수 있는 숱한 말이 기다리고 있기에.

예쁨의 기준은 '보는 사람'

'예쁘다'는 말은 무슨 뜻일까. 국어사전을 펼쳐보지 않아도 우리가 일상에서 쓰는 말의 의미쯤은 알고 있다고 생각하기 쉽다. 태어날 때부터 자연스럽게 습득해 온 단어들은 종종 그런 착각을 불러오기도 한다. 사람들이 주고받는 뉘앙스에 따라 사회적 맥락에 따라 막연하고도 고유한 의미로 자리 잡는 셈이니까. 그러나 막상 누군가 '무슨 뜻이야?' 물었을 때 대답할만한 적절한 단어를 찾기 어려운 말들이 있다. '예쁘다'가 내게는 그랬다.

예쁘다〔형용사〕
- **생긴 모양이 아름다워 눈으로 보기에 좋다.**
- **행동이나 동작이 보기에 사랑스럽거나 귀엽다.**
- **아이가 말을 잘 듣거나 행동이 발라서 흐뭇하다.**

세 가지 풀이의 공통점은 '대상화'다. 평가의 주체와 대상이 되는 객체가 공존하는 단어. '생긴 모양이 아름다워 눈으로 보기에 좋다'는 문장에는 결국 '나'라는 발화자의 관점이 숨어있다.

그러니 내 마음에 들어야 하고, 내가 보기에 좋아야 한다는 심리가 기저에 깔린 셈이다.

반면 '예쁘다'는 말에는 '뭐가 예쁘냐, 하나도 안 예쁘다'라는 대답이 돌아오기도 한다. 예쁘다는 말은 내가 보기에 예쁜 건데, 그걸 누군가 부정할 수 있다는 건 다수가 동의하는 미의 기준이 존재한다는 방증이다. 그 암묵적인 기준은 곧 '객관적인 외모 등급'을 의미한다. 되도록 많은 사람이 동의하는 외모여야 비로소 '예쁘다'는 수식어를 차지할 권리가 생긴다는 뜻이다.

《훈민정음》 서문에도 예쁘다는 말이 등장한다.

나랏말싸미 듕귁에 달아 문자와로 서르 사맛디 아니할세
(나라의 말이 중국과 달라 문자와 서로 통하지 아니하므로)

이런 전차로 어린 백성이 니르고져 홇베이셔도
(이런 까닭으로 어리석은 백성이 이르고자 하는 바가 있어도)

마참네 제 뜨들 시러펴디 몯핧 노미하니아
(마침내 제 뜻을 능히 펴지 못하는 사람이 많으니라.)

내 이랄 윙하야 어엿비너겨
(내가 이를 위하여 가엾게 여겨)

착한 대화 콤플렉스

새로 스믈 여듧 짜랄 맹가노니 사람마다 해여 수비니겨

(새로 스물여덟 자를 만드니 사람마다 하여금 쉽게 익혀)

날로 쑤메 뻔한킈 하고져 할 따라미니라

(날로 쓰기 편하게 하고자 할 따름이니라)2

세종대왕은 백성을 '어엿비너겨' 한글을 만들었다. '어엿비너겨'는 '어여쁘다'의 활용으로 '예쁘다'의 어원인 '어엿브다'를 당시 표기대로 작성한 것이다. 본래 '가엾다'는 뜻을 가졌다. 세종대왕은 말과 문자가 서로 달라 뜻이 통하지 않는 백성을 '예쁘게 (가엾게)' 보고 한글을 만든 것이다. 15세기에 사용되던 '예쁘다'는 지금과 달리 가련하고 측은한 대상에게 쓰였다. 동시에 남녀를 불문하고 누구에게나 사용할 수 있는 표현이었다.

17세기에 이르러 '아름답다'는 의미가 더해지고, 이후 근현대에 접어들면서 '용모가 곱다' '상대방에게 정이 간다'는 뜻이 포함됐다. 한없이 가엾고 측은한 대상에게 쓰였던 '예쁘다'란 말에 점점 용모가 차지하는 비중이 커지면서 오늘날에 이르게 된 것이다.

매체에서 다뤄지는 '예쁨'과 '잘생김'

예쁘다는 말을 쓰고 안 쓰고를 결정할 순 없다. 정답도 없다. 외모에 국한된 표현이 아니기 때문이다. 생기 도는 얼굴이 그날 따라 빛나서, 해사한 모습이 어딘가 사랑스러워 보여서 자연스 럽게 흘러나오는 감탄사인 것이다. 실로 예쁘다는 말에 담긴 의 미는 넓고 깊다.

그러나 오답은 존재한다. 예쁘다는 말이 결코 허용되어서는 안 되는 영역에서 오용되는 순간, 대다수가 이를 익숙하게 받아 들이는 순간이다. 포털 사이트에 '예쁨'이란 키워드를 달고 매일 같이 기사가 쏟아진다. 그중 눈길을 끌었던 제목이 있다. 〈차원 이 다른 예쁨의 37kg〉. 드라마 주연을 맡은 배우의 외모를 보도 하는 기사였다. 해당 배역을 맡은 배우는 암 투병 캐릭터를 소 화하기 위해 37kg으로 몸무게를 감량했고, 드라마 흥행만큼이 나 그의 체중 감량 비하인드는 상당한 이슈였다.

배우는 다이어트 비법에 호기심을 보이는 대중의 시선을 우 려했다. 그가 가는 자리마다 체중 감량에 대한 질문이 쏟아졌다. 그는 '캐릭터에 욕심이 생겨 죽기 살기로 한 다이어트'라면서도 '절대 권하지 않는다'는 걸 누누이 강조했다. 효과는 없었다. 일 부 매체는 보란 듯이 체중 감량 이슈로 기사를 쏟아냈다.

'예쁨의 37kg'. 다이어트와 외모에 대한 강박을 매일 느끼며 살아가면서도 '그래서 이번은 뭔데?'라는 마음을 자극하게 만드는 문장. 굉장한 모순을 담고도 화려하게 빛나는 배우 사진 한 장으로 묵인되는 문장. 우리는 매일 그런 문장들이 쏟아지는 세상에 살고 있다.

'예쁘다'는 단어에 담긴 세계가 제아무리 넓고 깊다 한들 '예쁨의 37kg'에게 내어줄 자리는 없다. 비인간적인 방법으로 급격한 체중 감량을 감내한 배우에게 던져지는 질문이 고작 '살을 어떻게 뺐나요?'가 전부인 사회. 시한부 암 환자 역할인 걸 인지하고도 '예쁨'이란 단어를 갖다 붙이는 건 너무도 평면적인 접근 아닐까. '예쁘다'라는 말과 관련지어지는 순간, '예쁘다'는 말에서 벗어나지 못하는 '대상'들은 끈질기게도 지독하고 잔인한 시선 속에 살아갈 수밖에 없는 것이다.

시선이 외모로 치중되어 버릴 때, 우린 그 너머의 대화를 잃어버린다. 오로지 예쁘고, 잘생긴 것에 초점을 맞추다 보니 그 이상의 말들은 발설될 기회조차 사라지는 것이다. 2024년 2월, 할리우드에서 티모테 샬라메와 젠데이아 콜먼이 한국을 찾았다. 그들이 토크쇼 〈유퀴즈〉에 등장한다는 소식은 팬들의 기대를 모으기 충분했다. 나무위키만 들여다봐도 찾을 수 있는 정보가 아닌, 현장에서만 나올 수 있는 고유의 목소리들. 진행자들과 대화의 합이 맞아떨어졌을 때 나오는 시너지. 시청자들은 아마도 그런 이야기를 기다렸을 것이다.

그러나 예상과 달리 진행자들이 던진 질문은 '외모'에 대한 이야기였다. "그 얼굴로 살면 기분이 어떤가요?" 상대방을 추켜세워 분위기를 풀어보자는 취지였으리라. 이에 티모테 샬라메는 재치 있는 대답을 내놓았다. "거울 보면서 여드름 짜면 막 튀어서 더러워져요." 그가 자조 섞인 농담을 내놓은 이유를 우리는 안다. 그의 본심은 잇따라 나온 대답에 담겨있었다.

"혼자 있을 때는 가면을 벗는데, 진짜 얼굴은 거기에 있어요."

이어 그는 한번 벗겨보라는 듯 진행자에게 얼굴을 들이미는 유쾌한 장난을 보여줬다. 곧이어 젠데이아에게도 같은 질문이 던져졌다. 그는 "27년 동안 평생 본 똑같은 얼굴이라 지겹다"는 대답으로 일축했다. 두 배우와 진행자들은 한바탕 폭소를 터뜨렸지만 나는 보는 내내 낯이 뜨거웠다. 외모에 대한 질문이 아니었더라면 어땠을까. '진짜 얼굴'에 대한 이야기를 들을 기회는 그렇게 증발해버렸다.

비슷한 사례가 있었다. 캣우먼 역을 소화했던 앤 해서웨이가 한 토크쇼에 나가서 들었던 질문. 진행자는 수트를 입기 위해 얼마나 체중 감량을 했냐는 질문을 던졌다.

착한 대화 콤플렉스

"지금 몸매를 위해 살을 얼마나 뺀 거예요?"

앤 해서웨이는 웃는 얼굴로 무례한 질문이라는 걸 짚었다.

"지금 정말 그런 질문을 한 거예요? (You did not just ask me that question)
정말 대담한 청년이군! (What a forward young man you are)
맙소사! 살을 얼마나 뺐냐니……. (My goodness! How much weight)"

진행자는 당황하며 이렇게 말한다.

"나는 그냥 굉장히 멋있다고 말하고 싶었……. (I'm just saying that you look…….)"

앤 해서웨이는 한마디로 일축했다.

"배역(셀리나 카일)을 위해 엄청 노력했죠. (I've worked very hard to become Selina Kyle)"

그리고 상대의 실수와 사과를 받아들였다.

"나도 (당신이 그런 의도였다는 걸) 알아요. (I know you have)"

진행자는 '기분을 상하게 했다면 미안하다'며 사과를 해왔고, 앤 해서웨이는 '전혀 그렇지 않다. 그냥 장난친 것이다'라며 화기애애한 분위기로 마무리 지었다.

상대방의 외모를 동경하고 찬미하는 마음. 칭찬을 건네면 상대방이 유쾌하게 받아들여줄 거란 믿음. 아마도 외모에 대한 질문은 이러한 선의에서 비롯되리라. 그런 선의를 읽어낸 사람들은 무턱대고 냉소적인 태도를 내보이지 않는다. 진짜 얼굴은 혼자 있을 때 나온다는 말에서, 매일 똑같은 얼굴을 보고 살아서 지겹다는 말에서, 정말 (외모에 대한) 그런 질문을 한 게 맞느냐고 되묻는 말에서, 무례함까지도 보듬어내는 여유로움을 발견한다.

예쁘다고 말하는 게 두렵다면

'예쁘다' 논쟁은 그저 시작에 불과하다. 외모에 대한 지속적인 부각과 찬양에서 벗어나지 않으면 못살 것 같은 답답함이 이제야 분출되기 시작한 것이다. 한쪽 손을 달걀 쥔 모양으로 살짝 오므리고 얼굴 앞에서 두어 번 훑어주는 행위. 1초도 안 되는 그 동작은 우리 사회가 외모를 어떻게 평가하고, 치부해왔는지

착한 대화 콤플렉스

모든 맥락을 담아내고 있다. 그 작은 제스처 하나로 '쟤는 얼굴이 좀 된다' '못생겼다' '얼굴 좀 봐라' '예쁘다' '마음에 든다' 등 갖은 말을 전달해낸다. 손가락 두어 번 흔드는 행위로 의사소통이 가능하다는 건 다수가 공유하는 얼굴 평가에 대한 기준이 존재한다는 뜻이다.

그렇기에 '예쁘다'는 말에 대한 고찰은 비단 대체어를 찾기 위함이 아니다. 단지 예쁘다는 말을 하지 말자는 동조를 구하는 취지도 아니다. 잠깐 그 시선에서 벗어날 필요가 있다는 걸 의미한다. 지아 톨렌티노는《트릭 미러》에서 그러한 우리의 시선에 투박하고도 본질적인 질문을 던진다.

> 주류 페미니즘은 소위 '몸의 긍정'이라 불리는 운동에 앞장서 왔다. 이는 어떤 사이즈의 옷을 입건 모든 여성의 미모를 인정하기로 실천하면서 미적인 이상을 다양화하자는 운동이다. 늦었지만 반가운 변화이고 긍정적인 면이 무척 많다. 그러나 이는 양날의 칼이 되기도 한다. 미모의 정의를 보다 광범위하게 확대하는 것은 분명 좋은 일이고 나또한 개인적으로도 매우 감사해하고 있다. 이는 평범한 얼굴들이 일상적으로 사진 찍히는 문화에 의해 공식화된, 미모가 여전히 어마어마하게 중요하다는 개념에 기초한다. 이 밑에 깔린 기본 가정은 모든 사람에게 아름답다고 칭찬

하는 것이 정치적으로 중요하며, 모두가 점점 더 아름다워질 수 있고 스스로 그렇다고 느끼도록 하는 일은 의미 있는 프로젝트라는 것이다. 그러나 왜 우리 문화는 그 반대 방향을 상상하지 못할까? 즉 미모의 중요성을 축소시키는 방향, 미모가 덜 중요해지는 쪽으로 가지 않을까?

– 지아 톨린티노,《트릭 미러》, 생각의힘, 2021

있는 대로의 모습을 사랑하자는 말이 한동안 유행처럼 자주 들렸다. 그 무렵 '꾸안꾸(꾸민 듯 안 꾸민 듯 자연스러운 모습의 줄임말)'라는 단어가 생겨났다. 아이러니한 건 '있는 대로의 모습' 자체를 더 잘나고 돋보이도록 가꾸기 시작했다는 점이다. '나는 원래 피부가 좋다'는 걸 보여주기 위해 모공 프락셀을 잘하는 피부과가 어딘지 찾아 헤맨다. '나는 원래 관리가 되어있는 몸'이라는 걸 드러내기 위해 헬스장에서 퍼스널 트레이닝을 받는다. '있는 대로의 모습'은 곧 '나는 원래 예쁘고 잘났다'는 공식을 만든다. 공식을 완성하기 위한 몸부림은 점점 절박해진다. 물론 더 나아진 스스로를 위한 성장은 값지다. 하지만, 과정을 생략한 채 태초부터 완벽했던 것처럼 존재하는 모습만이 '있는 그대로의 나'가 아니란 건 우리 모두 자각하고 있다.

예쁜 얼굴, 예쁜 몸매. 얼굴과 몸매를 끊임없이 수식해야 하는 세상에서 살아간다는 건 조금 아찔하다. 말과 말을 매끄럽게 이어주는 조사와 달리 '예쁘다' 같은 형용사는 무언가를 끊임없이 꾸미고 수식하는 역할이다. 말이란 '지나온 역사의 지층을 보여주는 슬픈 화석일 수도 있고 미래의 새 길을 알려주는 화살표일 수도 있다'는 말처럼 오늘날 마주한 '예쁘다'의 논쟁이 과연 우리를 어디로 끌어줄지는 의문이다. '예쁘다'라는 단어를 영영 잃어버릴지, 슬픈 이 시대의 자화상으로 남길지, 우린 지금 기로에 서 있다.[3]

언어에 예민해진다는 건

'요즘은 무서워서 뭔 말을 못 하겠어……'
말에 대한 피로도가 높아진 시대가 내심 불편한 사람들.
하지만 언어에 예민해진다는 게
꼭 피곤한 세상이 되어가는 것만을 의미할까?

'모르다'를 백 가지 방법으로 말할 수 있을까. 정답은 '적어도 122가지 이상으로 말할 수 있음'이 되겠다. 온라인에 떠도는 사진 한 장이 증명해 준다. 오래된 지면을 찍어 올린 것인데, 누군가 붙여둔 제목이 인상적이다. 「한국어가 난이도 끝판왕인 이유」.

사진 속 여성은 정신이 혼미해진 얼굴로 머리를 쥐어뜯고 있다. 몹시 심기가 불편해 보이는 표정이다. 그런 그를 둘러싼 것은 빼곡하게 적힌 글자들. 동사 '모르다'의 용언 활용법이다.

'모르네, 모르지, 모르더라, 모르니, 모르나, 모르겠고, 모르겠으면, 모르겠더라도, 모르겠거나, 모르겠거니, 몰라

요, 몰랐구나, 몰랐거든, 몰랐더라도, 몰랐어요, 몰랐어야,
몰랐다가도, 몰랐어도, 몰랐더라면…….'

'모르다'라는 단어 하나에 덤으로 따라오는 말들이 122개를
넘어간다. 여기에 '몰러, 몰라유, 모르겠는디, 모르겠슈?'와 같은
팔도강산 고유의 말까지 더해지면 수백 가지에 달하는 '모르다'
세상이 펼쳐지는 것이다. 한국어의 난이도가 끝판왕인 이유는
여기에 있다. '모르다'란 뜻을 전달하기 위해 수백 가지에 달하
는 선택지 가운데 하나만 골라내야 하기 때문이다.

이를 뒷받침해 주는 통계가 있다. 미국의 한 기관◆에서 조사
한 〈나라별 언어 난이도〉다. 이 조사에서 한국어는 최상급으로
분류된다. 루마니아어, 노르웨이어, 힌디어, 히브리어를 뛰어넘
는 난이도다. 어려운 이유로는 문장의 어순과 문법, 한자에 기
초한 단어라는 점, 동사의 활용과 변화 등이 거론됐다. 한국어
를 능숙하게 구사하려면 적어도 2,200시간을 공부해야 한다는
부연 설명도 덧붙였다.

조사 대상자가 영어 사용자란 점에서 절대적인 수치라 볼 순
없겠지만, 한국어 난이도를 부정할 여지 또한 없다. 조금은 자
랑스럽기도 하다. 그 어려운 언어를 모어로 가지고 있다는 사실

◆　FSI(The Foreign Service Institute)는 미국 공무원이나 외교관에게 70개 이상 외국어 교
육을 제공하는 미국 정부 기관으로, 영어를 사용하는 미국인 입장에서 외국어 난이
도를 분류하였다.

에. '모르다'가 '몰라요'로 변할 수 있는 이유를 나는 모른다. 뇌가 0.1초 만에 결정해주기 때문이다. 그러나 한국어를 배우는 입장이라면 어간의 끝음절 '르'가 어미인 '-아' 앞에서 'ㄹㄹ'로 바뀌는 불규칙 활용 법칙을 외워야만 구사할 수 있는 언어인 셈이다. 얼마나 아찔한가.

'모르다'의 용언 활용을 터득하면 다음 장벽이 등장한다. 말장난처럼 느껴질 정도로 복잡미묘한 문장 구사다. 모르는 게 나을지도 모르겠다, 모르는지 아는지 모르겠다, 모르긴 뭘 모르냐, 몰랐어도 몰랐다고 말했겠냐, 모르면 모른다고 해야지 왜 아는 척을 하는지 모르겠다……. 게다가 한국어는 주어를 곧잘 생략하는 언어. 조금만 한눈팔면 사라진 주어 찾기로 정신이 혼미해지기 십상이다.

아직 끝나지 않았다. 마지막 장벽은 바로 뉘앙스다. '몰랐구나'를 이야기하더라도 어떤 목소리, 어떤 표정, 어떤 억양인지에 따라 전혀 다른 의미가 되기 때문이다.

"몰랐구나? (너 이거 모르고 있었구나?)"

"몰랐구나……. (이렇게 알게 되어서 어쩌니.)"

"몰랐구나! (짜잔, 서프라이즈!)"

"몰랐구나. (내가 미처 모르고 있었구나.)"

"몰랐구나~. (네가 참 잘도 몰랐겠다.)"

착한 대화 콤플렉스

그리 낯선 이야기는 아니다. 글자 하나만 가지고 전화 한 통을 시작하고 끝내버리는 경우도 허다하다. 당연하게도 모든 의사소통은 무탈하게 이루어지고 있다.

엄마 : 여보세요? 아들!

아들 : 어~ (응, 엄마, 여보세요?)

엄마 : 또 술 먹고 있어?

아들 : 어. (대답의 '어')

엄마 : 엄마도 아빠랑 한잔하고 있지롱.

아들 : 어어어↗ (엄마가 어쩐 일로 술을 다 드신대?)

엄마 : 아니, 형이 치킨을 사 왔더라고. 오늘 늦게 들어와?

아들 : 어어어……. (몇 시라고 대답할지 계산하는 중)

엄마 : 뭐야, 또 외박하려고?

아들 : 어↘어↗어↘어↗ (외박은 안 한다는 뜻)

엄마 : 저기 뭐야 그것 좀 사 와.

아들 : 어? (잠시 통화가 끊겨서 안 들렸다는 뜻)

엄마 : 아니, 올 때.

아들 : 어어. (대답 겸 추임새)

엄마 : 캔맥주 좀 사 오라고. 너무 늦게 들어오지 말고.

아들 : 어~. (이만 총총)

이쯤 되면 '아' 다르고 '어' 다르다는 말도 무색하다. 일단 '어'가 어떻게 다른지 살펴봐야 한국어를 이해할 수 있는 걸지도 모르겠다. 그러니 한국어의 '난이도'는 곧 무궁한 가능성을 의미한다. 음절 하나에도 이렇게 다채로운 뉘앙스를 담아내니 글자에 점 하나 빼고 더하고, 받침 하나 붙이고 말고에 따라 또 얼마나 다양한 의미를 내포한단 말일까.

〈나는 솔로〉 16기 광수 : 토씨 하나로 사랑을 잃은 남자

이쯤에서 광수를 소개해 본다. 〈나는 솔로〉에 등장하는 수많은 광수 가운데 '지금까지 없다, 앞으로는 모르겠다' 사건의 당사자다. 결혼을 간절히 원하는 솔로 남녀가 모여 데이트를 하기 위해 고군분투하는 방송 프로그램. 그중 열여섯 번째로 출연해 16기 광수라는 이름이 붙었다.

그는 운명의 여성, 옥순을 만난다. 둘은 초반부터 서로 호감을 내비쳤다. 출발은 순조로웠지만, 이내 고비가 닥쳤다. 여기서 기억할 점은 광수가 어지간한 팔랑귀라는 점이다. 주변의 충고나 조언에 쉽게 동요되는 인물이다. 한창 좋은 감정을 가지고 있는 광수에게 누군가 '경각심을 가지라'고 말한다. 옥순의 마음이 언제든 변할 수 있으니 긴장하라는 뜻이었다. 제3자인 시청자 입장에서는 참 뜬금없는 충고였는데, 당사자였던 광수에겐 달리 들렸던 모양. 갑자기 불안해진 광수는 다짜고짜 옥순에게 달려가 이렇게 묻는다.

"혹시 (나에 대한) 마음의 변화가 있어요?"

옥순은 다소 어리둥절하면서도 해맑은 얼굴로 대답한다.

"아직까지 난 광수님인데? 지금까지는 당연히 없죠."

갑자기 심각해진 광수, 재차 묻는다.

"앞으로는 모른다?"

옥순이 대답한다.

"응."

전후 맥락을 고려해 보면 옥순의 대답은 '앞으로 어떻게 될지 모르겠지만, 지금까지는 광수가 좋다'는 뜻으로 해석된다. 고백에 가깝다시피 한 옥순의 말을 광수는 오해하기 시작한다. '지금까지'가 '오늘까지'로 둔갑하고, 급기야 '옥순이가 오늘까지는 나였지만, 내일은 바뀔 수 있다고 하더라'는 '카더라'로 변질된다. 이를 지켜본 주변 사람들이 한마디씩 보태기 시작했다. '거봐, 옥순이 마음 딴 데 가있네!'

근거 없는 첨언으로 광수는 '옥순이 변심했다'고 확신한다. 결국 둘은 이어지지 않았다. 잘 지내다 갑자기 찬물을 끼얹은 광수의 행동에 지켜보던 패널들도 덩달아 당황했다. 당시 온라인에서도 '지금까지'와 '오늘까지'는 한동안 화두였다. 혹자는 광수의 문해력과 자신감 없는 소통을 안타까워했다. 그러나 한글자 한 글자에 기대고 마는 그의 모습이 그리 낯설게 느껴지지만은 않았다. 뉘앙스와 맥락을 가늠할 수 없는 상황에서 상대방의 의중을 파악하기 위해 글자 하나에 기대는 모습. 우리에게도 종종 벌어지는 일이다.

'지금까지는 당연히 없죠'라는 말에 시제는 존재하지 않았다. 우리 사이에 큰 변수가 없다면 앞으로도 문제는 없을 것이라는, 다소 막연하기는 해도 지속적인 가능성을 내포했으니까. 그러나 광수가 가졌던 불안감은 모든 문장을 부정적인 방향으로 돌려버린다. '지금까지는 좋아'라는 말은 미래를 포함하지만 '오늘까지는 좋아'라는 말은 시한부를 의미한다. 부정적인 마음을 활자에 덧대는 순간, 그 말에 대한 해석 역시 부정으로 돌변하는 셈이다. 단어 하나, 조사 하나가 가진 힘은 이토록 미약하

착한 대화 콤플렉스

고도 창대한 것이다.

'쟤도 그만뒀어?'라는 말을 들으면 '또 누가 그만뒀는데?'라는 질문이 자연스럽게 따라붙는다. '네가 예뻐'라는 말은 사랑을 불러오지만 '너도 예뻐'라는 말은 질투를 불러일으킨다. '너 밥은 먹고 다니냐?'는 말에 한없이 온정을 느끼다가도 '너 밥도 먹고 다니냐?'는 말에 이유 모를 서러움을 느끼는 게 사람 마음. 토씨 하나 틀리지 말라는 말을 교과서처럼 붙들고 살아온 우리에게, 언어에 그만 예민하라는 말은 어울리지 않는다.

언어에 예민해진다는 건 조예가 깊어진다는 것

한국어 맞춤법 퀴즈 가운데 자주 등장하는 동사가 있다. '건드리다'와 '건들이다' 중 정답을 고르세요, 라는 질문이다. 이 문제의 정답은 '건드리다'가 되겠다. '건들이다'는 없는 말이기 때문이다. 사족을 더해보자면 '건들다'는 맞는 표현이다. '건드리다'의 준말이라서다. 준말과 본말은 동일한 뜻을 가졌음에도 교묘하게 다른 뉘앙스를 풍긴다는 점은 여전히 흥미롭다.

건드리다 〔동사〕
• 조금 움직일 만큼 손으로 만지거나 무엇으로 대다.

- 남의 물건을 함부로 건드리다.

• 상대를 자극하는 말이나 행동으로 마음을 상하게 하거나 기분을 나쁘게 만들다.

- 비위를 건드리다.

• 부녀자를 꾀어 육체적인 관계를 맺다.

- 동네 처녀를 건드렸다가 여자 집에서 왈칵 들고 나서는 통에 한밤에 도망치듯 떠난 고향이었다. (한수산, 유민)

• 일에 손을 대다.

- 그는 이것저것 건드려 봤지만 하는 일마다 실패했다.

반면 '건들다'는 별다른 정의가 등장하지 않는다.

건들다 〔동사〕

· '건드리다'의 준말.

- 내가 퇴근해서 할 테니 집안일은 건들지 마라.

- 부탁드립니다. 제발 그들의 감정을 건들지 마십시오.

- 탑의 한 귀퉁이를 건들자 위태롭게 서 있던 탑이 곧 무너졌다.

건들다, 건드리다, 하고 단어를 하나씩 발음하다 보면 소리의 끝자락이 어떤 여운을 가져오는지 가늠할 수 있다. 닮은 듯

미묘하게 다른 이미지를 환기한다. '건드리다'는 받침이 없다 보니 발음할 때도 혓바닥이 입안을 경쾌하게 돌아다닌다. 손가락으로 톡톡 두드리는 느낌이라 손끝 감촉도 가볍다. 반면 '건들다'는 혓바닥을 앞니 뒤에 꾹 고정해 주어야 발음할 수 있는 단어다. 힘을 잔뜩 실은 어깨로 투욱-, 하고 미는 느낌에 가깝다. 묵직한 중저음의 목소리가 떠오르는 단어다.

어원은 다르지만, 비슷하게 생긴 단어도 있다. '건들거리다'가 그렇다. 바람이 살랑살랑 부드럽게 불어오는 모양새를 의미한다. 동시에 건방지게 행동하는 모양새를 표현할 때도 쓰인다. 할 일 없이 빈둥거리는 사람을 나타낼 때도 '건들거리다'는 말을 사용한다. 같은 단어 안에 상반된 이미지가 담긴다. 바람이 부드럽게 불어올 때 살랑거리는 코스모스와 험상궂은 얼굴로 고개를 까딱거리는 모습을 한 단어로 설명해낼 수 있다니. 같은 말도 어떻게 쓰느냐에 따라 전혀 다른 세상을 만들어내는 셈이다.

> "저는 술을 잘 못해요. 그러니까 저한테는 2만 원짜리 와인이나 20만 원짜리 와인이나 별 차이가 없어요. 그런데 술을 좋아하는, 조예가 깊은 분들은 술을 들고 과일 향이 어쩌고저쩌고 한참을 이야기할 수 있잖아요. 저는 그래서 조예가 깊어진다는 거는 차이에 예민해진 것이라고 생각해요. 다르게 표현하자면 '언어에 예민해지는 것' 아닐까

요? '맛있다'라고 할 수 있는 걸 '다른 말과 표현으로, 다른 언어로 내가 한 번 써 보겠어'. 이게 차이에 민감해지는 거라고 생각해요."

- 최인아 대표(최인아 책방 북토크)

말에 대한 피로도가 높아진 시대라지만, 언어에 예민해진다는 건 그저 말꼬투리 붙잡고 싸워보자는 의미와는 조금 다르다. 최인아 대표의 말처럼 좋아하는 것들에 대하여 이야기할 때 우린 눈을 반짝거리며 언어를 고르고 또 골라 조심스럽게 끄집어낸다. 적어도 그 분야에서만큼은 '그게 그거지' '그거나 그거나' 따위의 말들을 용납하지 않는다. 누군가에겐 영화이고, 카메라이고, 책이고, 스포츠일 테지만. 조예가 깊어진다는 건 작은 차이조차도 그냥 넘어갈 수 없는 언어의 고집이 동반되기 마련이다.

「한국어가 난이도 끝판왕인 이유」라는 우스갯소리처럼 온라인에서 떠도는 사진 한 장은 제3자의 시선을 통해 우리가 소유한 언어의 폭이 넓다는 걸 새삼 확인시켜준다. 광수가 옥순의 토씨 하나에 일희일비하는 모습을 보고 웃으면서도 내심 답답해하고 짠함마저 느끼고야마는 건 우리들 역시 글자에 점 하나 찍고 말고를 두고 고민해본 적이 있기 때문이다.

그러니 어찌 언어에 예민한 걸 부정적으로 받아들일 수 있겠

착한 대화 콤플렉스

는가. 민감하다는 건 감각에 민첩하고, 날카롭고, 재빠르다는 뜻
이다. 언제든 촉각이 곤두설 준비가 되어있다는 의미다. 동시에
나에게 아프게 와닿는 저 단어가 타인에게 고통으로 가닿을 수
있다는 걸 상상할 줄 아는 힘이기도 하다. 차이에 민감해지는
순간 우리는 눈앞에 놓인 단어를 두고 고심하는 시간이 길어진
다. 시간이 여물어 만들어낸 단어는 또 얼마나 섬세하고 단단해
질까.

오지랖이 단절을 부르는 순간

―――
오지랖은 어디서 시작될까.
관심, 애정, 걱정, 사랑을 빙자하려다
결국은 아슬아슬한 경계선을 넘나들고 단절을 부른다.
그럼에도 포기할 수 없는 이유가 있다.

오래 전부터 좋아해온 인플루언서가 있다. 나 같은 골수팬을 비롯해 새로 유입된 팬들이 수십만 명에 달하는 그는 곧잘 오지랖 가득한 사랑 공격을 받는다. 팬들은 사랑이랍시고 던지는 말들이 그에겐 공격으로 다가가는 것이다. 대개 그 말들은 걱정, 관심, 애정, 사랑이란 단어로 포장된 채 전달된다. 과연 당사자에게도 따사롭게 들릴지는 의문이지만 말이다.

인플루언서가 팬들과 소통하는 방법은 다양하다. 주로 사용하는 창구는 게시물에 달린 댓글이나 다이렉트 메시지(이하 디엠), 무엇이든 물어보란 메시지에 대한 답장 기능(이하 톡톡)이다. 직접적으로 소통할 수 없었던 팬들은 톡톡이 열리는 날, 그간 쌓아온 애정을 분출한다. 댓글이 이용하는 모든 이에게 노출되는 열린 장이라면 디엠이나 톡통은 내가 어떤 말을 건네는지 타인에게 알려지지 않는다는 점에서 조금 더 사적이다.

일부 팬들은 이 사적인 공간을 이용해 적극적으로 애정 공세를 펼치는 모양이다. 그 애정은 때때로 선을 넘는다. 내가 당신을 지켜봐왔으니 이런 말을 건넬 자격쯤은 가지고 있다는 착각. 당신은 팬들을 대상으로 제품을 팔고, 인기를 얻고 있으니 팬인 내가 건네는 모든 말은 응수해야 마땅하다는 전제가 깔려있다.

> '아기를 벌써 어린이집에 보내나요? 아직 엄마가 필요한 나이입니다.'
> '○○씨는 애 보는 것보다 일하는 게 더 좋은가요?'
> '돈 좀 벌었다고 요즘은 명품 가방 메고 다니시네요?'
> '예전 얼굴이 예쁜 것 같아요. 피부과 그만 가요. 걱정돼서 하는 말이에요.'
> '왜 요즘은 남편에 대한 이야기를 안 올리죠? 관계 이상 없나요?'

그 어디에도 욕설은 찾아볼 수 없다. 걱정인 듯 노파심인 듯 염려인 듯 혼란스러울 뿐이다. 대부분의 말은 오지랖을 빙자한다. 당사자 역시 대꾸할 말을 잃어버린다. 정색하고 비판할 수도 없는 노릇이다. 의도는 모호하지만, 애정과 사랑이란 이름으로 둔갑한 채 전달되기 때문이다. 인플루언서라는 이유로 모든 말을 감내해야 할 이유는 없다. 그는 매번 '걱정해줘서 고맙다'는 말로 답변을 일축해버린다.

애정, 관심, 참견, 걱정, 노파심, 독설. 이 모든 언어는 언제나 아슬아슬한 경계를 오간다. 지나가다 슬쩍 던지는 말, 던져는 보지만 '아니면 말고' 식의 말. 그 기저엔 내가 호의로 건넨 말이니 당신도 호의로 대꾸해야 마땅하다는 기대심리가 존재한다. 상대방이 원치 않는 선의는 악의가 될 수도 있다는 걸 곧잘 망각하기 때문에 벌어지는 일이다. 이런 일이 비단 인플루언서와 팬들 사이에서만 존재하는 건 아니다. 낯선 타인, 이웃, 동료, 지인, 두터운 관계까지. 오지랖의 말들은 잊을만하면 불쑥 얼굴을 내민다.

본래 오지랖이란 웃옷이나 윗도리에 입는 겉옷의 앞자락을 뜻하는 말이다. 옷의 앞자락이 넓다는 건 한 겹 혹은 두 겹을 더 감쌀 여유가 있다는 뜻이다. 오지랖이 넓다는 건 타인을 감싸는 마음의 폭이 넓다는 뜻과도 연결된다. '저 사람은 오지랖만 넓어서 큰일이다'라는 말과 함께 그저 눈 한번 흘기고 말아버릴 수 있는 건 우리 사회에서 오랫동안 오지랖을 곧 인정이자 인심이자 정(情)이라며 미덕처럼 여겨온 덕분이다.

그 역사를 부정할 순 없다. 이 시대를 살아가는 수많은 이가 이름 모를 타인의 오지랖으로 길러졌다. 길러진 이들이 자식을 낳아 오늘날 우리가 되었다. 선뜻 건네는 인심으로 버텨온 시절이 오늘을 만들었다. 애초에 오지랖의 말들엔 누구에게도 상처를 줄 의도가 없었음은 물론이요, 어디까지나 상대를 내가 포용하겠다는 의지를 담았음은 분명하다. 그 선의까지 탓할 수는 없는 이유다.

그러나 오늘날 선의와 호의는 도망갈 구멍이 되고 있다. 상대를 있는 힘껏 불쾌하게 만들어 놓고도 사과는커녕 애정이었고 관심이었다며 도망갈 구멍을 만들어버리는 것. 당사자는 불쾌함을 잔뜩 안고도 정색할 수 없는 노릇이다. 결국 곧잘 소환되는 선택지는 단절이다. 무례하면 차단하고, 싫으면 안 보면 그만이라는 심보다. 공허한 결말이다.

'왜?'라는 호기심이 오지랖으로 돌변할 때

동네에 새로운 공간이 들어섰다. 산책하다 우연히 발견한 곳인데, 겉만 봐서는 도통 뭘 하는지 알 수 없는 디자인이었다. 알 수 있는 거라곤 아주 작게 적힌 출판사 이름과 통창 너머로 보이는 책장 속 가지런히 꽂힌 책들. 독립 서점인가 싶어 포털 사이트에 검색해보니 예상이 맞아떨어졌다. 서점 이름과 운영 시간을 찾아냈고, 며칠 지난 시점에 다시 가보니 마음에 쏙 드는 공간이었다. 알고 보니 온라인에선 제법 유명한 책방이었고 한적한 교외에 있었지만 찾아오는 이 또한 적지 않은 곳이었다.

얼마쯤 시간이 흐르고 지인과 동네 산책을 하던 중에 우연히 책방 근처를 지나갔다. 지인은 건물을 보자마자 '저 책방은 별로였다'며 일화를 들려주었다. 동네에 책방이 들어왔길래 반가운 마음에 대화가 하고 싶은 게 전부였는데, 무슨 질문을 던져도 매몰찬 반응을 보였다고 했다. 구경 삼아 들어가려 하니 운영 시간이 아니란 이유로 대차게 쫓아냈고, 이 외딴 동네까지 손님이 찾아오느냐는 질문엔 '장사 잘 되니 걱정 마시라'고 딱 잘라 말했단다. 혹시 헌책방인가 싶어(주인장 취향대로 큐레이션하는 콘셉트라 주인장이 읽었던 책들이 놓여있다) '책을 기증받기도 하느냐'고 물으니 주인은 기가 차다는 듯 고개를 절레절레 저었다는 것이었다.

이 짧은 대화가 진행됐을 5분 동안 도대체 무슨 일이 벌어진 걸까. 고민 끝에 내린 결론은 이러했다. 간판 하나 없는 건물에 호기심을 느꼈을 지인은 통유리로 된 공간을 바깥에서 기웃기웃 살폈을 것이다. 유리문 한쪽 구석, 아주 작게 적혀있는 운영 시간을 발견했을 리 없다. 인스타그램으로 검색하거나 네이버 지도를 찾아보는 대신 가장 정직한 방법—눈앞에 보이는 사람에게 직접 물어보는—을 택했을 것이다. 반가운 마음에 건넸던 이런저런 질문이 책방 주인에겐 다소 귀찮은 일이 될 거라곤 상상도 못했을 것이다.

책방 주인은 운영 외 시간에 창밖을 기웃거리는 사람이 그리 달갑지 않았을지도 모른다. 그런 사람이 한둘은 아닐 거고, 한 명 한 명 응대하다 보면 정작 쉬어야 할 시간에 쉬지 못하게 되니까. 제아무리 상업적인 공간이라 해도 운영 외 시간에 방문한 사람이 '손님은 많이 오느냐, 헌책도 받아주느냐'라는 질문을 던져오는 일은 달갑지 않을 수 있다.

결국은 맥락의 부재가 아닐까. 간판 하나 없는 책방에 영업시간조차 잘 보이지 않는 건물. 누구든 쉽게 알 수 있는 정보가 제공되지 않는 공간. 영업 시간 적어놨는데 왜 안 보고 들어오지? 생각할 뿐 영업 시간을 적어놓은 글자들이 잘 안 보일 수 있겠다는 이해심은 생략된다. 독립 서점은 보통의 책방과 달리 주인장의 엄격한 큐레이션으로 이루어진 공간이란 걸 세상 사람들 누구나 아는 건 아니다. 반면 공간이 아름답고 신기하다는 이유로 마음껏 들어와서 온종일 사진만 찍다 돌아가는 사람이 하루에도 수십 명이 넘어간다는 걸 대부분의 고객은 모른다. 이러한 서로의 맥락이 전혀 공유되지 않은 상황에서 우리는 곧잘 눈에 보이는 행동만으로 상대를 판단한다. 맥락의 부재는 호기심과 궁금증도 오지랖으로 만들어버린다. 그 선은 누가 정하는 걸까. '왜?'라는, 인간이 가진 본능적인 감정조차 오지랖으로 변질되는 세상은 조금 절망적이다.

기어이 단절이 등장하는 순간

주변에 아기를 가진 지인이 늘어나면서 알게 된 사실이 있다. 유아차를 끌고 다니기에 한국의 거리, 대중교통, 카페, 식당, 화장실은 마땅하지 못하다는 것. 개선해야 한다는 목소리가 높아지고 있지만, 갈 길은 멀다. 그러나 그보다 놀라운 건 30분을 외출하면 지나가는 행인 30명이 말을 걸어온다는 점이었다. 유아차에 아기를 태우고 은평구 한옥마을 한 바퀴 돌고 온 지인의 얼굴이 하얗게 질려있던 날이었다. 지인은 쌍둥이 엄마였다. 날씨 탓인지, 심기가 불편한 탓인지 30분 동안 아기들이 내내 울었던 모양인데 마주하는 모든 사람이 이런 말을 건네왔다고 했다.

'아이고, 아기가 왜 울고 있어.'
'배가 고픈 거 아니야? 어디가 불편한 모양인데.'
'아기가 양말을 왜 안 신고 있어, 감기 걸리게.'
'몇 개월이야? 아기들이 예쁘네.'
'아기가 너무 더워하는 것 같은데.'

착한 대화 콤플렉스

'실내로 들어가. 바깥이 조금 불편하네.'

우는 아기를 달래느라 지인은 밥을 제대로 먹지 못하고 있었다. 밥 먹는 동안 편하게 있으라고 아기를 안고 식당 밖으로 나왔다. 칭얼대는 아기를 달래고 있으니 이번에도 시선이 집중되기 시작했다. 아기가 왜 우는지, 이 아기는 왜 양말을 안 신었는지, 아기가 여자아이인지 남자아이인지, 나에게도 질문세례가 쏟아졌다. 아기 우는 소리가 시끄럽다는 듯 눈을 부라리며 지나가는 이들도 있었다. 평소 이런 시선들까지 홀로 오롯이 감내하는 지인의 심정을 조금이나마 가늠해 볼 수 있었다. 좋은 감정도 싫은 감정도 기어이 상대방에게 전달해야 직성이 풀리는 것. 오지랖은 무언의 언어로 전달되기도 한다.

요즘은 길가에 아기가 반가워도 말을 걸지 말라는 이야기가 심심치 않게 나돈다. 말을 걸어도 안 들리는 것처럼 행동하는 보호자들이 늘어났기 때문이란다. 그네들이 냉소적으로 변할 수밖에 없었을 이유를 조심스럽게 짐작해 본다. 동시에 아기를 데리고 나온 모습이 반갑고 좋아서 기분 좋게 인사를 건넸을 행인들의 심정 또한 짐작해본다. 결국 오지랖을 막기 위한 해결책은 단절뿐인 걸까.

그럼에도 단절을 선택할 수 없는 건

'오지랖' 하면 우리 집 매실 이야기를 빼놓을 수가 없다. 담장이 낮은 탓에 마당에 있는 나무들은 종종 평가의 대상이 된다. 집에 아주 잘 자란 매실나무 한 그루가 있다. 해거리를 하는 모양인지, 언제는 매실이 열두 개 남짓하다가도 이듬해는 또 주렁주렁 달린다. 쭉쭉 뻗어 담벼락 바깥 세상으로 나간 가지들에도 매실이 빼곡하게 열린 해였다. 탐스러운 매실은 곧잘 지나가는 이들의 시선을 붙들었고, 행인들이 발길을 멈추고 매실나무를 감상하는 지점은 공교롭게도 내 방에서 3m가량 떨어져 있었다. 그들이 나누는 대화는 고스란히 내 방으로 흘러들어 왔다.

"어머, 이거 무슨 열매야? 몇 개 좀 따갈까?"
"네이버한테 물어봐 봐."
"매실인 것 같은데? 지금 먹으면 너무 떫지 않을까? 하나만 따봐."

종종 주인 없는 시식회와 절도 파티가 열리는지라 이쯤 되면 내 귀도 쫑긋해진다. 이내 잡담의 장이 열리기 시작한다.

"그런데 여기 좀 봐봐. 나뭇잎이 시들었어. 병 걸렸나 봐.

죽는 거 아니야?"

"어머, 그러네. 주인이 관리를 안 해주네."

"아니, 나 예전에 여기 주인 만났어. 어디 회사 다닌다고 하더라고."

나도 모르던 집안 사정을 그들을 통해 확인한다. 근거 없는 수다가 한참 이어지고 이들은 급기야 마당에 진입할 궁리를 시작한다.

"어머나, 저 화분은 분갈이를 좀 해줘야 하는데. 저렇게 키우면 다 죽어."

"그런데 저 꽃 좀 봐, 저게 뭐야?"

"너무 예쁘다, 색깔 좀 봐. 저거 사진 좀 찍을까?"

기어코 그들은 대문을 열고 마당에 들어온다. 나는 타이밍에 맞춰 아주 자연스럽게 현관문을 열고 나간다. 타인의 살림살이에 그토록 할 말이 많은 이들이니 내 앞에서 어떤 말을 건네올지 조금 궁금해서이다.

같은 말을 해오더라도 나의 심기와 컨디션에 따라 그 말들은 다르게 들린다. 매실을 따먹겠다는 소리에 그냥 한 바가지 따서 줄까 싶다가도, 내가 조금 언짢은 기분일 땐 확 절도로 신고해

버릴까 싶기도 한 것이다. 받아들이는 기분이 오락가락한다는 걸 인지하고 있다는 건 그나마 다행일지도 모른다. 저런 것도 오지랖인가 싶어서 또 그리 밉지만은 않아서이다. 그렇게 마당에서 마주한 이들은 한껏 상냥한 얼굴로 또 다른 버전의 오지랖을 표현한다. 어머나, 여기 사시는 분이구나. 아니 꽃이 너무 예쁘길래 사진 찍으러 들어왔지. 그런데 이 화분은 분갈이를 해줘야 해요. 왜 마음대로 들어오는지는 묻지도 못한 채 그저 웃음으로 응수하게 된다. 달리 할 말이 없어서이다.

마당에서 진돗개를 키우던 시절에도 인상적인 오지랖 사례가 있었다. 언제부턴가 며칠에 한 번씩 밥통에 정체 모를 음식물이 담기기 시작했다. 누군가 밥그릇에 음식물을 넣어두고 가는 모양인데 하루종일 밥그릇을 지키고 서있어도 만행은 쥐도 새도 모르게 반복됐다. 이웃집을 수소문해 보니 범인은 앞집 할머니였다. 식당을 운영하는 그는 곧잘 손님들이 남기고 간 음식을 아까워했고 마침 우리 진돗개가 눈에 들어왔던 것. 할머니를 찾아가 '이제 안 주셔도 된다'고 부탁하니 '버리기 아까워서 준 것이니 고마워하지 않아도 된다'는 말이 돌아왔다. '무단으로 타인의 집에 침입하는 행위는 범죄에 해당하고요'부터 시작해야 할까. '사람이 먹는 음식물엔 염분이 많아서요'부터 말해야 할까. 어디서부터 어떻게 설명해야 할지 혼란스러웠다. 그에게는 분명 선의였을 것이다. 나에겐 범죄행위였을 뿐이다. 고작 오지랖으로도 합법과 범법을 오갈 수 있음에 나는 그저 놀라고 있었다.

　담장이 낮은 집들이 즐비한 동네. 마당에서 주고받는 말소리가 온 천지에 울려 퍼지는 동네. 일거수일투족까지는 아니더라도 이웃에 대한 심적 경계가 비교적 낮은 우리 동네 같은 곳에선 이러한 오지랖이 여전히 친절이자 관심이고 애정으로 작용한다. 잘 크고 있던 마당의 나뭇가지들이 어느 날 싹둑 잘려있어 멍하니 보고 있으면 '요 며칠 바빠 보이길래 내가 대신 잘라줬지'라는 이웃의 말이 돌아온다. 별거 아니라는 듯 손사래치며 사라지는 그에게 '누구 마음대로요……?'라고 나는 묻지 못한다. 얼굴 두어 번 마주친 게 전부인 이웃은 언제부턴가 먹거리를 바리바리 싸 들고 집에 찾아온다. 다짜고짜 문을 벌컥 열고 들어와 집안을 휘휘 둘러보는 그와 마주칠 때마다 나는 소스라치게 놀란다. 그런 그네들의 얼굴은 대신 노고를 감내하겠다는 선의와 맛있는 건 나눠먹자는 호의로 가득 차있다. 그 선량한 얼굴들을 앞에 두고 나의 말은 매번 갈 곳을 잃는다.

　그럴 때마다 쉽게 해볼 수 있는 상상이 있다. 아무도 들여다볼 수 없게 담장을 높이 쌓아 올릴까. 성벽을 만들어버릴까. 담장 근처로 다가오지 못하게 뾰족한 가시나무를 심어버릴까. 대문을 멋대로 열지 못하게 쇠창살을 설치해버릴까. 넘쳐나는 오지랖에 질리는 날이면 이러한 상상을 하며 통쾌함을 느낀다. 단절된 세상에선 듣기 싫은 말을 듣지 않아도 될 것이고, 불필요하게 에너지를 소모할 일도 사라질 것이다.

그럼에도 단절해야 한다는 결론을 쉽게 내리지 못하는 데엔 이유가 있다. 단절된 세상에서 살고 싶지 않아서이다. 얼굴을 붉힐지언정 무슨 일이 있을 때 가장 먼저 달려올 수 있는 건 이웃이란 사실에 변함 없다. 진돗개는 건강하게 지내다 제 명을 살고 떠났다. 나뭇가지는 또 자란다. 현관문을 벌컥 여는 것쯤이야 순간의 해프닝으로 넘기면 그만이다. 하지만 음주 운전자가 후진하다 우리 집 담벼락을 무너뜨렸을 때도, 배수로에 문제가 생겨 마당이 온통 물웅덩이가 되었을 때도, 가장 먼저 달려온 건 앞집과 옆집 사람들이었다. 그러니 일상에 수없이 오가는 참견도, 때론 귀찮은 오지랖도 결코 미워할 수가 없는 것이다. 어떤 오지랖은 이처럼 실낱같은 희망이 되기도 하니까.

성벽을 쌓을 것인가, 물꼬를 틀 것인가

어느 날, 60대 한 모 씨 휴대폰으로 '카드 승인, 300원 일시불, ○○편의점'이란 문자가 왔다. 한 모 씨는 '카드 결제 수수료가 빠져나갔나 보다'하고 대수롭지 않게 여겼다. 그러나 다음날, 그는 주머니에 있어야 할 신용카드가 사라졌다는 걸 깨닫는다.

착한 대화 콤플렉스

은행에 전화를 걸어 카드가 분실되었다고 신고했다. 은행 직원은 그에게 '마지막 결제 장소가 편의점이고 소액이니 한번 가보시는 게 어떠냐' 권유해 왔다.

결제된 편의점을 찾아간 한 모 씨에게 직원이 건넨 건 비닐 지퍼백이었다. 그 안엔 자신이 잃어버렸던 카드와 동전 300원이 들어있었다. CCTV를 확인해 보니 카드를 발견한 건 편의점을 방문했던 고등학생 두 명. 이들이 막대 사탕 하나를 결제한 뒤 사탕값 300원과 카드를 직원에게 건네주며 '주인이 찾아오면 전해달라'고 당부했던 것이었다.

오지랖은 때때로 이런 순기능을 발휘한다. 범행 모습을 수상하게 여긴 행인이 신고한 덕분에 보이스 피싱범이 붙잡힌다. 꿈틀거리는 쓰레기봉투를 수상히 여긴 행인은 갓 태어난 강아지들을 살려낸다. 보도국에 들어오는 제보들도 오지랖을 기반으로 이루어진다. 꼭꼭 숨어 있던 칩거 노인을 발견하고, 속수무책인 노인들을 상대로 사기 행각을 벌인 판촉 사기범을 찾아낸다. 말투가 어눌해진 행인을 유심히 살펴보다 소생할 기회를 주는 것도, 어디선가 흘러오는 악취로 농장주가 땅속에 은폐한 폐기물을 발견하는 것도 전부 오지랖에서 비롯된 행위다.

취재할 때 곧잘 만나는 시민 단체 역시 마찬가지다. 얼굴도 이름도 모르는 낯선 이들이 주고 받는 오지랖으로 이 사회가 유지되고 있다 해도 과언이 아니다. 작은 관심, 작은 호기심으로 지자체의 만행을 고발하고, 무분별한 개발을 막아내고, 비리를 발견해낸다. 단절된 관계만이 존재하는 세상에선 결코 일어날 수 없는 일이다.

강북구 번동에서 건강의 집을 운영하는 홍종원 원장은 이러한 사회를 '돌봄이 순환하는 세계'라고 일컫는다. 혼자서 모든 걸 다 결정하고 살 수 있다 생각하지만, 사실상 우린 태어나는 순간부터 죽을 때까지 누군가의 도움 없이는 아무것도 할 수 없는 존재라고. 그 당연한 진리를 곧잘 망각하고 살 뿐이라고. 젊었을 때는 누구나 막연하게 집에서 생을 마감하고 싶다고 생각하지만, 막상 다가온 노년의 삶은 나 혼자 할 수 있는 게 아무것도 없다는 것을 깨닫는 시간일 뿐이라고. 그렇기에 돌봄은 끊임없이 순환해야 한다는 이야기였다.

그가 말하는 돌봄이란 거창한 행위가 아니었다. 편의점이나 슈퍼를 찾았을 때 '안녕하세요'라는 인사 대신 그저 슬쩍 시선을 건네는 것만으로도 충분하다고. 상대방을 힐끗 살피는 마음만으로도 돌봄은 이루어지는 거라고. 서로를 돕겠다는 대단한 마음이 없어도 괜찮다고. 그냥 조금 알 듯 말 듯 신경 쓰면서 살아가는, 딱 그 정도의 시선만 있어도 사회는 건강하게 돌아갈 수 있다는 의미였다.

착한 대화 콤플렉스

그래서 오지랖을 아직은 포기할 수 없다. 오지랖 역시 시선을 건네는 일에서 시작한다. 넘치는 관심, 섣부른 삿대질, 선 넘는 평가에 때론 지치는 순간과 마주하지만 그럼에도 오지랖을 마냥 미워할 수는 없는 까닭은 그곳에 있다. 단절이 당연해진 사회에선 정말 필요한 시선조차 사라져버릴 테니까. 우린 여전히 누군가 건네오는 시선과 내가 건네야 할 시선이 필요한 사회에 살고 있다.

단어를 둘러싼 분노는 어디서 오는가

우린 때때로
조금 더 나를 드러낼 수 있는
보다 강압적인 말투를 선택한다.
알고 보면 과격하고 직설적인 한국어.
그 분노는 어디서 나오는 걸까?

한국어는 흔히 고맥락 언어로 알려졌다. 말 속에 의중이 숨어 있다 보니 활자대로만 해석하면 진의를 결코 알 수 없다는 뜻이다. '잘한다, 잘해'라는 말을 정말 잘한다고 받아들이면 오산이듯 활자가 품은 의미와는 정반대로 해석되는 언어는 무수히 많다. 초점이 화자와 청자의 관계성에 맞춰져 있기 때문이다. 상대방을 배려하고, 관계를 중시하고, 최대한 함축적이고 우회적인 표현으로 에둘러 말하는 화법. 그러나 조금만 뚜껑을 열어보면 우리가 얼마나 직설적인 언어에 둘러싸여 사는지 알 수 있다.

착한 대화 콤플렉스

벗어, 먹어, 죽어, 해, 해줘, 입지 마, 하지 마, 웃기고 자빠졌네, 처먹어, 퍼먹어…….

단순하다 못해 과격하다. 대표적으로 한국어에 자주 등장하는 단어는 '죽음'이다. 맛있다는 걸 표현하기 위해 사람 한 명을 죽이고(둘이 먹다 하나가 죽어도 모른다), 여차하면 한 명을 더 죽인다(셋이 먹다 둘이 죽어도 모른다). 짓궂은 장난을 친 상대에게 하지말라는 의미를 담아 외친다(죽어버린다!). 그걸로도 모자라면 그냥 이미 죽었다 셈 친다(너 죽었어). '하지 마'라는 단어는 곧잘 '죽어'로 번역된다. 먹으면 죽어, 가면 죽어, 웃으면 죽어, 거짓말 하면 죽어, 바람피우면 죽어, 지각하면 죽어……. 가장 아이러니한 건 죽음에 대한 이 모든 말을 웃으며 주고 받는다는 점이다. 반면 '웃기고 자빠졌네'처럼 활자만 보면 '상대방이 나를 웃기게 만들었다'는 뜻이지만 상대방에게 건네는 순간 더 이상의 웃음기는 사라지는 표현들도 있다. 한국어는 여러모로 구사하기가 참 힘든 언어다. 과격한데 부드럽고, 단순한데 복잡하고, 해학적이지만 묵직하고, 문학적이지만 직설적이다.

알고 보면 재미있는 말들은 이밖에도 많다. 중요한 일을 앞두고 긴장감이 맴돌 때도 역시나 사람을 반쯤 죽이려든다(피가 마른다). 가까운 관계일수록 말이 짧아진다는 점도 흥미로운 대목이다. 이를테면 집으로 방문한 지인이 코트를 입고 있는 상황. '옷걸이 줄까?' '코트 벗어서 주면 걸어줄게'처럼 다양한 화법이 존재하지만 곧잘 우리가 선택하는 말은 '벗어'다. 지인을 위해 정성스럽게 요리를 준비했다면 즐겨달라는 뜻으로 다양한 멘트를 건넬 수 있겠지만, 가장 익숙한 말은 '먹어'다. 벗어, 먹어, 죽어 같은 말들은 상당히 자주 쓰이는 '친근함을 표현하는' 명령어에 속한다.

'죽고 싶어서 환장했냐?'라는 말도 생각해 볼수록 기이하다. 죽고 싶어서 환장할 사람이 어디 있겠나. 그만큼 특정 상황에 몰입했다는 뜻이다. 상대의 행동이 마음에 들지 않을 때 상대의 마음을 회유하기보다 일단 '죽음'을 거론하며 으름장을 놓는다. 매사에 사생결단의 언어가 등장한다는 건(강단 있고 멋진 일이기도 하지만) 그만큼 간절하고 절박한 마음들이 기저에 숨어있다는 방증이기도 하다.

거리에 나부끼는 분노

연희동의 한 에어비앤비에 묵었을 때 일이다. 길가에 바위들이 쌓여있고, 바위 위에는 재떨이로 사용되는 작은 뚝배기가 놓여 있었다. 흡연 장소인 모양이었다. 뚝배기 옆으로 작은 나무 간판이 있었다. 간판에는 '담배는 니가 피우고 꽁초는 내가 치우냐 너희 집 앞에서 피워라'는 문구가 적혀 있었다. 의도치 않게 간판으로 시선이 갈 때마다 보이지 않는 누군가 시비를 걸어오는 느낌이었다. 오랫동안 흡연으로 인해 피해를 받아온 동네 주민이 분노를 표출한 것이었겠지만 지나다니는 모두에게 사정없는 공격을 가하는 문구였다.

주택가와 식당이 공존하는 동네에선 어김없이 볼 수 있는 문구다. '여기서 담배 피우면 개새끼' '평생 담배나 피우다가 뒈져라' '담배 피우면 경찰 부릅니다'와 같은 문구가 수두룩하다. '여기서 담배를 피우지 말아 주세요' 같은 말은 더 이상 효력을 일으키지 못한다는 방증이다. 악에 받칠수록 불특정 다수를 향한 분노는 커지고, 말투는 점점 과격해진다.

문구에 대한 고민은 나에게도 있었다. 집 앞엔 작은 식당이 있고, 식당과 우리 집 사이 작은 도로가 나있다. 사람들은 식당에서 걸어나와 우리 집 대문 앞에 서서 담배를 피운다. 나무 아래 그늘이 있어 시원하기도 하고, 앉을 수 있는 차단봉이 설치돼있어 휴식 공간 삼아 이용하는 것이었다. 문제는 후처리였다. 담배 냄새가 집 안으로 흘러들어오는 것과 더불어 가래침을 온 사방에 뱉는 행위, 불씨가 살아있는 꽁초를 (굳이) 마당에 버리는 행위, 먹다 남은 커피가 든 종이컵에 꽁초와 가래침을 죄다 모아두고 마당에 툭 던지고 가는 행위까지. 그렇다고 '담배 피우면 개새끼' 같은 문구를 적어놓고 싶지는 않았다. '담배 피우다 뒤지라'는 문구로 상대방의 불행을 빌고 싶지도 않았다. 어떻게 해야 보는 사람도 기분 좋게 꽁초 처리를 할 수 있게 만들까. 고민하는 사이 10년이 흘렀다.

그러던 어느 날 식당 주인으로부터 문자로 사진 두 장이 날아왔다. '가정집 앞 절대 흡연 금지'라고 써놓은 현수막을 우리 집 대문에 붙여놓은 사진이었다. 그에게 찾아가 자초지종을 물으니 흡연으로 인한 민원도 많고, 골치 아파하는 것 같기에 본인이 직접 바쁜 시간 내서 문구도 고민했고, 현수막까지 사비로 제작해 붙였다는 것. '내가 이만큼 고민했고, 이만큼 노력했으니 칭찬해달라'는 그의 마음을 읽어버린 이상 '왜 한마디 양해도 없이 현수막을 붙였느냐'라는 말은 차마 입 밖에 꺼낼 수 없었다.

일단 고맙다는 말을 건넸다. 그 역시 고민이 길었을 것이고, 시간을 투자했을 테니. 나 역시 문구 선정에 고민이 길었다는 걸 넌지시 어필해 보았다. 동시에 강압적인 말투를 적고 싶지 않았다는 속마음을 전했다. 물론 그에게 전달되진 않았던 모양이다.

그로부터 돌아온 대답은 "아니, 작가라는 분이 문구 하나를 생각 못 해요?"였다(우스갯소리로 건넨 말이었다). 강압적인 문구를 붙여야만 흡연 문제를 해결할 수 있는 것일까. 아이러니하게도 그가 붙인 현수막 덕분에 집 앞 흡연 문제는 해소되어가고 있다. 그때 느꼈던 허탈함이란. 위트나 간곡한 부탁 따위는 전혀 전달되지 않는 사회가 되어버린 걸까. 다소 강압적이라 느꼈던 이 문구도 언젠간 효력을 다할 텐데 그때쯤이면 나도 '개새끼'와 같은 욕설을 적어 넣게 되는 걸지 의문이다.

'말 된다'는 말도 안 되는 소리

법이냐 법이 아니냐는 우리가 마주하는 일상에서 중요한 잣대가 되어버린 듯하다. 법으로 제정되는 순간 그 행위엔 금지라는 표식이 붙지만, 법으로 규정되지 않은 행동은 어디까지나 자유롭게 해도 된다는 인식이 잔존한다. 법이 생긴다는 건 강압적으로 제지를 하지 않는 이상 사람들의 양심에 맡기기엔 한계가 있다는 뜻이기도 하다.

말도 마찬가지다. 제재의 언어가 과격할수록 그다음에 등장하는 말은 수위가 높아질 수밖에 없다. 더욱 난폭하고 과격한 언어가 수반되는 건 당연한 순서이다. '하면 안 돼'라는 단어로 더 이상 조절할 수 없는 수준에 이르면 '하지 마'라는 단어가 등장한다. 행위의 씨앗 자체를 차단해 버린다. 그다음은 굳이 적지 않아도 쉽게 상상해 볼 수 있다. 하면 죽어, 하면 헤어질 거야, 하면 끝이야. 이쯤에서 짐작해볼 수 있다. 한번 등장해버린 과격함은 그 이전으로 되돌릴 수 없다는 걸.

누군가 옳은 말을 하거나 공감이 간다는 걸 표현할 때 곧잘 '말 되네'라는 말을 하곤 한다. 맞장구 대용으로 사용하는 말이지만, 자세히 뜯어보면 사실은 틀린 말이다. 《뜻으로 읽는 한국어 사전》에서 저자 이어령은 "말 된다는 말은 그야말로 말도 안 되는 소리"라고 꼬집는다. 말장난 같지만, '말 된다'란 표현은 본래부터 존재하지 않았다는 의미다. 어불성설(語不成說)은 있어도 어성설(語成說)은 없는 것처럼 당연한 것에 유난스럽게 표를 달지 않아도 되는 게 말의 법칙이기에. 그러나 '말 된다'는 말이 유행어처럼 떠도는 건 아마도 우리가 '말이 안 되는 소리를 더 많이 하는 사회'이기 때문이 아니겠냐며 그는 반문한다.

무엇이든 양분화하려는 마음은 곧잘 과격함으로 둔갑하곤 한다. '기야 아니야?' '우리가 남이가!' '아니면 말고' '꼬우면 돼지시던가' '법대로 하세요'와 같은 말도 마찬가지다. 옳고 그름의 성역을 가릴 수 없는 영역에서도 우린 흑과 백을 가려내려 든다. 그 안에 숨은 진의를 들여다본다. 극단적인 선택지를 상대에게 들이대는 심리란 무엇일까. 선명한 편 가르기가 불가능하다는 걸 알면서도 도저히 중간쯤에 서있는 건 용납할 수 없겠

착한 대화 콤플렉스

다는 심성. 어쩌면 그건 절박함을 나타내는 걸지도 모른다. 과격한 언어들이 늘어난 세상은 얼마나 더 삭막해져있을까. '모 아니면 도'만 인정받는 세상은 얼마나 무미건조할까. '얘기가 되고 안 되고'에 따라 버려지고 묻혀버리는 이야기는 또 얼마나 많을까. 절박함이 만들어낸 언어의 양극화는 결국 우리들의 숨통을 조이고 있는 셈이다.

대문에 붙은 흡연 금지 문구는 여전히 숨을 턱턱 막히게 만든다. '절대 금지' '경고' '고발'과 같은 말들이 붙어있는 집에 살고 싶지 않아서다. 이런 문구로 발길을 돌리는 사람이 늘어나는 것조차 내겐 희소식으로 느껴지지 않는다.

다행스럽게도 개그와 위트는 아직 통하는 모양이다. 한동안 '당신께!'로 시작하는 금연 안내문이 지인과 나 사이 화두였다. 양재동 한 건물에 붙어있던 이 안내문엔 '멋진 애연가 님, 끽연 시 아름다운 모습 그대로 꽁초도 휴지통에 버리는 품위를 지켜주세요!'라는 내용이 자필로 적혀있었다. 가던 이도 발길을 멈추게 만드는 품위. 그 글을 읽은 이 역시 스스로의 품위를 챙기기 위해 꽁초를 수습하지 않았을까 기대해본다.

유튜버 랄랄(이명화 캐릭터) 얼굴 사진도 화제였다. 건물주 아주머니 콘셉트로 분장한 얼굴을 대문짝만하게 실은 사진엔 다음과 같은 문구가 적혀있다.

'여그. 서. 담배. 피우지. 마라고 여러번, 예기. 해슬텐대 한.번 더. 걸리믄 나, 인재. 안차마요.'

평소 흡연 문제로 골머리를 앓았던 팬들이 해당 포스터를 주문했고, 기대를 뛰어넘는 효과를 보았다는 후기가 넘쳐났다. '개새끼'와 '고발 조치'와 같은 무시무시한 단어가 아니라도 사람의 마음을 움직일 수 있는 희망은 여기에 있다.

착한 대화 콤플렉스

내가 쓰는 '있어 보이는 말'

혹시 일상에서도 업계 용어를 쓰고 있진 않은가.
이 정도쯤은 상대방도 알고 있겠거니 손쉽게 생각하고 있진 않을까.
내가 사용하는 '있어 보이는 말'엔 과연 누가 들어 있을까.

지금이야 여기저기 자주 들리는 말이라 조금 익숙해졌다고는 하지만, 한때 판교 사투리라고 불렸던 말이 있다. 말이랄까, 화법이랄까, 표현이랄까. 그냥 새로운 언어랄까.

판교 IT 업계 종사자들이 한국어와 영어를 섞어 사용하는 걸 두고 붙여진 이름이다. 이를테면 '제가 팔로업할 테니까 저희 쪽으로 토스 좀 해주세요. 좀 더 디벨롭해보고 계속 커뮤할게요. 중간중간 피드백 주시면 감사하겠습니다'와 같은 문장. 우리말로 풀어보자면 이러하다. '제가 후속 작업할 테니까 저희 쪽으로 일 넘겨주세요. 좀 더 보완하면서 계속 이야기합시다. 중간중간 보시고 의견 주시면 감사하겠습니다.'

특정 업계 종사자들끼리 공유하는 언어는 비단 판교 IT 회사만의 문제는 아니다. 스타트업 종사자인 지인에게 물었다. 그는 회사 내에서 '데이지'라는 이름으로 불린다고 했다. 과장, 부장, 차장과 같은 수직 관계가 뚜렷하게 드러나는 대신 닉네임을 써서 보다 수평적인 관계를 중시하자는 뜻이겠다. 데이지는 부서 내 팀원들과 잠깐 이야기를 할 때 이런 말을 건넨다고 한다.

"잠깐 커뮤 좀 하실까요?"

아마도 대화, 소통, 이야기를 뜻하는 영어 커뮤니케이션(communication)이란 단어인 듯하다. 정작 단어의 본고장 미국에선 일상에서나 회사에서나 커뮤니케이션을 '커뮤' 혹은 '컴'으로 줄여 말하지 않는다는 점은 아이러니하지만. 그런 점을 모두 차치하고서라도 왜 '이야기'나 '커피 한 잔' 정도로 대체되지 않는지는 궁금했다. 데이지가 답해주었다.

"그건 살짝 업무와 동떨어진 이야기를 하자고 하는 느낌이에요. 사적인 이야기를 하자거나 혹은 심각한 문제가 생겨서 불려나갈 때 쓰는 느낌에 가까워요. 만약 누가 저한테 '데이지, 잠깐 대화 좀 할까?'라고 하면 업무 태만이라든가 진행 중인 프로젝트에 문제가 생긴 느낌. 살짝 긴장

되죠."

그러고 보니 스타트업과 업무를 진행하는 날이면 나는 곧잘 이방인이 되곤 했다. 영어로 된 닉네임을 따로 설정하지 않았던 나는 '데이비드' '브랜든' '지니'가 있는 세상에서 홀로 '유승민'으로 존재했다. 함께하는 프로젝트를 설명할 때는 대강 이런 식으로 대화가 흘러갔다.

"승민 님, 아사나에 구글닥스 초고 올려주시면 이안이 댓글로 피드백할 거거든요. 케이스 스터디 위주로 작성해 주시면 될 것 같고요. 저희의 크레더빌리티 파트너이시니 이번에도 잘해주실 거라 믿습니다!"

바꿔보자면 이렇다.

"승민 님, 협업 툴 '아사나'에 '구글닥스'라는 문서 툴로 작성한 초고를 올려주시면 '이안'이라 불리는 직원이 댓글로 원고에 대한 의견을 달아줄 겁니다. 원고는 사례 연구 위주로 구성해 주세요. 잘해주실 거라 믿고 있습니다!"

보도국에서 한글 파일과 워드 문서, 기껏해야 PDF 파일을 벗어나 본 적 없는 내가 가장 먼저 해야 할 일은 네이버에 '아사나 사용법'을 검색해 보는 것. 문득 궁금해져 '데이지'에게 요즘 스타트업은 다들 '아사나'를 사용하는 것이냐 물으니, 그로부터 '아사나는 조금 사용하기 까다롭고 저희는 클릭업을 쓰긴 해요' 라는 답이 돌아왔다. 클릭업…… 이건 또 무엇인가. 마치 레스토랑에 들어가 오늘 추천 메뉴가 무엇이냐 물었을 때 '리소토 버섯 크림 타르투포 스테이크랑 트러플 쿨리 파케리가 맛있습니다'라는 대답을 듣는 기분이랄까. '타르투포'와 '쿨리 파케리'가 뭔지 모르는 나는 그저 '리소토'를 먹을지 '스테이크'를 먹을지 고를 수밖에 없는 것이니.

알아들을 수 없는 말들이 일상 속으로 스며든 지 오래다. 대체로 영어를 본고장으로 둔 이 용어들은 전문용어이지만, 마치 알아듣지 못하는 네가 이상하다는 느낌을 주듯 다소 불친절하기도 하다. 마음 같아서야 모든 용어를 다 이해하고 그에 상응하는 반응을 내놓고 싶지만, 단어 하나하나를 붙들고 있자니 다소 민망하고 껄끄럽다. 데이지와 만났던 그날도 우린 연희동에 있는 한 커피숍을 갔는데 마침 그곳은 전문 커피 로스터리였고, 직원들은 '우린 이렇게 힙하고 멋진 곳이야'라는 얼굴로 커피를 안내해주고 있었다. 주문한 커피가 나왔을 때 직원은 세상에서 가장 친절한 얼굴로 이런 설명을 해주었다.

"주문하신 코스타리카 핀카 살라카 파카마라 라이트 허니인데요. 라이트 허니 프로세싱 특징 중 하나는 20~30% 점액질을 남겨두는 것이거든요. 적게 남아있기 때문에 워시드 프로세싱이랑 비슷한 뉘앙스를 가지고 있습니다. 자몽, 호두, 땅콩과 같은 견과류의 고소한 맛을 느낄 수 있어요."

이 기나긴 설명 끝에 내가 알아들을 수 있는 건 자몽, 호두, 땅콩뿐이었다. 안타까웠다. 몹시 친절한 설명이었지만, 발설되는 그 어떤 단어도 이해할 수 없었기에. 정성 들여 내려준 커피를 맛보고도 건넬 수 있는 감탄사 역시 한정적이었다. '음, 맛있네요.' '향이 좋네요.' 만약 내게도 전문적인 상식이 있었더라면 이런 질문을 던져볼 수 있었겠다. '라이트 허니 프로세싱이군요. 데일리로 마시기에 적당히 산미 있는 커피죠. 풍미가 아주 좋네요.'

영어 잘하는 대한민국

물론 보도국에서도 외부에서 사용하지 않는 전문용어를 많이 사용한다. 요즘이야 '디졸브' '데스크' '컨펌' '팔로우' 같은 단어를 쓴다지만, 업계와 관련 없는 사람들과 이야기할 땐 가급적 다른 단어로 풀어써야 한다는 걸 절감한다. 그럼에도 쉽지만은 않다. 단어 하나만 던지면 쿵짝이 맞아떨어지는 대화 상대랑 말할 때와는 달리 '데스크라는 건 기사 초고가 나오면 그걸 검토해서 수정해주는 역할을 하는 상사인데……'부터 시작해야 하니 말이다. 그럼에도 그 작업을 거치지 않게 되었을 경우 상대가 느낄 수 있는 소외감을 간과할 순 없는 노릇이다. 상대가 알아들을 거로 생각하고, 안일하게 넘어가는 일이 반복될수록 발설자는 '이런 단어쯤 다들 알아듣겠지'라는 의식에 젖어 들기 시작한다.

일상에서 사용하는 외래어가 얼마나 많을까? 관찰해보기 시작했다. 의외였던 곳은 공공기관이었다. 하루는 취재 차 주무관과 통화를 하는데 '저희도 디벨롭을 해야 될 필요를 느꼈다'는 말을 들었다. 보완할 필요성을 느낀다는 취지였다.

공공기관은 국민을 대상으로 운영하는 기관인 만큼 누구나 쉽게 알아들을 수 있는 언어를 사용해야 마땅한 곳이다. 외래어가 가장 마지막으로 도입되는 곳이자 순화어와 우리말이 가장 먼저 사용되는 곳이라 생각했던 건 나만의 착각이었을까. 수화기 너머로 그가 '보완' 대신 '디벨롭'을, '허가' 대신 '컨펌'이란 단어를 들려줄 때마다 적잖게 놀랐다.

실로 공공기관 외래어 남발은 수차례 보도된 바 있었다. 도심 속 빈 공터에 산책로를 조성한다는 취지로 (극소수만 겨우 알아들을 수 있는) '에스플러네이드'라는 토목 용어를 사용하는가 하면 반려동물 장례 서비스를 시작하겠다며 '찾아가는 펫천사'라는 이름을 붙이는 식이다. 75세 이상인 구민에겐 무료로 지원한다고 홍보하는데, 정작 75세 구민은 이름을 외우지 못해 버벅거리는 모습을 보였다.

외래어를 사용했을 때 전달되는 고유의 뉘앙스는 물론 있다. 그러나 무언가 '있어 보이는' 느낌을 강조하기 위한 외래어 사용법이 난무한 건 공공연한 사실이기도 하다.

거리에 나가면 한글로 쓴 간판을 찾아보기 어렵다는 기사도 수년째 보도되고 있다. 홍대 한 상가 건물에 다닥다닥 붙은 외래어 간판을 취재한 적이 있었다. 건물에 걸린 간판 아홉 개 가운데 한글로 적힌 건 두 개뿐이었다. 직원에게 뜻을 물어보니 '잘 모르겠고 다른 사람에게 물어봐야 할 것 같다'는 답을 들었다. 다른 직원에게 물으니 '정확하게는 모르겠지만 이탈리아어인데…… 아닌가? 프랑스어인가?'라며 취재진에게 되묻는 일도 있었다.

서울의 한 백화점은 화장실과 승강기가 죄다 영어로만 적혀 있다. 한 행사장을 홍보하는 입간판에는 'YOUNG하고 COOL하고 HIP한 모든 것'이란 설명 글이 붙어있었다. 의류 매장을 구분하는 용어로 'YOUNG CHARACTER'란 단어를 써놨지만 정작 미국에서 온 관광객은 '무슨 뜻인지 모르겠어요. 너무 모호한 두 단어가 합쳐진 것 같은데'라며 난감한 표정을 지었다. 경로당은

'실버클럽', 아이들을 위한 공간은 '키즈 스테이션', 노점은 '스마트 로드숍'이 되었다. 정작 필요한 사람들에게 전달되지 못하는 외래어는 과연 누구를 위한 언어일까 자문하게 된다.

물론 외래어 사용을 막을 순 없을 것이다. 끝도 없이 등장하는 외래어들은 어째선지 한국어로 바꿔내기 어려운 특유의 뉘앙스를 담는 경우도 있다. 대화나 소통이란 단어를 꺼내자니 무겁고 진지한 나머지 상대에게 부담을 줄 수 있다는 점. 그 중압감을 내려놓기 위해 선택한 단어가 결국 '컴'과 '커뮤'였으리란 생각에 미친다면 이 단어가 주는 가볍고 경쾌한 느낌은 한편으로는 반갑기도 하다.

외래어를 사용하는 게 조금 더 그럴듯해 보이고, 있어 보인다는 사실 또한 무시할 순 없다. 외래어를 사용하는 일이 한국어를 하대하는 것과 직결된다고 생각하지도 않는다. 트러플 파스타를 먹고 싶다는 사람에게 굳이 정확한 우리말로 '송로버섯 냄새 나는 볶음면?'이라 되물을 이유가 없듯이. 다만 외래어나 전문용어를 사용할수록 소외되는 누군가는 존재한다는 사실엔 변함이 없다. 소외되는 그 누군가가 늘어갈수록 나의 세계 또한 좁아질 수밖에 없다는 사실도.

착한 대화 콤플렉스

세대를 이어주는 와이파이

종로구에 있는 한 시민 센터를 방문한 날이었다. 3층짜리 건물에 1층과 2층은 도서관, 3층은 커피숍으로 시민들 누구에게나 개방된 공간이었다. 주간 시간, 1층 보안을 담당하던 분이 전화 받으러 나가는 나를 붙잡고 잠시 물어볼 것이 있다며 말을 건넸다.

"잠깐만 부탁 좀 들어줄래요? 컴퓨터를 좀 하시나요? 아무래도 젊으니까 잘하겠죠?"

상황은 얼추 이랬다. 그는 비교적 일찍 은퇴한 50대 남성. 두 번째 직장으로 이곳에서 경비 업무를 맡았다고 했다. 전에 일했던 직장에선 인터넷을 쓸 일이 없었는데, 막상 직장을 그만두고 나니 노트북이란 걸 사용해 보고 싶어 용돈을 모아 최근 중고 노트북을 한 대 장만했다고 했다.

딱히 필요성을 느끼지 못했던 터라 평생 컴퓨터와 거리를 두고 살아온 그는 이제부터 부지런히 컴퓨터를 배워볼 생각이라 했다. 그랬던 그가 예상보다 빠르게 난관을 맞닥뜨린 것이다. 첫 번째 장벽은 와이파이 사용법이었다. 퇴근하고 집에 가서 들뜬 마음에 노트북을 열었는데, 인터넷이란 걸 어떻게 사용해야 할지 몰랐던 것이다. 우여곡절 끝에 와이파이라는 단어를 알게 된다. 마침 집에 있던 아들에게 '와이파이라는 건 어떻게 하는 것이냐'고 물으니 평소에도 무뚝뚝했던 그의 아들은 이렇다 할 설명 한 마디 없이 쪽지 한 장을 건네왔다고 했다.

와이파이 아이디 : ABCDEF
와이파이 비밀번호 : abcdef

　그는 꼬깃꼬깃 접은 종이를 보여주며 나에게 '이건 무슨 뜻이냐'고 물어왔다. 순간 당황했다. 무엇보다 그분의 수중에 노트북이 없었다. '이따가 퇴근하시고 노트북을 켜게 되면요……'부터 이야기를 시작해나갔다. 줄곧 설명을 듣던 그가 책상에 놓인 데스크톱을 가리키며 물었다. '그러면 이 와이파이라는 걸 여기서도 쓸 수 있는 건가요?' 안 된다고 말해야 하는데 왜 안 되는지를 설명해야 하니 난감했다. '와이파이라는 게 뭐냐면요……'부터 시작해야 했다. 그것은 마치 눈에 보이지 않는 전자파 같은 신호인데, 선생님 댁은 여기서 멀지 않으냐. 그러니 선생님 댁에서 보내는 신호는 여기까지 닿지 않을 것이다. 하지만 이 건물에서도 신호를 보내고 있다. 지금 제 휴대폰에 잡히는 이 신호가 이 건물에서 보내고 있는 와이파이다. 여기까지 설명하니 그는 '조금은 이해가 간다'며 고개를 끄덕였다. 그런데 질문이 아직 남았다고…….

　　　　　　　　　　　　　　착한 대화 콤플렉스

"그러면 집에 가서 제가 노트북을 펴잖아요. 그러면 와이
퍼…… 와이프…… 와이파이는 어떻게 쓰는 건가요?"

  나에겐 일상용어이지만, 누군가에겐 여전히 낯설기만 한 단
어. '와이파이를 쓴다'는 문장 하나에 얼마나 많은 행위가 함축
되어 있는지 오랫동안 망각하고 있었던 것이다. 당연하고 익숙
하다는 이유로. 컴퓨터를 열어 와이파이 버튼을 누르고 신호가
강력한 아이콘을 한 번 더 눌러서 와이파이 비밀번호를 입력한
다. 일련의 행위를 다 마쳐야 '와이파이를 쓴다'는 말이 완성된
다. 커피숍에 들어가 벽면에 붙은 와이파이 아이디와 비밀번호
를 당연하게 입력하곤 자연스럽게 인터넷을 사용하던 나날에
익숙해진 탓이었다. '와이파이가 뭔가요?'라는 질문을 던지는
이에겐, 와이파이가 와이프인지 와이퍼인지 혼란스러운 이에겐
당연히 예측할 수조차 없는 막막함의 세계일 수밖에.
  노트북을 처음 샀다고 상상한 뒤 설명하기 시작했다.

  "노트북을 열면 오른쪽 하단에 우산 같은 모양이 있을 텐
  데 그 작은 우산을 클릭……. 그러니까 마우스……. 이 작은
  물체를 잡고 검지로 왼쪽을 누르면 그 우산이 펼쳐지면서
  알 수 없는 영어들이 뜰 거예요. 그중에서 아드님이 적어
  준 ABCDEF를 누르면 비밀번호를 입력하라고 나올 텐데

거기에 abcdef를 넣으면 와이파이가 연결될 거예요."

와이파이 사건은 그렇게 일단락됐다. 상대방이 당연히 알 거라 가정하고 발설되는 말들은 세상에 얼마나 많은 걸까. 정말 그 모든 걸 정보의 빠름, 시대의 흐름이라 일축해 버려도 괜찮은 걸까. '키오스크로 주문해 주세요'라는 말을 건네기 이전에 키오스크가 대체 뭔지부터 설명해야 하는 건 아닐까. (키오스크는 여전히 낯선 매장에 갈 때마다 약간의 긴장감을 주기에 나 역시 버벅거린다.) 모든 속도에 적응을 빨리하는 것만이 능사일까.

우리는 너무도 손쉽게 이 모든 걸 '세대 차이'라는 네 글자로 일축해 버린다. 적응하기까지 일련의 과정이 존재했다는 걸 금세 망각하고, 익숙함이란 이름으로 과정을 삭제해 버린다. 훗날 무언가를 처음 접하는 이를 만났을 때 '왜 모르지?'라는 생각부터 떠오르는 것처럼. '와이파이가 뭐죠?'라는 질문에 잊고있던 과정의 기억을 끝없이 떠올려야 했던 것처럼. 내게 당연하고 익숙한 것들도 얼마든지 상대방에겐 장벽일 수 있다. 그 당연한 걸 매일 절감하면서도 매순간 잊고 지낸다. 나만 알고 있는 용어를 들이대면서 상대방이 알아듣지 못하면 '아, 말이 안 통해' '아, 설명하기 귀찮아'라며 게으름을 피웠던 건 아닐까. 정보격차와 언어격차를 비단 세대 차이라고만 일축할 수 없는 이유는 분명하다. 무언가를 알고 있다는 건 그저 운이 좋았고, 기회가 있었기에 가능한 것이라서다.

그날 그가 건네온 질문은 내게도 낯선 세계가 있다는 걸 다시금 일깨워 주었다. 작업자로부터 '아사나'라는 이름을 받아든 순간 대차게 동공이 흔들리던 나의 순간과 '와이파이'라는 네 글자를 처음 마주했을 그의 순간은 그리 다르지 않다. 새로운 세계에 한 발자국 내딛는 순간, '있어 보이던 말들'이 어느새 나의 일상 언어가 되어버리는 것처럼 누구에게나 낯설고 더딘 시작점은 있기 마련이다. 그러니 있어 보이는 말도, 있어 보이는 세상도 누군가를 소외시킬 수 있다는 것. 우리에겐 그 지점을 잊지 말아야 할 책임이 있다.

2 부

말은 잘못이
없다,

쓰임이

잘못됐을 뿐

공감대를 형성할 수 있는 유일한 방법

언어 감수성, 잠재적 가해자 혹은 피해자,
직장 내 괴롭힘, 차별 언어, 가스라이팅…….
하루가 멀다 하고 등장하는 단어에서
공감의 갈피를 잡기란 여간 어려운 일이 아니다.
우리가 원하는 '공감'이란 무엇일까.

이른 아침이었다. 모르는 번호로 전화가 걸려 왔다. 온라인 쇼핑몰 고객 센터였다. 몇 가지 질문이 오가고, 신원 확인을 마친 직원이 다짜고짜 나에게 사과하기 시작했다.

> "고객님, 남겨주신 내용 잘 확인했습니다. 진짜 많이 속상하셨죠. 저였어도 진짜 속상했을 것 같아요. 진짜 화가 납니다."

전날 밤 작은 배달 사고가 벌어졌다. 사고라고 하기엔 다소 민망하지만, 상황은 이러했다. 자정 가까운 시각, 바깥에서 무거운 물체를 떨어뜨리는 듯 '쿵'하는 소리가 들렸다. 종종 폐기물 수거하는 차량이 물건을 던질 때 나는 소리였다. 그런데 재활용 업체라 하기엔 다소 이른 시간이었기에 나가보니 방금 배달하고 간 상자가 마당에 뒹굴고 있었다. 하필 눈이 온 날이었다. 상자에서 쏟아져 나온 채소들이 흥건하게 젖어있는 상태였다. 평소라면 대문 앞에 놓여있어야 할 상자가 왜 여기에 떨어져있을까. 조금 의아했다. 상자가 떨어진 동선을 추측해보니 낮은 담장 너머 마당에 슬쩍 던져두려 했던 게 잘못 착지하는 바람에 테이블에 부딪혀 굴러떨어진 것이란 계산이 나왔다. 채소가 뒹굴고 있는 걸 보고도 그냥 떠났다는 점이 야속해 사진을 찍어두고 교환을 요청했다. 그렇게 걸려온 전화였다.

'배송 사고로 인한 교환 요청'이란 짤막한 민원을 확인한 직원은 아마도 내가 분노에 휩싸인 상태일 거라 예상했던 모양이었다. 이미 지나간 일이었고, 직원을 통해 확인하고 싶었던 건 교환이 가능할지였다. 그러나 직원은 전화가 연결된 순간부터 끊임없이 사과를 건네오기 시작했다.

"제가 고객님 입장이라 생각해보니 진짜 속상한 일입니다. 많이 화가 나시고 속상하셨을 심정이 진짜 이해가 갑니다. 정말 죄송하다고 대신해서 사과드리고 싶어요."

착한 대화 콤플렉스

괜찮다고 여러 번 말해도 소용이 없었다. 이쯤 되면 내가 화를 내야 정상인가, 생각할 정도로 사과가 거듭됐을 무렵 점점 정신이 혼미해졌다. 애초에 그의 잘못도 실수도 아니었기에 딱히 나는 그에게 할 말이 없었다. 하지만 그가 왜 이렇게까지 해야 하는지 어렴풋하게나마 짐작해 볼 수는 있었다. 그는 나를 비롯한 소비자들과 직접 소통을 해야 하는 창구 직원. 배달 사고, 제품 불량, 판매자 문의, 제품의 주문부터 배송에 이르기까지. 소비자를 설득하고 이해시키기 위한 '소비자의 언어'를 구사해야 하는 역할이었던 것이다.

'괜찮다'는 말을 접고, 그의 이야기를 들어보았다. 그러자 반복해서 들리는 단어가 있었다. '진짜'라는 말이었다. 진짜 공감하고, 진짜 화가 나고, 진짜 죄송하다는 이야기. 진짜 말이 안 되는 상황이고 진짜 재발되지 않게 조치를 취하겠다는 이야기. 누가 그에게 '진짜'를 요구했던 걸까. '진짜'가 거듭될수록 수반되는 모든 단어의 의미는 점점 퇴색되어갔다. 공감도, 화도, 사과도. 결국 그는 마지막까지 '진짜 공감'하고 있다는 말을 건네면서 통화를 마쳤다.

은행 콜센터 상담직원을 취재했을 때 '공감 호응어'라는 단어를 알게 됐다. 공감 호응어는 상담사가 고객한테 얼마나 공감하고, 호응하는지 판가름의 척도로 사용되는 상담 언어다. 이를

테면 고객이 은행 고객 센터에 전화를 거는 상황. 누르는 ARS와 보이는 ARS를 선택하게 된다. AI 도입으로 편리해졌다고는 하지만, 여전히 시도 때도 없이 오류가 발생하는 모양이다. 지치다 못해 분노가 쌓인 고객들은 결국 그 화를 상담사에게 쏟아낸다. 실제 통화 녹음 파일을 들어본 결과 현실은 내가 상상했던 수준을 뛰어넘을 정도로 잔혹했다. 적나라한 욕설은 산업안전보건법에 제재를 받는다는 걸 아는 고객들일수록 (법에 걸리지 않는 선에서) 더욱 집요하게 상담사를 괴롭혀왔다. 문제는 이러한 고객들에게도 욕처럼 들리지만, 욕설은 아닌 말들을 쏟아내고 버럭 소리를 지르면서 상담사를 당황하게 만든다. 반복적으로 상담사의 말을 끊어가며 제 할말만 늘어놓는다.

결국 문제를 해결하기보단 분노를 쏟아낼 창구가 필요했던 모양인데, 문제는 이러한 고객들에게도 끊임없이 공감을 하고 사과를 해야 한다는 점이었다. 상담 내역은 점수화되고 상담사들의 월급을 차감하는 기준이 되는 것이니 상담사들은 그저 정해진 멘트를 읊는 수밖에 없었던 것이다.

"고객님께 불편드려 죄송하다, 이런 멘트를 반복하는 것밖에 다른 방법은 없어요. 공감 호응어라고 하죠. 고객님 말씀을 경청하고 있다, 듣고 있다는 걸 표현하는 건데 전부 점수화가 되어있어요. 예를 들어서 '그러세요'라고 하

착한 대화 콤플렉스

면 감점이에요. '아, 그러세요'라고 해도 감점입니다. '아, 고객님 그러셨어요'라는 말을 최대한 감정을 실어서 도레 미파솔, 할 때의 솔 톤으로 친절하게 말을 해야 감점이 되지 않고 점수를 받을 수 있는 형태라……."

결국 공감 호응이라는 이름 아래 숨소리와 침묵, 토씨 하나까지 포함되는 식이었다. 숨을 조금이라도 크게 쉬면 한숨 쉰다고 감점이 되고, 묵음이 3초 이상 지속되어도 감점. 그러니 기침이나 딸꾹질, 통화 중에 물을 마시는 것조차 용납되지 않는다. 하다 못해 고객들의 정보를 확인한답시고 잠깐 정적이 흐르는 상태로 3초가 지나가면 감점이니 상담사들은 실제로 AI가 되길 강요당하는 수준이었다. AI 오류로 발생하는 사고를 수습하는 과정에서조차 AI와 같은 능력을 요구당하는 것이니 참으로 아이러니한 상황이 아닐 수 없다.

여기에 한 단계 업그레이드된 '고차원 공감 호응'이 더해진다. 가령 고객의 생일인 게 확인되면 '오늘 생일로 확인되시는데 생일 축하드립니다'라는 멘트를 토씨 하나 틀리지 않고 건네야 한다는 것. 더운 날씨가 지속되면 '무더위에 건강 유의하시길 바랍니다'라는 식으로 절기마다 계절 인사를 해야 한다는 것. 더러 상속 계좌를 문의하는 고객이 있을 경우, 상 중인 가족이 전화를 걸어올 거란 전제하에 '삼가 고인의 명복을 빕니다'라는 말을 건네야 한다고도 했다. 한번은 이 말을 들은 고객이 수화기를 붙들고 오열을 했다. 알고 보니 상주였던 것이다. 정해진 멘트를 건네야 하는 상담사의 마음도 착잡하겠지만 눈물을 쏟아내는 상주의 마음 역시 형언할 수 없을 터. 공감 호응이라는 말이 이처럼 잔인한 말이었던가. 결국 우리 사회가 요구하는 '공감'이라는 말이 얼마나 난잡하고 무식한 방법으로 오용되는지 확인할 수 있었다. 더불어 나에게 '진짜 공감'을 강조해왔던 상담사 직원이 어떤 마음으로 수화기를 붙들고 있었을지 그제야 가늠해볼 수 있었다.

공감을 '정해진 멘트'로 전달할 수 있다는 생각은 다소 오만하게 느껴진다. 반복하고 강조한다고 감정이 전달되는 건 아니기 때문이다. 직접적인 언어로 등장하는 순간 본래 지녔던 성정을 상실해버린다. 소통, 자유, 공감처럼 그럴듯한 의미를 가진 단어들이 곧잘 반복되고 오용되는 것처럼. 선거철마다 정치인이 자주 내세우는 소통이라는 키워드는 또 어떤가. 심심찮게 들리는 소통이란 단어는 이제 조금 우스운 단어가 되었다. 짧은 연설 안에 수십 번 반복되는 자유는 어떤 자유를 의미하는지 더 이상 알 수 없다. 단어의 사용이 반복될수록 의미의 명징함을 잃고 둔탁한 소리를 낸다.[1] 참 아이러니한 일이다. 단어의 온전한 의미를 전달하기 위해 발음해버리는 순간 그 의미가 상쇄된

착한 대화 콤플렉스

다는 건.

직원이 '진짜'와 '공감'이라 힘주어 발음할 때마다 단어들은 본래 가졌던 힘을 잃어갔다. 그가 두 단어를 번갈아 외치는 모습에서 이름 모를 고객의 얼굴을 떠올릴 수 있었다. 메마른 목소리로 사과를 건네는 직원에게 대충 응대하지 말라며 윽박질 렀을 사람. 자신의 분이 풀릴 때까지 거듭 직원에게 사과를 요구했을 사람. 그리고 어쩌면 나 역시 그 얼굴들에서 벗어날 수 없을 것이다. 고객센터는 내가 무언가에 불만족스러울 때 찾는 곳인 만큼 언제나 화가 나있고 못마땅한 목소리로 그에게 말을 걸었을 테니. 무엇이 그로 하여금 '진짜'와 '공감'을 외치게 만든 것일지 가늠하는 일은 그리 어렵지 않다.

언어 감수성, 잠재적 가해자 혹은 피해자, 직장 내 괴롭힘, 차별 언어, 갑질, 가스라이팅. 하루가 멀다 하고 뜨거운 이슈로 떠오르는 단어들. 이 역시 공감의 결여에서 비롯된다. 뉴스에 나오는 갑질을 보며 '세상에 저런 나쁜 사람이 다 있네?' 혀를 차면서도 정작 나는 그럴 사람일 리 없다는 믿음을 가지는 일, 감정 노동으로 고충을 토로하는 노동자 목소리에 공감하면서도 내가 불편함을 겪는 상황에선 분노를 표출해도 마땅하다 여기는 일. 과연 우리의 삶은 '공감'이란 단어에 얼마나 닿아있는 걸까. '진짜 공감'을 강요하는 주범에 우리 스스로는 포함되어 있지 않은 걸까. 자문해본다.

끊임없이 반복되는 단어들과 공감의 결여

공감이라는 단계에 접어들기 이전부터 대화를 가로막는 말들이 있다. 또 그러네, 또 나왔네. 공감을 방해하는 말들이다. 이는 기시감, 피로감과 즉각적으로 연결된다. 결국 공감의 단계에 이르기 직전 공감을 포기하게 만드는 주범이기도 하다. '왜, 어쩌다가, 어떻게'라는 물음표를 귀찮음과 번거로움이 이겨버리는 것이다. 방송 프로그램, 뉴스, 온라인 기사, 커뮤니티와 같은 각종 매체에 등장하는 말은 대부분 전후 맥락이 잘려있다. 더 나은 방향으로 나아가자는 취지는 잘려진 맥락과 함께 편집된다. 결국 '하지 말래' '그만 쓰래'처럼 이미 금기어에 해당하는 단어만이 남는다.

일본도 비슷한 이슈가 존재한다. 2024년 3월 8일 국제 여성의 날. 아침부터 뉴스에서 하라스먼트(harassment)에 대한 보도가 나오고 있었다. 하라스먼트◆란 한국에서 쓰이는 '직장 내 괴롭힘' 가운데 '괴롭힘'에 상응하는 개념으로 일본에서 뜨거운 이슈를 달고 있는 신조어다.

이날 방송에서 등장했던 퀴즈는 '고백 하라스먼트'였다. 같

◆ 하라스먼트라는 단어가 일본에서 처음 등장한 건 1980년대이다. 당시 신조어였던 섹슈얼 하라스먼트는 성적 괴롭힘을 의미한다. 이를 줄여 곧잘 '세쿠하라'라는 단어로 사용하곤 했다. 대체로 하라스먼트는 'OO하라'와 같이 앞에 다른 단어를 달고 매년 신조어로 등장하는 식이다.

은 회사, 상사인 남성이 후배인 여성에게 아무런 맥락 없이 고백하는 행위가 '고백 하라스먼트'에 해당하는가에 대한 질문이 등장했다. 전문가들은 '그렇다'고 답했다. '고쿠하라(고백+하라스먼트)'라는 또 새로운 단어를 입력하기에도 바쁜 패널들은 '이제 사내 연애도 못하는 시대가 왔다'며 못 미더운 어조로 조롱하는 분위기. 흥미로워 일본에 있는 지인들 몇 명에게 '고쿠하라'라는 단어를 아느냐고 묻자 '이젠 고백에도 하라스먼트가 붙느냐'는 대답이 돌아왔다.

종류	의미
파워 하라스먼트	직장에서 상하 관계를 이용한 괴롭힘.
섹슈얼 하라스먼트	성추행, 성희롱에 해당하는 성적인 괴롭힘.
마터니티 하라스먼트	임신이나 출산을 둘러싼 괴롭힘.
모럴 하라스먼트	도덕적으로 용납되지 않는 방법으로 상대를 곤란하게 만들거나 위축시키는 괴롭힘.
젠더 하라스먼트	남녀 격차, 남성성, 여성성, LGBT와 관련된 다양성에 대한 차별과 괴롭힘.
레이셜 하라스먼트	인종, 민족, 국가를 둘러싼 편견과 괴롭힘.
리모트 하라스먼트	코로나로 인한 거리 두기로 비대면 근무 중 과도한 감시나 업무보고에 대한 강요, 온라인 회식에 참여할 것을 강요하는 괴롭힘.
테크놀로지 하라스먼트	IT에 대한 이해도(Literacy)가 낮은 사람을 향한 괴롭힘.
알코올 하라스먼트	회사 회식 자리에서 음주를 강요하거나 민폐 행위를 일삼아 괴롭힘.

리스트라 하라스먼트	해고 대상자에게 부당한 대우를 하거나 권고사직을 암묵적으로 강요하는 언행의 괴롭힘.
스모크 하라스먼트	흡연자의 흡연 행위로 비흡연자가 불쾌함을 겪게 되는 괴롭힘.
스멜 하라스먼트	다양한 냄새로 상대방을 괴롭힘(체취, 향수, 담배 등).

직장 내 하라스먼트로 분류된 것만 열두 종에 달한다. 일각에서 명확한 기준 없는 호불호에 그냥 이름만 갖다 붙인 게 아니냐는 볼멘소리도 나온다. 동시에 긍정적인 효과라는 반응도 있다. 이름이 붙여짐으로써 소수와 약자에게 가해지던 암묵적 폭력에도 경고를 줄 수 있는 명분이 생겼기 때문이다.

수년 전부터 화제가 되어왔지만 실질적으로 개선이 되었다기보단 되레 많은 이들이 피로감에 젖어있는 듯하다. 소셜미디어 X에 올라온 한 유저의 게시글에는 새로이 등장한 하라스먼트 표가 있었다.

종류	의미
신형 파워 하라스먼트	'열심히 해도 남는 건 없다' '시키는 것만 해라'라며 열심히 하는 사람을 무기력하게 만드는 것.
줌 하라스먼트	줌 화면으로 보이는 상대방의 방이나 가구를 보며 놀림거리로 만드는 것.
에이지 하라스먼트	'먹을 만큼 먹었다' '요즘 젊은 사람들은......' 하며 나이를 빌미로 상대를 불편하게 만드는 것.
블러드타입 하라스먼트	혈액형으로 성격을 단정 짓는 것.

"정말 귀찮고 점점 싫어지는 세상"이라는 문장과 함께 올라온 해당 게시물에는 9만 5,000명이 '좋아요'를 누르고 갔다.

2024년엔 오타니 하라스먼트도 등장했다. 야구선수 오타니 쇼헤이에 대한 보도가 연초부터 매일같이 쏟아지던 시점이었다. 그의 일거수일투족이 궁금하지 않은 이들은 피로감, 기시감을 호소했다. 오타니 쇼헤이가 싫다고 말했다가 연인과 결별했다, 오타니가 싫다고 하면 이상한 사람 취급을 받더라. 크고 작은 오타니 이야기가 이슈 되기 시작하면서 암묵적 호응을 강요당했던 사람들은 목소리를 내기 시작했고, '오타니 하라'는 그렇게 생겨난 신조어였다.

'○○ 하라스먼트'는 암묵적으로, 은연중에 이루어지는 괴롭힘을 방지하자는 취지에서 생겨난 호칭들이다. 그러나 안타깝게도 하라스먼트라는 호칭 자체에 피로감과 거부감을 느끼는 사람들이 늘어나면서 본래 취지는 퇴색되고 있다. 기시감을 느끼는 이들은 '괴롭힘은 결코 용납되어선 안 된다'면서도 누적되는 피로도는 어쩔 수 없다며 토로한다. 이는 우리 사회가 직면한 상황과 별반 다르지 않다. '성차별 언어래요, 갑질이래요, 직장 내 괴롭힘이래요.' 어쩌다 이런 이름들이 탄생했는지, 이로 인해 누가 어떤 피해를 보는지, 충분한 공감이 이루어지지 않은 채 트렌드처럼 이슈가 되어버린 단어들을 마주한 사람들은 '무슨 말을 못 하겠다' '별 걸 가지고 난리다'라는 반응들을 쏟아낼 뿐이다. 수화기 너머 직원이 쏟아내던 '진짜 공감한다'는 말에 정작 나는 공감할 수 없었던 것처럼. 하지만 그가 왜 그토록 '진짜 공감'을 외쳤는지 이제야 알게 된 것처럼. 공감이 결여된 세상에서 그저 이슈처럼 반복되는 말은 정처 없이 유랑할 뿐이다.

공감의 온도

으리으리한 고층 빌딩. 세련된 도시 디자인. 쾌적한 거리. 화려함으로 가득 찬 대도시를 하늘에서 내려다보는 장면으로 다큐멘터리 〈나의 집은 어디인가(Lead Me Home)〉는 시작된다. 넷플릭스에서 제작한 이 영화는 노숙 문제로 비상사태를 선포한 로스앤젤레스, 샌프란시스코, 시애틀과 같은 미국 서부 도시를 조명한다. 점차 화면이 확대될수록 영화를 감상하던 이들은 흠칫 놀란다. 길거리 곳곳을 수놓은 알록달록한 점들이 노숙인들의 텐트라는 걸 깨닫기 때문이다.

카메라는 도시라는 거대한 공간 속에서 서로 다른 하루를 보내는 이들을 따라다닌다. 동이 틀 무렵 잠에서 깬 노숙인이 텐트 밖으로 나온다. 그가 하룻밤을 보낸 자리에서 불과 2, 3m 거리에 자동차들이 쌩쌩 달리고 있다. 고가도로 아래 고속도로 옆이다. 칫솔에 치약을 묻히고 양치를 시작할 무렵 카메라는 또 다른 이의 삶으로 넘어간다. 이번엔 인근 고급 주택가 3층. 오렌지색 조명이 켜진 방. 반투명 유리창 너머로 양치질하는 누군가의 실루엣이 드러난다.

건물 속 사람들의 아침은 제법 분주해 보인다. 모닝커피를 들이켜고, 냉장고를 열고, 빵을 입에 문 채 신문을 들여다보는 모습. 그들이 다채롭고도 단조로운 아침 시간을 보내는 동안 거리 한 편에선 이제 막 양치를 마친 노숙인이 침낭을 개고 있다. 건물에서 나온 사람들이 출근을 서두를 무렵 노숙인도 발걸음을 옮긴다. 매일 몸을 뉠 수 있는 곳이 달라지기 때문이다. 그렇게 도시의 하루가 시작된다.

식당가에 직장인이 몰려드는 시각. 노숙인은 구호단체에서 나눠주는 접시를 손에 쥔다. 식사를 마친 노숙인들이 통조림을 사러 마트에 들를 때 직장인은 커피 한 잔을 들고 거리를 누빈다. 해가 저물고 어두워진 시간. 조명이 켜진 방 안에서 누군가 맥북을 들여다보며 업무에 한창이다. 같은 시각, 그리 멀리 떨어지지 않은 도심 속 텐트 앞엔 헤드 랜턴 불빛에 의지해 책을 들여다보는 노숙인이 있다.

"거리를 벗어나고 싶다는 욕망은 늘 있었어요. 정말 힘들었거든요. 누굴 괴롭히거나 사람들에게 짐이 되고 싶진 않아요. 경찰이 우리를 서둘러 깨우면서 여기 있으면 안 된다고 할 때 나도 당신들과 다를 거 없다고 이야기하곤 했어요. 이도 닦고, 식사도 해야 하니까요. 다만 제 경우는 모든 장소가 흩어져있을 뿐이죠. 다른 사람들은 그 모든 게 한곳에 모여있을 뿐이에요. 하지만 저도 남들 하는 건 다 하거든요. 다를 게 없어요."

처음엔 제작진의 의도를 오해했다. 도시인과 노숙인의 삶이 극명하게 대조된다는 걸 강조하려는 줄 알았기 때문이다. 러닝타임 중반부를 지나면서 노숙인들의 인터뷰가 더해질수록 본래 의도가 서서히 드러났다. 점점 이들이 하고 있는 행위 그 자체에 눈이 가기 시작한 것이다.

어쩌면 이 영화가 집중하고 싶었던 건 행위의 본질일지도 모르겠다는 생각이 들었다. 한 노숙인의 말처럼, 집이라는 환경이 매번 달라질 뿐 양치하고, 장소를 이동하고, 밥을 먹고, 곁에 있는 이와 수다를 떨고, 마트에 가서 장을 보고, 빨래하고, 글자를 들여다보는 일까지, 당신과 나는 서로 다르지 않은 존재라고.

이들은 뜻하지 않은 그리고 누구에게나 벌어질 수 있을 법한 일들을 계기로 거리에 나왔다. 911 테러로 우울증을 앓지 않았더라면, 감당 안 되는 월세를 버틸 여력이 조금만 있었더라면,

그날 직장에서 갑자기 해고당하는 일이 없었더라면, 동성애자임을 커밍아웃했을 때 주변의 사람들이 따돌리지 않았더라면, 장애가 없었더라면, 가족과의 단절을 어떻게든 막을 수 있었더라면, 어쩌면 우리도 당신과 같은 삶을 살았을 거라고 노숙인들은 카메라 앞에서 덤덤하게 털어놓는다.

공감할 수 있는 유일한 방법

어느 날 노숙인들이 모여 사는 곳에서 폭행 사건이 발생한다. 다급히 현장을 찾은 구호단체 관계자에게 여성 노숙인 패티는 고충을 토로한다.

"이러다가 날 죽일 것 같아요."

그는 마이크라고 불리는 남성 노숙인으로부터 여러 차례 폭행을 당해왔다. 더는 패티를 그곳에 둘 수 없다고 판단한 관계자는 패티를 시설로 데려가기 위해 차에 태웠다. 뒷좌석에 앉아 한없이 눈물을 훔치는 패티에게 그는 이런 말을 건넨다.

"어딘가 더 나은 삶이 있어요, 패티. 그런 믿음을 가지고 노력해야 해요. 나도 급여 한 달 못 받으면 당신 곁 텐트 신세거든요. 누구에게든 있을 수 있는 일이에요. 알겠어요? 정말로요."

　물론 미국과 한국의 삶엔 차이가 있다. 월세 위주 시스템, 높은 집값, 급여를 받지 못하는 순간 휘청이는 가계, 경제관념, 사람들을 둘러싼 가치관까지. 두 나라는 모든 게 다르게 흘러간다 해도 과언이 아니겠다. 그러나 비단 경제 구조만의 문제일까. 질병, 장애, 관계의 단절, 재난, 재해, 우울증, 실직, 사고. '만약에' '혹시' '설마'와 같은 일들이 내게 벌어질 거라 생각하는 삶의 태도. 우리에겐 그러한 태도가 결여되어 있다는 것만큼은 부정할 수 없다. 과연 그 어떤 일도 나에게만큼은 절대 일어나지 않을 거라는 믿음은 착각일까 오만일까. 일상적인 삶의 테두리 바깥으로 언제든 내몰릴 수 있다는 자각은 공감을 한층 가깝게 끌어올려주기도 한다. 이 다큐멘터리를 보면서 나와 다른 범주에 있는 이들을 바라볼 때 나는 그들의 입장을 어떤 시선으로 바라보는지, 내게도 일어날 수 있는 일이라는 걸 자각하는지, 두 질문을 스스로에게 끊임없이 던져보지 않을 수 없었다.

　구호단체 관계자는 '월급 한 번 못 받으면'이라는 전제를 달았지만 이는 '나 역시 운이 좋지 않다면' '계획대로 순조롭게 흘러가지 않는다면'이라는 말과 일맥상통한다. 설사 구호단체 관계자에게 그런 일이 일어나지 않을 거라 한들, 그는 상대방을 진심으로 '이해'했다는 점에서 공감의 첫발을 내디딘 셈이었다. 그러니 어쩌면 공감이란, 자발적인 이해에서 시작되는 걸지도 모르겠다.

종종 역지사지, 공감대 형성이란 말이 강요되는 순간을 목격한다. 쇼핑몰, 지하철역, 건물 빌딩 화장실. 어디에 들어가도 어김없이 이런 문구가 붙었다. '우리 집 화장실이라고 생각해주세요'. 그러나 문에 붙은 문구 바로 옆엔 수북하게 쌓인 휴지와 오물이 널브러져있다. 고속도로를 달리는 광역버스에는 '당신을 가족처럼 모시겠다'는 말과 함께 '운전사를 가족처럼 대해달라'는 안내문이 붙어있다. 공공기관에 전화를 걸 때마다 '지금 전화를 받는 직원은 당신의 가족이나 마찬가지'라는 멘트가 흘러나온다. '가족'을 버스에 태운 운전기사는 매일 밤 과속을 일삼고, 직원을 '가족'으로 대해달라는 기관은 (혹시 모르니) 통화 내용을 녹음하겠다는 고지를 내보낸다. 강요당하는 가짜 공감은 종종 이런 식으로 모순을 드러낸다. 오죽했으면 이런 문구가 등장하게 됐을까 싶다가도 공감을 강제하는 말엔 효력이 없다는 걸 또 한번 절감한다.

일본 드라마 〈나기의 휴식〉에서 주인공 나기는 상대방을 잘 이해하는 따뜻한 사람으로 등장한다. 무슨 말을 해도 다정하게

'맞아, 그렇지, 그럴 수 있어'라는 추임새를 넣어주는 사람. 맞장구가 공감의 척도라 여겨지는 대화의 세계에서 나기는 누구보다도 '공감을 잘하는 사람'으로 스스로를 여기며 살아간다. 그러나 이상하게도 대화는 길게 이어지지 않는다. 자꾸만 어색하게 토막 나는 대화로 스트레스를 받는 나기. 그런 나기에게 어느 날, 지인이 이런 말을 건넨다.

> "혹시 본인이 남의 말을 잘 들어주는 타입이라고 생각해? 진짜 잘 들어주는 사람은 상대가 치기 쉬운 공을 먼저 던져 줘. 너는 상대의 눈치만 보면서 공을 안 던지니까 상대가 배려해서 화제를 만들어주는 것뿐이야. 그럼 네가 대화의 공을 던지지 못하는 이유가 뭘까? 그건 네가 상대에게 관심이 없어서야."

지인으로부터 조언을 받고도 나기는 한동안 슬럼프를 겪게 된다. '그래, 그럴 수 있어'라는 추임새만 잘 넣으면 공감을 잘하는 것이라 여겼기 때문이다. 공감의 추임새가 그저 껍데기에 불과했다는 걸 깨달은 건 그가 진심으로 '맞아!'라고 외치게 된 순간이었다. 공감은 진심으로 이해를 하지 않으면 불가능하다는 걸 그제야 알게 된 것이었다.

나에게도 신선한 충격을 안겨준 장면이었다. 지인으로부터

'네가 상대에게 관심이 없어서야'라는 말을 들었을 때 동공이 흔들리던 나기만큼이나 내 심장도 콩닥거렸다. 언젠가부터 습관처럼 '그럴 수 있다'는 말을 누구에게나 쉽게 던져놓는 버릇이 있었기에. 말은 그렇게 던져놓고도 사실은 상대방을 평가했던 건 아닌지, 깊게 들어볼 여유조차 갖지 못했던 건 아닌지. 그저 공감의 추임새만 열심히 던졌던 건 아닌지. 그러니 공감이란 이토록 갈 길이 먼 것이다. 가짜 언어들만 가지고는 결코 이룰 수 없는 정서. 하지만 진심으로 이해하는 순간 '맞아'라는 두 글자로도 충분히 가질 수 있는 감정일지도 모른다.

'아줌마'라는 이름을 긍정할 때

'아줌마'라는 단어는 한국에서 어떻게 소비되고 있을까?
아마도 그 답은 지금 '아줌마'를 발음하는
우리의 얼굴에서 찾아볼 수 있을지도 모르겠다.
우리에게 '아줌마'란 어떤 이름일까?

몇 번이고 돌려봤던 길거리 인터뷰가 있다. 희극인 김용명이 출연한 유튜브 채널이었다. 인터뷰 섭외를 위해 지나가는 여성 한테 "어머니!" 외치는 장면이다. 여성은 가던 걸음을 멈추지 않은 채 포스 넘치는 말투로 "어머니?" 반문한다. 김용명은 재빠르게 정정한다. "아, 누나!" 여성은 "그렇지!" 외치면서 유유히 사라졌다. 영상 속 '누나'의 재치에 많은 이들은 환호했다. 듣기 싫은 말, 대꾸하고 싶지 않은 말을 저렇게도 흘려보낼 수 있다는 사실에. 불쾌할 수도 있었을 순간의 끝자락을 유쾌하게 웃음으로 마무리해버린 위트에.

배드민턴 동호인 클럽은 '언니, 누나, 형님'들로 이루어진 곳이다. 내가 속해있던 클럽 역시 100명 가운데 절반 이상이 50대였고, 2~30대는 그들을 언니, 누나, 형님, 선생님 등으로 불렀다. 아주머니, 아저씨는 금기어였다. 누구도 직접적으로 금지한 적 없지만, 암묵적으로 절대 입에 담을 수 없는 이름들. 한 지인은 고등학교 동창의 어머니를 누나라고 부르면서도 매번 고개를 갸웃거렸다. '이게 맞냐'며. '어딘가 모르게 느낌이 불편하다'며. 그럼에도 끝까지 호칭을 고수했다. '아줌마'는 절대로 꺼낼 수 없는 단어이기에.

비단 한국만의 문제도 아니다. 일본의 한 예능 프로그램에서 재미있는 실험을 했다. '오사카 레이디를 100% 돌아보게 만드는 단어는?' 정답은 '누님'. 여기서 '레이디'로 설정된 건 육안으로 장노년층에 속한다고 판단되는 여성이었다. 제작진은 본격적으로 거리에 나섰다. 다짜고짜 앞을 지나가는 여성에게 '누님!'이라 외친다. 그러자 놀랍게도 1초의 망설임도 없이 '누님'은 돌아봤다.

"누님이라 부르니 바로 돌아보시네요?"
'누님'은 당황하면서도 쑥스러운 듯 웃으며 대답한다.
"아니……, 아핫……, (제작진을 향하여) 짓궂기도 하셔라."

이번엔 다른 '누님'에게 시도한다. 잰걸음으로 어디론가 바쁘게 향하는 여성에게 '누님!'하고 외치자, 그는 걸음을 멈추고 천천히 신중한 얼굴로 돌아섰다. 제작진이 물었다.

"누님이라고 부르면 다들 돌아보실지 실험 중이에요."

'누님'은 폭소를 터뜨렸다.

"제가 낚였네요!"
"그런데 왜 그렇게 천천히 돌아보신 거예요?"
"혹시…… 어쩌면…… 나인가? 싶어서……. (웃음)"
"제가 만약에 아주머니라고 불렀다면 돌아보셨을까요?"
"(단호하게) 절대 안 돌아보지."

이후로도 실험은 이어졌다. 헬스클럽에서 나오는 한 여성의 무리. 뒷모습에 대고 '누님들!'이라 외치니 대다수가 돌아봤다. 방송은 '오사카 레이디를 100% 돌아보게 만드는 단어는 '누님'이었다'며 실험을 마쳤다.

거리의 낯선 타인이 불러오는 호칭엔 '내 연령을 간파해 그에 걸맞게 골라낸 결과'라는 전제가 기반이 된다. 일면식 없는 사람이 나를 '누님'으로 부를지 '어머니'라고 부를지 '할머니'라

착한 대화 콤플렉스

고 부를지는 오로지 외형으로 판단된다. 많은 사람이 '나도 나이가 들었다' '이제 늙었다'라는 말을 달고 살면서도 정작 어머니, 어르신 같은 호칭을 듣게 되면 소스라치게 놀라는 이유다. 아직 그 말을 들을 준비가 안 되어있기 때문이다.

아직 준비가 안 된 아줌마들

떠오르는 얼굴이 없다는 건 불러본 적 없는 이름이란 뜻이다. '아저씨' 하면 영화 〈아저씨〉의 배우 원빈이, 〈도깨비〉에 나오는 배우 공유가, 〈나의 아저씨〉에 나오는 삼 형제 이선균, 박호산, 송새벽 배우가 떠오른다. 그러나 '아줌마' 하면 '야쿠르트 아줌마'다. 프레시 매니저로 이름이 바뀌었지만, 어릴 때 흥얼거렸던 '야쿠르트 아줌마' 노랫가락이 입에 붙었기 때문이다. 그 시절, 동네마다 볼 수 있었던 베이지색 모자를 쓴 선명한 얼굴들이 떠오른다.

아주머니〔명사〕
- 부모와 같은 항렬의 여자를 이르거나 부르는 말.
- 남자가 같은 항렬의 형뻘이 되는 남자의 아내를 이르거나 부르는 말.

- 남남끼리에서 결혼한 여자를 예사롭게 이르거나 부르는 말.
- 형의 아내를 이르거나 부르는 말.

아줌마 〔명사〕
- '아주머니'를 낮추어 부르는 말.
- 나이 든 여자를 가볍게 또는 다정하게 가리키거나 부르는 말.
- 결혼한 여자를 일반적으로 부르는 말.

사전적 의미만 보면 '아줌마'는 기혼자 혹은 나이 든 여성에게 언제 불러도 이상할 리 없는 호칭. 그러나 우린 섣불리 아줌마라는 호칭을 입에 담지 않는다. 아줌마라고 부른다는 건 상대방이 '나이 들어보인다'는 뜻인데, 그 판단 또한 지극히 주관적이라서이다.

한국만큼 '나이'에 죽고 못 사는 나라가 있을까. 유교 국가니까 나이 든 사람을 예우한다면서도 길거리에서 만난 사람과 시비가 붙으면 다짜고짜 '너 몇 살이야?'부터 나오는 문화 (상대방이 나이가 많다 하여 딱히 달라지는 것도 없다). 술 한잔 기울이면 금세 호형호제하며 살가운 관계로 돌변하는 문화. 어쩌다 나이를 밝히게 되면 '대통령 나이'인지 한국식 나이인지, 빠른인지 음력인지 어떻게든 가려낼 잣대를 찾아내고야 마는 문화. 그걸로도 부족하면 학번을 묻고 띠를 계산하여 누가 선인지 따져봐야 만족하는 문화. 동안이네, 노안이네, 나잇값을 못하네, 나잇살이 쪘네, 내 나이가 어때서. 나이로 시작하는 말들이 끝없이 나오는 문화. 여기에 '아줌마'라는 호칭엔 하대의 의미가 깃들었다는 암묵적 공감대까지 형성되어있으니 금기어에 가까운 수준이 되었다.

'아줌마'는 유독 초등학교 새 학기가 시작될 무렵 온라인 커뮤니티인 맘 카페에 자주 등장한다. '아이에게 다른 엄마, 아빠를 어떻게 부르도록 가르치나요?'라는 질문이 어김없이 올라오기 때문이다. 민망한 상황을 미연에 방지하기 위한 조언을 얻거나 '아줌마'라 불렸던 생생한 경험을 털어놓는 분위기다. 이런 고민들엔 대체로 분노가 동반된다. '아이 친구가 저에게 아줌마라고 불렀는데, 저만 기분 나쁜 건가요?' 순식간에 댓글이 늘어난다. '이모, 삼촌이라 부르라고 가르쳐요' '○○엄마, △△아빠라고 부르기도 하더라고요' 댓글 사이에서 또다시 찬반이 갈린다. '이모'는 친족을 부르는 호칭이라는 이유로, '○○엄마'는 아이가 어른한테 사용하기에 마땅한 호칭이 아니라는 까닭에서다.

'아줌마'에 대한 이슈는 세계 곳곳에서 벌어지고 있다. 인도에서는 10대 소녀가 '아줌마'라는 호칭을 썼다는 이유로 40대 여성으로부터 구타를 당했다.[2] 일본 아소 다로 자유민주당 부총

재는 공식 석상에서 가미카와 외무상을 향해 '아줌마'라 부르는 등 외모 평가 발언으로 원성을 샀다.3 한국에서도 지하철에서 자신을 '아줌마'라 불렀다는 이유로 승객들에게 흉기를 휘두른 30대 여성이 있었다.4 '아줌마'라는 호칭이 구타를 불러일으키고, 공식 석상에서 언급되고, 분노의 도화선이 되어 흉기를 빼 들게 했다는 사실은 아찔하고도 놀랍다.

국립국어원 실태조사에 따르면 낯선 사람을 부를 때 가장 많이 쓰는 말은 '저기요(62.5%)'다. 그러나 '아저씨·아줌마(33.5%)' 또한 적은 편은 아니다. 이에 불쾌감을 느끼는 사람들은 절반 가까이 된다. 관공서나 식당처럼 대민 업무, 서비스업, 판매직 종사자를 대상으로 진행된 조사였다.5 비단 초등학생 자녀를 둔 여성들만의 고민도 아니었던 것이다. 사전적 정의와는 별개로 아줌마란 호칭은 우리 사회에서 불리기 싫은 멸칭이 되었다는 의미로도 해석된다.

맘 카페에서 발견한 글 가운데 다소 의아했던 내용이 있었다.

"아줌마라는 호칭은 청소하시는 분한테만 쓰라고 가르쳤어요."

스스로 아줌마라 불리기 꺼린다는 작성자가 적은 글이었다. 나는 불리기 싫지만 거리에서 만난 사람, 그것도 구체적인 업종을 지칭하여 '아줌마'라 부르도록 가르친다는 건 어떻게 해석해야 할까. 사전적 의미에 충실한 걸까. 나이 든 여성을 가리키는 호칭이 존재하지 않는다는 뜻일까. 이러한 현상을 어떻게 바라봐야 하는 걸까.

남성은 선생님, 여성은 아줌마

어딜 가나 '선생님'으로 불려 온 한 지인이 있다. 한평생을 교직에 있었기 때문이다. 그런 그도 몇 년 전까지 관공서에서는 어김없이 '아줌마'란 호칭으로 불렸다고 했다. 발급된 서류를 기다리던 남성들은 '선생님'과 '사장님'으로 불리는 반면 단지 여성이라는 이유로 '아줌마'라 불렸던 이유를 우린 모르지 않는다. 자신이 '아줌마'로 불릴 때마다 '어? 진짜 선생님은 나인데?'라고 생각하며 웃고 말았다던 그가 진심으로 웃을 수 없었다는 것까지도. 물론 요즘에도 왕왕 있는 일이다. 수많은 호칭이 등장하고 사라지는 세상이지만 중년 여성들에겐 별다른 고민 없이, 더 쉽게 '아줌마'라는 호칭이 쓰이곤 한다.

'야쿠르트 아줌마' 역시 이름이 바뀐 건 2019년, 이제 5년이 다 되어간다. 한국 야쿠르트 창립 50주년을 맞아 신선함을 뜻하는 프레시(Fresh)와 건강을 관리해 주는 매니저(Manager)를 합친 단어가 정식 명칭으로 변경되었다. 그러나 한번 굳은 호칭은 여간해서 바뀌지 않는 모양이다. 지금 이 순간까지 포털 사이트에 쏟아지는 기사는 어김없이 '야쿠르트 아줌마'를 고집하고 있다. 덩달아 고발의 대상이 중년 여성일 경우 '아줌마'라는 호칭은 거리낌 없이 사용된다. 이는 '중년 남성에게 아저씨라는 호칭으로 기사가 나오는 것'과는 엄연히 다른 배경을 가진다.

* "야쿠르트 아줌마, 계란 배달하기 바쁘네"... 4050 정기 구독 급증한 이유
* 빌라 복도에서 밥하고 살림 차린 아줌마... "불나면 어쩌죠" 주민 불안
* "사고 칠 아줌마들"... 고속도로 한복판에 차 세우고 운전자 교체 '경악'

'배우 ○○○, 친근한 옆집 아저씨 같은 편안함' '붕어빵 아저씨, 주민 사랑 성금 기탁' '꿈 이뤄준 키다리 아저씨'와 같은 헤드라인들과 달리 '아줌마'는 대체로 '가사노동을 해야 할 사람이 집 밖으로 나왔다'거나 '운전에 미숙해 문제 소지를 가진다'는 식으로 묘사된다. 그리고 손쉽게 분노의 대상으로 전락한다. 같은 행위를 할지라도 남성일 경우엔 '민폐 승객' '소란을 피운 남성' '50대 남성'과 같은 식으로 표현되는 것과는 대조항을 이룬다.

공용공간에 개인 물건을 쌓아 두고, 사적인 용도로 사용하는 주민. 소방법과 주민 인터뷰에 근거해 작성된 이 기사는 '고발

착한 대화 콤플렉스

행위'에 초점이 맞춰지는 대신 '밥하고 살림 차린 아줌마'라는 관용적인 표현에 초점을 두었다. 여성이 집 밖으로 나온 순간 불특정 다수로부터 '집에서 밥이나 할 것이지 왜 밖으로 기어 나와서'라는 말이 스스럼없이 오가던 시대부터 오늘날까지 '아줌마—밥—살림'은 하나의 세트처럼 자연스러운 구성을 이루고 있는 셈이다.

'사고 칠 아줌마' 역시 마찬가지다. 기사에 나온 영상을 확인해 보니 고속도로 한복판에서 벌어진 일이었다. 비상등을 켠 채 도로에 갑자기 정차한 승용차. 운전자와 조수석에 앉은 이가 차에서 내려 황급히 자리를 바꾸고 다시 출발하는 장면이다. 위험함은 물론이요 용납되어서도 안 되는 상황이다. 그러나 정확히 무슨 일이 있었던 건지 아무도 모른다. 게다가 영상에 등장한 사람들을 '사고 칠 아줌마들'이라 칭하는 건 별개의 문제다. 이 문맥엔 '아줌마'가 '운전에 서툰 사람'이자 '아무 데서나 문제를 일으킬 위험성이 다분한 사람' '막무가내로 운전대를 잡는 사람'이란 전제가 깔려있다.

이러한 맥락에서 사용되는 '아줌마'라는 호칭은 누구도 쉽게 바꾸려 들지 않고, 누구나 쉽게 사용할 수 있는 경멸의 언어가 된다. 한 번 멸칭이 되어버린 단어들은 너무도 쉽게 사람들 입에 오르내리게 된다. 모두가 사용하니까. 일말의 죄책감을 느끼지 않고도 손쉽게 입에 담는 언어가 된다.

최근엔 '헬스장'과 '아줌마'라는 단어가 급부상했다. 국내 한 헬스장에서 '아줌마 출입 금지. 교양 있고 우아한 여성만 출입을 허용한다'는 공지를 붙이면서 이슈가 된 것이었다. 영국 BBC는 '나이 든 여성에 대한 차별 논란을 불붙였다'며 조명했고 국내 언론사들도 앞다퉈 보도했다. '아줌마=교양 없고 우아하지 않다'는 공식을 성립시켜버린 점주는 한 언론사 인터뷰에서 '아줌마들이 샤워장에서 몇 시간씩 빨래를 하고 헬스장 비품을 몰래 가져갔기 때문'이라며 공지를 걸게 된 배경을 설명했다. '빨래하지 마시오' '비품을 가져가지 마시오' 얼마든지 방법은 있었으나 그가 선택한 언어가 '아줌마 출입 금지'라는 점은 유감스럽다. 행동을 금지하는 문구가 아닌 특정 대상에 대한 차별을 유도하는 문구에선 우아함도 교양도 찾아볼 수 없기 때문이다.

'아줌마 성향을 찬미하고 싶었다'던 목소리

가부장을 가녀장으로 바꿔내고, 부모를 모부라 바꿔 부른 이가 있다. 소설 《가녀장의 시대》, 이슬아 작가다. '아줌마'를 둘러싸고 부르네, 마네, 좋네, 싫네, 가 난무한 세상에 그는 또 한번 편견을 살짝 비틀어 익살스럽고 사랑스러운 목소리로 '아줌마'를 소환한다. 그 '아줌마'의 주인공은 소설에 나오는 복희다.

착한 대화 콤플렉스

가부장인 할아버지가 열한 식구를 다스리는 대가족 세계에서 자라난 슬아. 할아버지가 커서 무엇을 할 거냐 물을 때마다 슬아는 '사장님이 되겠다'고 했다. 어른이 된 슬아는 독립 출판으로 소위 말하는 '대박'이 터져 출판사를 차린다. 소설《가녀장의 시대》는 사장이 된 슬아가 어머니 복희와 아버지 웅이를 피고용인으로 두면서 출판사를 운영해 나가는 일상을 코믹하게 담아냈다.

　운동으로 다진 탄탄한 엉덩이를 자랑하고 유유히 사라지는 슬아에게 복희가 소리친다.
　"나도 삼십 대 때는 로즈 시절이었어!"
　이에 슬아가 정정한다.
　"리즈 시절이겠지⋯⋯."
　헷갈리는 얼굴로 잠시 생각에 잠기다가도 복희는 이내 아랑곳하지 않는 얼굴이 된다.
　"그게 그거 아닌가?"

복희는 웬만해서는 삐지지 않는다. 짜증이 나고 '쪽팔리는' 일이 있더라도 금방 잊는 성격 덕분이다. 동시에 단어 역시 자주 잊는다. 부엌에서 밀가루 반죽을 발효하다 말고 이런 말을 한다.

"이거 완전 천연 호모빵이야."

슬아가 '효모'라 정정해주어도 그러거나 말거나. 별다른 근심 없이 뚝딱 맛있는 빵을 만들어내는 복희다.

'천연 호모빵'처럼 소설 곳곳에 등장하는 복희의 실수는 비단 그만의 것이 아닌 여러 아줌마들의 실수를 섞어놓은 것이다. 50대에 접어든 여성들이 자주 틀리는 고유명사, 금세 잊어버리는 이름. 가령 '인텔리'를 '인테리어'라고 말해버리는 식의 실수들이다.

> "이런 점이 답답해보일 수 있지만 난 그게 그렇게 사랑스럽다. (…) 사회가 집요하게 부정적으로 만들어 둔 '아줌마'라는 단어에서 그 '아줌마성'을 빼기보다 그 성향을 찬미하고 싶었다. 젠더의 고정적인 이미지를 해체시키는 것도 필요하지만 오랜 시간 쌓아 올린 그들의 모습을 사랑하는 것도 중요하다. 이 아줌마성을 최고의 경지로 끌어올리고 싶었다."[6]
>
> – 이슬아 작가(인터뷰 중에서)

《가녀장의 시대》 속 복희는 생계에 대한 맷집이 두둑한 어른이다. 자전적 소설인 만큼 이슬아 작가가 평소 관찰해온 진짜

착한 대화 콤플렉스

'복희'의 모습들이 담겨있다. 실제 그가 대표로 있는 헤엄 출판사에 고용된 복희는 선뜻 어려워 보이는 일도 거뜬히 이뤄내는 직원이다.

> "출판계에는 아직도 어음 문화가 있다. 외상으로 달아놓은 수금을 적시에 받을 수 없을 때가 많은데, 엄마가 장사했던 경험 덕에 이런 상황을 유연하게 구슬린다. 예를 들면 이런 말들. '송금이 아직 안 됐는데 제가 잘못 알고 있는 거겠죠?' 누구도 탓하지 않지만 듣는 사람이 수행하지 않을 수 없게 하는 멋진 힘을 가졌다."7
>
> – 이슬아 작가(인터뷰 중에서)

소설 속 복희는 우리가 모르던 모습이 아니다. 오랫동안 친근했던 얼굴들이다. 그러나 너무나 친근한 나머지 잠시 잊고 있었던 얼굴들. 익숙하다는 이유로 그저 편안한 존재로 치부했던 얼굴들의 주인공. 소설을 읽어낸 독자들은 활자 속에 담긴 복희의 의미 또한 다시금 읽어낸다. 그들의 모습을 사랑하자는 작가의 외침은 얼마나 간절하고도 아름다운지. 잊고 지낸 아줌마의 사랑스러움이 우리에게 어떤 존재였는지 다시 꺼내어 준다.

아줌마라는 이름으로

《가녀장의 시대》복희처럼, 그런 복희를 그려낸 이슬아 작가의 말처럼 한국 사회에서 아줌마라는 호칭이 다시 꺼내어질 수 있을까, 종종 생각해 본다. 그가 소설이란 매개체로 건네온 메시지는 '아줌마'라는 이름이 가진, 잊고 있던 모습들이다. 억척스러움, 엉뚱함, 단순함, 정이 넘쳐나다 못해 꾸덕꾸덕 묻어나오는 면면을 다시금 사랑스럽게 바라볼 수 있는 예찬의 시선이다.

아줌마라는 단어에 우리 시대가 담아온 모습들을 떠올려본다. 공공장소에서 큰 소리로 떠드는 모습, 운전대를 잡고 식은 땀을 흘리며 당황해 하는 얼굴들, 펑퍼짐한 몸매에 뽀글뽀글한 파마머리, 형형색색 알록달록한 등산복 차림, 화려한 패턴을 휘감은 패션 감각. 다양한 매체와 영상물에서 그려지는 그런 모습들 말이다.

같은 행동을 해도 '아줌마'가 하면 유독 '아줌마스럽다'고 묘사되는 경우도 있다. 지하철에서 빈자리를 발견하자마자 크게 소리 내며 달려와 앉는 사람. 분홍색 휴대폰 가죽케이스를 천천히 열고 고개를 뒤로 쭉 뺀 다음 가늘게 뜬 눈으로 화면을 바라보는 사람. 그러다 아무렇지 않게 옆 사람을 툭툭 건드리며 질문을 건네는 사람. 아는 이든 모르는 이든 무관하게 과한 붙임성을 보이는 사람. 여기 뭐라고 쓰여있는 거예요? 당신이 던

착한 대화 콤플렉스

진 질문에 친절한 대답이 돌아와도 고맙다는 인사가 없는 사람. '아, 난 또…….. 내가 눈이 안 보여서' 이만 총총. 유유히 사라지는 사람.

억척스럽기는 또 얼마나 억척스러운가. 물건을 하나 사면서 사은품 한 개 딸려오는 걸 꼭 두 개 챙겨가려고 한다. 시식 코너에서 과연 시식이라 불러도 될까, 의문이 들 만큼 여러 개를 집어간다. 값을 깎을 때는 십 원 한 장 손해 보려 하지 않는다. 안 된다는 말은 듣지 않는다. 삼삼오오 짝을 이루고 와서 음료 두 개만 주문하면 안 되느냐 기어이 물어본다. 전화는 꼭 벨 소리다. 시끄럽게 울리는 전화를 받고는 그보다 더 큰 목소리로 외친다. '어~ 여보세요?'

그러한 그들의 억척스러움이 나를 살려낸 힘이라는 건 잊고 지낸다. 어디에서 마주치는 누구든 기꺼이 타인을 살려낸 저력이 있는 이들이다. 길거리에서 발목을 접질렸을 때, 처음 올라간 목욕탕 세신 침대에서 어느 방향으로 몸을 틀어야 할지 몰라 당황했을 때, 마트에서 신선한 과일 고르는 법을 몰라 허둥지둥했을 때, 휴대폰을 보고 걷느라 보행자 신호가 빨간불로 바뀐지도 몰랐을 때, 낯선 동네에서 안 오는 버스를 하염없이 기다릴 때, 지하철에서 무거운 가방을 들고 서있을 때, 유아차를 끌고 우는 아기를 달래며 눈치만 살피게 되었을 때, 그들은 언제나 기꺼이 다가와 손을 내민다. 괜찮냐고 묻는다. 아들 같고, 딸 같고, 손주 같다며 기꺼이 두 팔 벌려 환영한다. 주섬주섬 믹스커피며 귤이며 챙겨와 손에 쥐여준다.

100만 유튜버 랄랄이 연기하는 '이명화' 이야기를 빼놓을 수 없다. 임신으로 배가 불러오자 만삭이 된 체형을 살려 50~60대 대한민국 아줌마를 연기한 그는 정작 30대 초반이다. 붉은색 헤어 컬러, 예전 스타일의 눈썹 문신, 도드라지는 입술 라인과 알록달록한 티셔츠, 어딘가 모르게 구수한 말투로 능청스럽게 연기하는 그를 보며 사람들은 '저거 우리 엄마인데' '옆집 아주머니랑 똑같다'는 반응을 쏟아냈다.

명화 씨는 곧잘 목욕탕 주인, 원룸 주인으로 등장했다. 401호 세입자에게 월세 내라며 전화로 닦달하는 모습, 담장에 피어난 장미꽃을 찍기 위해 스마트폰을 들었다가 담배 피우러 나온 403호에게 화를 내는 모습. 「남ㅈㅏ 라서. 아 쉽겉다(목욕탕 주인 콘셉트로 새로 들여온 목욕탕 세신 침대를 자랑하는 내용)」라는 제목의 영상에선 갈색 체크무늬 세신 침대를 보여주며 '나름 버버리 느낌을 준 것'이란 능청스러운 모습을 보이기도 했다. 흡연을 일삼는 세입자에게 보내는 '여그. 서. 담배. 피우지. 마라고 여러번, 예기. 해슬텐대 한.번 더. 걸리믄 나, 인재. 안차마요'라고 적힌 경고문은 굿즈로 제작될 정도였다. 아줌마로 분장한 채 재래시장에 나가 '몇 살처럼 보이냐' 물었을 때 랄랄이 누군지 모르는 옷가게 주인이 '젊어보인다, 50대 초반'이란 말로 호응하자 랄랄은 '사장님 장사 잘 하시니 여기서 옷 한 벌 사야겠다'고 넉살 좋게 웃어 보였고, 사람들은 또 한번 열광했다.

물론 이러한 모습들이 '아줌마'라는 이름을 모두 대변하는 건 아니다. 동시에 사람들이 왜 그토록 랄랄한테 보여지는 '아줌마성'에 열광하는지 어렴풋이 짐작해볼 순 있다.

영화 〈벌새〉 촬영 비하인드가 있다. 주인공 은희가 아파트 단지에서 엄마를 애타게 부르던 장면이다. 당시 촬영 장소가 실제 아파트 단지였는데, 어린 학생이 계속 엄마를 부르니 동네 엄마들이 굉장히 불안해했다는 이야기였다. 그 모습을 상상하는 것만으로도 마음이 저릿해지는 이야기. 혹시 내 딸일까. 옆집 딸일까. 누구 집 딸이 이렇게 엄마를 부를까 싶어 문을 한 번씩 열어보고 확인했다는 이야기. '엄마'라는 소리에 반응하는 엄마들이 이토록 많았다는 이야기. 머리가 짧든 길든, 생머리이든 뽀글 머리든, 목소리가 크든 작든. 막무가내인 그들에게 우리 사회는 막무가내로 기대고 의존해왔음을 부정할 수 없다. 설사 낯선 타인일지라도 그 기저엔 아줌마로 쉽게 치환되는 엄마라는 이름이 늘 존재했다.

복희가 바꿔준 세상에서

많은 딸이 집 바깥에서는 더할 나위 없이 상냥한 얼굴을 하고 지낸다. 상대방의 실수를 너그러이 감싸고, 반복되는 설명에도 짜증 한번 낼 줄 모르는 사람 좋은 사람처럼. 그러다 나와 매우 닮은, 어딘가 상당히 비슷한 엄마라는 인물을 마주하는 순간 다른 사람으로 돌변한다.

조리원에 간 적도 없고, 고급스러운 육아 용품 없이도 온전히 잘 키워낸 사람(엄마)과 키워진 사람(나)이 존재하거늘 '요즘 맘 카페에서는 그렇게 하지 말라고 하더라' '그건 구닥다리 방식이다'라며 건네오는 손길을 딸들은 거절하고 또 후회한다. '그렇게 하면 안 되는' '구닥다리인 방식'으로 길러진 장본인이 나인데, 왠지 모르게 낡고 틀린 방법처럼 느껴지는 것. 모든 건 상대가 편안하고 익숙하다는 이유로 쉽게 밀어내고, 쉽게 소외의 대상으로 전락시켜버린다.

바람이 불어와 우산이 날아가려고 할 때, 발을 헛디뎌서 미끄러지기 일보 직전에, 나도 모르게 입에서 나오는 '엄마야' 소리는 한없이 '엄마'를 부르는 은희의 외침에 온 동네 아주머니들이 불안에 떨었다던 그 마음들처럼 우리 안에 내재된 엄마에 대한 간절함일지도 모르겠다.

착한 대화 콤플렉스

'아줌마'라는 호칭을 '엄마'와 같은 선상에 둘 수 있을까. 물론 그것만이 정답은 아닐 것이다. 게다가 머지않아 (어쩌면 지금도) 아줌마는 언제 들어도 이상한 호칭이 아니란 것쯤은 알게 될 것이다. 거리에서 불특정 다수로부터 언제든 아줌마라 불릴 수 있다는 상상을 하다 보면 종종 식은땀이 나기도, 아찔해지기도 한다. 아마도 과정이겠다. 어느 순간 이름 모를 아이로부터 '아줌마'라고 불리며 희미하게 쓴웃음을 짓는 날이 오겠지. 아무도 보지 않는 블로그에 '언제 내가 아줌마가 되었을까' 글귀를 끄적거리는 날도 올 것이다. 그날이 당장 내일일 수도 있다.

그러니 아무래도 좋다. 내가 바라보는 '아줌마들의 세상'엔 벌새에 나오는 수많은 엄마들이, 리즈 시절을 로즈 시절이라 외치는 복희가, 보기만 해도 웃음이 나오는 랄랄이 살고 있으니 어쩐지 그 세상은 조금 따뜻하고 포근하게 느껴지기도 한다. '아줌마'성을 최고의 경지로 끌어올리고 싶었다'는 이슬아 작가의 말처럼. 내가 만들어갈 '아줌마'성엔 어떤 모습들이 담길지. 아줌마를 둘러싼 고민은 왠지 모르게 조금 설레는 일이기도 하다.

'라떼'를 말하며 얼굴을 붉힌 까닭

어느새 '라떼'는 진부하고 고지식한 단어가 되었다.
어쩌면 라떼는 정보를 공유하기 위한 도화선,
공감을 해달라는 절박함일지도 모른다.
'라떼'를 말하지 않고 나이들 수 있는 사람, 과연 있을까?

소설 반 수업을 처음 들은 날이었다. 소설이란 무엇인가에 대한 간단한 설명으로 시작했다. 소재는 정이현 작가의 단편소설 《삼풍백화점》. 삼풍백화점 붕괴 사건을 다룬 소설로 첫 페이지에 이런 문장이 등장한다.

'그해 봄 나는 많은 것을 가지고 있었다. 비교적 온화한 중도우파의 부모, 슈퍼 싱글 사이즈의 깨끗한 침대, 반투명한 초록색 모토로라 호출기와 네 개의 핸드백'[8]

초록색 모토로라 호출기. 1995년도라는 시대적 배경을 모르

착한 대화 콤플렉스

고는 이해할 수 없는 물건이다. 소설반 선생님은 당시 강남권 부유층의 삶과 시대적 배경을 설명하기 위해 몇 가지 단어를 꺼내 들었다. 삐삐(무선호출기), 서태지와 아이들, X세대. 이 단어들을 발음하고 설명할 때마다 선생님은 끝없이 머뭇거렸다. 다소 민망한 듯 부끄러움이 가득 묻은 얼굴로.

> "모토로라 호출기라는 건 말이죠. 그 시절에는 삐삐라는 게 있었는데, 아⋯⋯, 여기서 혹시 저만 아는 걸까요. 모르시는 분들은 휴대폰으로 검색하면 아마 나올 겁니다. 엄지손가락만 한 아주 작은 기계였는데요."

> "당시 서태지와 아이들이 유행했거든요. 아⋯⋯, 저도 그 시절에 대학생이었기에. 아이 참⋯⋯. "

　교실 안에 앉아있던 수강생은 열네 명. 육안만으로 정확한 연령을 가늠할 수 없다 해도 적어봐야 20대 중반, 많게는 50대 중반까지 고루 있었다. 개중 누군가는 고개를 끄덕이며 회상했을 것이다. '맞아, 저랬던 시절이 있었지. 모토로라 무선호출기, 나도 가지고 있었는데.' 또 다른 누군가는 상상의 나래를 펼쳤을 테다. '저건 우리 엄마한테나 듣던 구시대의 유물⋯⋯.'

선생님은 마치 꺼내면 안 될 이야기를 어쩌다 꺼낸 사람처럼 서둘러 설명을 종결했다. 민망한 미소가 거듭 반복되면서 의아한 기분이 들었다. 삐삐를 아는 일이, 서태지와 아이들을 좋아했던 일이 어쩌다 민망한 일이 됐을까. 만약 선생님이 에둘러 1995년 추억담을 종결지으려 할 때마다 누군가 작은 추임새라도 넣었다면 그는 덜 민망해했을까.

안타깝게도 교실엔 한결같은 정적이 흘렀다. 선생님이 과연 누구를 향해 민망함을 내보였던 건지 지금도 알 수 없다. 추측해볼 뿐이다. 모토로라나 서태지가 외계어처럼 들릴, 어쩌면 태어나 처음 듣는 단어일 수 있을 20대 중반 수강생들이었을 거라고.

나이가 들어가는 것에 대해, 젊은 세대가 모르는 걸 내가 알고 있다는 사실에 얼마나 자주 민망함과 부끄러움을 내색해야 마땅한 걸까. 또 얼만큼의 눈치를 보아야 하는 걸까. 문득 궁금해질 따름이다.

'라떼는'으로 시작하는 이야기가 끝도 없이 이어지고 소싯적 잘나가던 시절에 대한 추억을 회상한 다음 현재로 돌아와 '그때가 좋았지'라는 결말로 마무리되는 흐름. '라떼는'이라는 단어가 반감을 사기 시작한 건 아마도 그 때문이 아니었을까 싶다.

"라떼는 고생했지만 오늘날엔 세상이 편해졌으니 너네가 하는 고생은 고생의 축에도 끼지 못한다"라는 일방성. 어느 쪽이든

착한 대화 콤플렉스

결말에 부정이 끼어들면 듣는 사람은 난처해진다.

'어쩌라는 거지?'

어쩌면 '라떼'를 기피하게 된 건 과거 이야기가 듣기 싫다거나 흥미를 느끼지 못해서라기보단 그 이야기의 끝이 상대방과의 공유가 아닌 발화자의 기억에만 머물러있는 습관 때문은 아닐지.

본래 좋은 취지로 꺼낼 요량이었으나 이야기를 한창 하다 보니 추억에 젖어 기억을 더듬고, 그러다 보니 어쩌다 결말이 의도와는 다르게 흘러가는 경우도 있다. 아니, 그러기가 쉽다. 기억을 더듬다 보면 이것저것 생각나기 마련이고, 그 고생을 다 겪어 현재에 이른 내 모습이 자랑스럽다가도 또 한편으론 나이가 들었음을 실감하니 한탄스러운 감정에 빠져들기 십상이라서다. '라떼는'이란 말 역시 본래 상대에게 상처 주거나 불쾌하게 만들기 위해서 꺼내는 건 아니었을 거란 믿음이다.

라떼 = 꼰대 = 침묵

점점 암묵적인 공식이 생기기 시작했다. 라떼와 꼰대는 일맥상통한다는 공식. 옛날이야기가 나오는 순간 싸늘하게 눈초리가 돌변하거나 비집고 나오는 하품을 감추는 모습을 목격하며 라떼도 꼰대도 되지 않으리라 다짐한다. 그러다 어느 순간 입버릇처럼 '라떼는……'을 내뱉고 급하게 수습하는 모습을 보이며 젊음을 찬양하려 들기도 한다. 그런 일이 반복되면서 라떼와 꼰대들은 점점 침묵을 선택하게 된다.

"라떼는…… 아 이런 말 하면 안 되지. 그냥 그랬다고. 끝!"

이내 쓸쓸한 미소가 나온다.

어쩌다 소싯적 이야기를 설명해야 하는 상황에 처하면 설명은 시작하는데 빨리 끝맺기 위해 말이 속사포처럼 빨라지다 끝내기 안타라도 날리듯 엔딩을 외치는 식이다. 간혹 나이가 들었다는 걸 누가 알아채기 전에 선점이라도 하듯 스스로 밑밥으로 투척하는 경우도 있다.

세대 간 격차가 사회적 이슈라는 이야기는 세상 바깥에서나 존재하는 줄 알았다. 두세 살 터울이었던 인턴 친구들이 어느 순간 띠동갑을 넘어서게 되면서 더는 같은 선상에서 가질 수 있는 세대적 유대감이 존재하지 않는다는 걸 깨달았을 때. 나 역시 입을 다물게 됐다. '우리 이거 공유한 세대잖아'라는 공감대를 형성할 수도 없고 '요즘 젊은 친구들은 누구 좋아하니?'라며

착한 대화 콤플렉스

조부모가 손자의 안녕을 물어보듯 대화할 수도 없는, 그런 애매한 세대 차이. 그 친구들이 어느 날은 나와 동료에게 '학창 시절 좋아하던 아이돌이 누구였느냐'는 질문을 던져왔다. 나와 동료는 8o년대생이었고, 인턴 친구들은 oo년대생이었기에 누가 먼저 누구를 말해야 하나 쭈뼛거리는데 눈치를 보던 동료가 먼저 입을 열었다. '신화를 좋아했다'고.

그러자 인턴 친구 중 한 명이 진지한 얼굴로 되물었다. '시시포스 신화, 할 때 그 신화요?'

나도 동료도 이번엔 정말 입을 다물어야 했다. 뭐라 답해야 할지 모르겠는 질문. 기약 없는 침묵. 더 이상 알찬 대화가 어렵다고 판단한 나는 '아주 옛날에 신화라는 할아버지들이 있었답니다. 우리 같은 할미들이 좋아했던 가수예요'라고 얼렁뚱땅 얼버무렸다. 옆에 있던 또 다른 인턴 친구는 몹시 당황해 하며 '어떻게 신화를 모를 수 있냐. 김태우랑 박준형 있지 않느냐'고 다그쳤지만 웃을 수 없었다. 김태우랑 박준형은 GOD 멤버니까. 대화는 사무실에 맴도는 적막감과 어색한 웃음소리로 마무리됐다.

신화는 어쩌다 '할아버지'가 됐을까. 애매하게 나이를 한 살 한 살 계산하고 있자니 나보다 한참 어린 친구들 앞에서 영 껄끄러워지는 탓이다. 당신이 몇 살을 생각하든 나는 그보다 훨씬 나이가 많다는 전제를 깔아두자는 심산이다. 신화가 〈뮤직뱅

크) 무대에 올랐던 시절을 이야기하다 보면 나도 모르게 과거를 회상하고 추억에 젖어들다 결국 '라떼는'의 수순을 밟게 되는 것에 대해 긴장하고 있는 까닭이었다. 그런 소싯적 낭만을 섣불리 건넬 수도 기대해서도 안 되는 분위기라는 걸 인지한 이상, 새싹부터 싹둑 잘라버리자는 심보다.

나이로 민망해하는 사람들의 자조 섞인 미소를 나는 어느 정도 이해할 수 있다고 생각했다. 하루는 A를 인터뷰하기 위해 동료와 A의 사무실을 찾았다. 장장 세 시간에 걸쳐 인터뷰를 마치고, 녹음종료 버튼을 누르며 감사 인사를 전하자 상대방은 (기껏해 봐야 나보다 다섯 살 많은 분이었다) 세 시간 분량을 일일이 컴퓨터에 옮겨 치려면 팔이 아프겠다며 진심 어린 걱정을 건네왔다. 그러자 옆자리에 앉아있던 95년생 동료가 굉장히 여유로운 표정을 지으며 "요즘은 클로바라는 게 있어서 돌리면 다 끝난답니다. 저걸 다 친다고 생각하면 아후……" 하며 고개를 절레절레 저었다. 그러자 A는 연신 손으로 입을 가리며 멋쩍은 웃음을 흘리고 '내가 너무 옛날 사람'이고 '내가 요즘 기술을 너무 몰랐'으며 '나는 지금 너무 민망하다'는 말을 거듭했다.

공감하는 한편 왜 이렇게까지 민망함을 겸비해야 하는 걸까 의문은 남는다. 그 민망함을 만들어낸 요인은 뭘까. 왜 그토록 '나이가 많다'는 일은 부끄러운 일이 됐을까.

착한 대화 콤플렉스

게다가 클로바노트는 출시되고 4년이 지난 앱이지만, 녹취, 녹음이 필수가 아닌 직종이라면 클로바노트를 모르는 게 당연하다. 더군다나 클로바가 아주 똑똑한 친구이긴 하지만, 곧잘 글자를 하나씩 빼먹거나 비슷한 단어로 제멋대로 바꿔버리는 경향이 있어서 손이 많이 가는 친구이기도 하다. 아주 짓궂은 장난꾸러기가 들리는 대로 적어놓은 듯한 그 활자 기술은 많은 편리함을 주기도 하지만 결코 빼놓을 수 없는 번거로움을 동반한다. 흐름과 맥락을 살펴볼 때, 필요한 내용이 어디에 있는지 파악할 때는 요긴하지만 결과적으로 100퍼센트 신뢰할 수 없기에 확인 작업이 필요하기 때문이다.

클로바노트의 순기능 혹은 폐해를 이야기하자는 건 아니다. 내가 모르는 정보 혹은 나만 알고 있는 정보에 대한 공유가 끊겨버린 상황에서 누군가는 은연중에 소외되고 위축된다는 점을 조명하고 싶다. 번거로움, 수고스러움, 번잡함, 비효율성, 불필요한 노동. 그러나 그런 것들이 탄탄히 토대가 되었던 시절이 있었기에 지금이 있듯 현재를 만든 것들에 대한 이야기는 더욱 활발하고 치열하게 공유되어야 마땅하지 않을까.

삐삐는 사라져도 정서는 여전하다

삐삐는 지구의 시간이 역행하지 않는 이상 영원히 소환되지 않을 구시대의 유물이 되었다. 개인 이동통신이 대중화되기 전인 1990년대 중후반까지 전 세계에서 통신 수단으로 인기를 누렸다. 90년대 후반부터 인터넷 사용이 대중화되면서 삐삐의 인기도 사그라들었지만, 굵고 짧았던 삐삐의 전성기는 꽤나 강렬한 기억을 남겼다.

손바닥의 반의반도 안 되는 작은 물체 안에 사람들은 온갖 것을 다 집어넣었다. 그 안에는 집에 빨리 오라는 엄마의 얼굴과 좋아하던 같은 반 친구의 얼굴과 떡볶이를 먹으러 다녔던 학원 친구의 얼굴이 둥둥 떠다녔다. 음성사서함은 상대가 나라는 걸 알 수 있도록 임시로 번호를 저장하거나 연락 받을 전화번호를 남기는 식인데, 그 번호를 뭘로 정할지 고민하는 게 왜 즐거웠을까. 책상 서랍 속에 넣어두었던 걸 깜빡 잊고 있다가 수업 시간에 드르륵 울려 식은땀을 흘려야 했던 기억. 교복 치마 주머니에서 부웅 하고 울려대는 진동의 기억. 하지만 수업이 끝나기 전까진 결코 확인할 수 없는 메시지에 마음이 쫄깃했던 기억. 공중전화에 달려가 사서함 비밀번호를 눌러 겨우 들었지만, 음성 메시지는 전화처럼 주고받는 것이 아니었기에 또다시 번호를 누르고 상대방에게 혼잣말을 읊조려야 했던 나지막한 시간들에 대한 기억.

어쩌면 삐삐가 그저 구시대의 유물로 사라지지 않을 수도 있겠다는 생각이 든 건 최근 한 아이돌 그룹이 들고 나타나 선풍적인 인기를 끌게 된 CD 플레이어를 보았을 때다. 소셜미디어에 등장한 '요즘 핫한' 중고 LP 가게 리스트를 보았을 때도 마찬가지였다. 다시 소환되지 않을 거라 믿었지만 어쩌면 삐삐도 먼 훗날 그때 그 모습으로 등장할 수 있겠다는 가능성에 기대를 걸게 됐기에.

LP판을 꽂아 전축으로 음악을 들었던 사람들은 점점 테이프로 옮겨왔고, CD로 음악을 즐겨 듣다가 스트리밍 서비스에 이르렀다. 좋아하는 노래 한 곡을 듣기 위해 LP판을 사러 가고, 라디오에서 흘러나오는 노래를 공테이프에 녹음하고, 불법다운로드를 할 수 있는 사이트를 찾아내 CD를 '구워' 음악을 들었지만, 그 모든 시간은 편리성이라는 이름 아래 삭제되었다. 모든 번거로움이 생략된 요즘 세상에선 손가락 몇 번만 움직이면 바로 좋아하는 노래를 들을 수 있다. 그런 세상에 뉴트로 붐이 일면서 '지지직 소리가 감성있다'는 평과 함께 LP 소리에 매료된 사람들이 다시 늘어나고 있는 것이다.

덕분에 LP 음반을 들려주고 판매하는 매장과 직접 LP를 선택해 들어볼 수 있는 공간이 늘었다. 평일에도 입구까지 대기줄이 있을 정도라고 하니 그 인기를 새삼 실감한다. 빠르게 스킵하지도 못하는 LP 특유의 성질은 사람들에게 차분함을 안겨주기 시작했고, 한껏 도파민에 중독되었던 이들은 비로소 중독에서 벗어나는 느낌이라며 환호했다.

옛것, 오래된 것, 더 이상은 효율성을 인정받지 못한다 생각했던 존재도 이처럼 언제든 다시 소환될 수 있다. 천편일률적인 체인점과 레스토랑에 질린 이들이 공간 특유의 감성을 뽐내는 노포를 찾아가듯. 조금 불편하고, 비효율적이고, 한없이 기다려야 하지만 선택하게 만드는 매력이 있다는 뜻이다.

바로바로 통화를 못하는 상황은 답답하기만 하고, 마치 시의 한 구절을 읊어대듯 음성사서함에 목소리를 녹음하기 위해 전화기를 붙들고 있는 시간은 얼마나 비효율적인가. 지금 흘러나오는 곡명을 음악감상과 동시에 실시간으로 확인하고 싶어도 CD 플레이어는 그게 불가능하다. 듣던 음악을 끊고 뚜껑을 열어 CD에 적힌 곡명을 확인해야 하니까. 얼마나 불편하고 귀찮은 짓인지. LP판 역시 마찬가지다. 지지직거리고 어쩌다 흠집이라도 나면 흔히 '튕긴다'고 말하는 그 부분의 음색은 영영 소실되는 것이니 이 얼마나 일회성 짙은 불편함인 건지.

이 무용한 아름다움에 대해 구구절절 논하고 있는 지금 이 순간에도 나는 눈치를 보고 있다. 독자들이 책을 덮어버리진 않을지, 내 나이를 가늠하고 있지는 않을지. 그럼에도 꿋꿋하게 적어내려가는 데엔 이유가 있다. 우리에겐 옛것을 이야기하지 않아야 할 이유가 없기에. 통신기의 형태는 계속해서 변화했을 지언정 기계를 관통해온 정서 자체엔 변함이 없기에. 그리움, 설렘, 기다림, 약속의 무게와 책임감 같은 것들. 어쩌면 수많은 라떼와 꼰대들이 갈구하는 건 그 시절의 '삐삐'가 아닌 그때나 지금이나 유효한 인간의 '정서'가 아니었을까.

사라지는 언어의 절박한 외침

결국 라떼라는 말은 그 시절의 공감대를 형성하고 싶은 사람들의 절박한 외침이라 생각한다. 혹은 공유의 성격이 뚜렷한 성질의 것. 출발점은 공유이자 공감이다. 라떼라는 단어가 '내가 소싯적에'로 시작하여 '그 시절이 호시절이었다'로만 끝맺는다면 그것은 일방적인 자랑거리에 지나지 않겠지만, 일부 라떼들 때문에 공유를 원하는 마음과 공감까지 단절해버리는 것은 아닐까. 우려는 여전히 남는다. 조만간 꼰대와 마찬가지로 라떼 또한 차별 언어 가운데 하나로 자리 잡을지도 모를 일이다.

한때 인스타그램에 자주 등장하던 릴스(15초짜리 멀티 클립 비디오)가 있었다.「전 남친 돌려줘」「전 여친이 그리워」라는 제목을 달고 15초짜리 짧은 영상이 시작된다. 〈Homage-Mild High Club〉 노래가 BGM으로 흘러나오고 예쁜 척 멋있는 척하고 찍은 게 아닌 현실 그대로의 모습을 보여준다(물론 극적 반전을 위해 엽기적인 각도로 찍은 사진을 의도적으로 올리기도 한다). 육아에 찌든 모습, 체중이 불어난 모습, 머리가 헝클어진 모습. 그렇게 현실을 고증하는 듯한 모습을 보여주다가 BGM이 클라이맥스에 달할 때쯤 소위 말하는 '소싯적' '잘나가던' 시절의 사진이 등장하는 식이다. 결혼이란 제도에 진입하기 전, 반짝거리는 신혼의 모습, 가사와 육아라는 세상을 모르고 지내던 시절, 한창 몸매를 가꾸고 지내던 모습들. 게시물을 올린 이들은 사진에 등장하는 이의 배우자들이다. 그들은 '내 전 남친 어디 갔어' '내 전 여친 이제 돌아와'라는 글로 웃음을 유발한다. 외형이 아예 달라졌을 경우 닮은 연예인 이름을 소환해 '○○○과 이혼하고 ○○○과 재혼했다'는 우스갯소리를 넣곤 한다.

일종의 놀이로 소비되는 이 짤막한 영상도 결국 라떼와 직결된다. 추억을 회상하는 용도로 게시되는 콘텐츠. 이 또한 한 시절의 유행으로 지나갈지 모르겠지만, 릴스를 통해 표현하고자 하는 심리가 무엇일지 가늠해 본다.

변해버린 외모는 시간이 흘렀음을 상징해 주는 도구로 사용된다. 과거를 공유하고, 나의 배우자에게도 이런 시절이 있었다

착한 대화 콤플렉스

는 걸 알려줌과 동시에 지나온 세월에 대한 그리움과 현재의 고마움까지 공유되는 과정이다. '빨리 이때로 돌아와 줘(라고 혹자는 적기도 하지만)'라기보단 우리한테 이런 추억이 있었다면서 함께한 세월을 곱씹는 건 아닐까. 외모만을 희화화하여 웃음을 유발하는 용도로만 사용되기도 하지만, 근본적인 마음의 바닥엔 어디까지나 지금 내 옆에 있는 배우자와의 공감대가 깔려있을 거라 생각한다.

라떼는 과거와 현재를 이어주는 통로가 되어준다. 서둘러 수습해버린 옛날의 이야기 속에서도 우린 단서를 찾을 수 있기 때문이다. 초점을 과거에 맞추지 않고 현재에 맞춘다면 그리고 그 초점에 조금의 긍정성만 더한다면 이야기의 끝은 그리 불쾌하지 않을지도 모른다. 하찮은 대화에서도 우린 서로와 연결될 수 있는 고리를 끊임없이 발설해내기 때문이다. 공감대를 찾기 위한 외로운 발악, 혹은 과거와 현재를 이어주는 정보 공유의 장이라고 생각해본다. 라떼가 밉지 않은 까닭은 거기에 있다.

세상에 '노인'은 없다, 미래의 나만 있을 뿐

한국 사람 다섯 명 가운데 한 명, 어떻게 불러야 할까.
'노인'은 결코 그들의 이야기가 아니다.
머지않은 미래, 내가 가질 이름에 어떤 시선을 담고 있는가.

하루는 지인에게 이런 말을 했다.

"내가 어느 날 갑자기 오늘 소주 마시자, 하면 그날은 거리에서 아주머니라고 처음 불린 날일 테니 같이 마셔줘야 해. 알겠지?" 뜬금없는 부탁에 지인은 당황하며 어설픈 위로를 건네기 시작했다.

"무슨 아주머니야, 아직 멀었지." 그러다 조금 아쉽다고 느꼈는지 노화를 긍정하기 시작했다. 백발이 되어도 지금처럼 아름다울 거라며. 고마운 마음 씀씀이였다. 얼토당토않은 이야기라고도 생각했다. 그러나 시간이 흐를수록 아마도 나는 저런 말들

착한 대화 콤플렉스

에 기대어 살아갈 거란 생각도 들었다.

흰머리를 발견한 날이었다. 거울을 보는데 순간 정수리 쪽에 무언가가 희미하게 반짝거렸다. 백열등이 반사된 거라 믿으면서도 나의 손가락은 머리카락을 열심히 휘젓고 있었다. 흰머리가 고민이라며 토로하는 사람이 주변에 하나둘 늘어갈 나이. 딱히 이상할 게 없는 몸의 변화였다. 타인의 말에 공감하는 것과 내가 실제로 그 대상이 되어본다는 건 조금은 다른 이야기였지만.

혹여나 싶어 머리 뒤쪽을 살펴봤다. 한 손에 손거울을 들고 뒷머리에 갖다 대니 정면 거울 속 나의 뒷머리가 보였다. 한참을 뒤적거리는데 점점 팔이 아팠다. 흰머리를 확인하는 것도 체력이 받쳐줘야 가능한 일이었다. 거울 속 새카만 앞머리만 보고 살아오는 동안 야속한 흰머리는 뒤에서 스멀스멀 기어 올라오고 있었다. 사람은 왜 자기 뒤통수를 볼 수 없는 걸까. 당연하고도 대수롭지 않은 사실이 그날따라 새롭게 다가왔다.

평생 젊을 거란 착각에 빠져 살아간다. 정작 나의 노화를 가장 먼저 알아차리는 건 타인이다. 인간은 타인에 기댄 채 서로를 보살피며 살아갈 수밖에 없는 존재라는 걸 깨닫는다. 뒷머리에 나는 흰머리는 결코 내 눈으로 확인할 수 없다는 사실을 보면 인간이 자신의 노화에만 무디도록 설계된 걸지도 모른다. 타인에게 한 번이라도 더 기댈 수 있게끔.

한국 사람 다섯 명 중 한 명, 어떻게 불러야 할까

2023년 6월, 지하철 개찰구에선 낯선 목소리가 흘러나왔다. 만 65세 이상 승객이 경로 우대 카드를 사용하면 '어르신, 건강하세요!' '행복하세요!' 쩌렁쩌렁 소리가 울리도록 설계된 음성 안내 시스템이었다. 당시 서울시 지하철 부정 승차가 17만 3,000여 건(2023년 기준 과거 4년 통계)이었다. 그 가운데 경로 우대 카드 부정 사용은 12만 건. 적지 않은 비중을 차지한다는 이유로 경로 우대 카드 사용자를 부각시켜 부정 승차를 막아보겠다는 취지였다.

해당 시스템은 노인 유동 인구가 많은 열 개 지하철역에서 먼저 운영됐다. 도입 5일 만에 대구 지하철은 중단을 선언했다. '나이 들었다고 망신 주는 것이냐' 항의가 빗발쳤기 때문이었다. 부정 승차를 찾아내겠다는 취지만으로 공공장소에서 모든 경로 우대 카드 사용자의 연령 공개를 강제할 순 없다. 연령 또한 개인의 신상 정보라서이다. 대중교통, 연금, 건강보험, 전세 대출, 학비와 같이 국가 재정 지원을 받는다고 하여 개인의 권리를 침해할 명분이 있는 건 아니다. 수많은 재정 지원 가운데 유독 65세 이상인 사람이 이용하는 경로 우대 카드에 국한되어 정보 공개가 이루어진다는 점은 한국 사회가 고령자를 어떻게 바라보고 있는지 가늠할 척도가 되기도 한다.

착한 대화 콤플렉스

'나이 들었다고 망신 주기냐'라는 문장이 머리에 오래 맴돌았던 이유였다. 나이를 공개하는 게 망신이 되어버린 사회. 정당한 복지를 누리는 대가로 그에 응당하는 주변의 시선을 감내해야 하는 사회. 지공거사(地空居士)에 대한 여론이 어떤 방향으로 흘러가는지 알고도 음성 안내를 도입했다는 대목에서 행정의 치졸함을 읽는다. 지하철 적자를 개선하기 위한 취지였다면 조금 더 합리적인 방법을 시도해야 마땅하다.

김훈 작가는 그의 산문《허송세월》에서 호칭에 대해 이렇게 고백한다.

> '몸이 아파서 병원에 가면, 소독약 냄새 풍기는 젊은 의사는 나를 '어르신'이라 부르고 더 젊은 간호사는 날 보고 '아버님'이란다. 나뿐 아니라 늙은이를 보면 닥치는 대로 '아버님'이다. (…) 복도에 대기자가 많으면 김 아버님, 박 아버님이라고 불러댄다. 이런 호칭을 들으면 모욕을 느끼지만, 아프니까 별수 없이 병원에 간다. 내가 젊은 간호사를 "딸아" 하고 부르면 나를 미친 늙은이로 볼 것이다.'9
>
>   - 김훈,《허송세월》, 나남, 2024

실소가 터져 나오면서도 마음 한구석 쓸쓸한 대목이었다. 어쩌다 호칭 문제로 마음이 곪아 터지게 되었을까. 경로 우대 카드 사용과 더불어 최근 이슈 가운데 하나는 노인의 호칭을 어떻게 정할 것인가다. 2024년 7월 기준, 우리나라는 65세 이상 인구 비율이 20%를 넘어섰다. 65세 이상 인구가 1000만 명을 넘어설 것으로 우려되던 사회는 예상보다 더 빨리 국면을 맞이했다. 한국 사람 다섯 중 하나는 노인이란 뜻이다.

여전히 '노인'이란 이름을 타자화할 수 있을까. 기대수명이 늘어나고 내가 생각하던 '노인'과 내가 향해가는 '노인'에 그리 큰 간극이 존재하지 않는다는 걸 절감한다. 멀게만 느껴졌던 노인이란 존재에 지인이, 가족이, 내가 들어가게 되기까지 그리 오랜 시간이 걸리지 않는다. 젊음에 취해 불로초라도 먹은 것처럼 나와 다른 일이라 여기기 일쑤지만, 누구에게나 다가올 일이다. 그렇기에 노인을 둘러싼 모든 문제는 결국 나와 직결된다. 피하고 싶어도 피할 수 없는 명백한 사실이다.

경기도에선 65세 이상인 도민을 '선배 시민'으로 명시한 조례를 공포했다(2023년 11월). 지방자치단체가 노인 대체 명칭을 조례로 명시한 첫 사례이자 이례적인 경우였다. 명칭에 대한 조례는 '노인들이 선배 시민으로 자부심을 가지고 자신의 능력을 발휘해 다양한 분야에서 사회 참여 활동을 펼치도록 지원'하겠다는 취지로 만들어졌다. 그 가운데 하나로 등장한 호칭이 '선배 시민'이다. 자연스럽게 65세 미만은 '후배 시민'으로 분류됐다.

착한 대화 콤플렉스

노인 호칭을 둘러싼 시도는 이 밖에도 다양하게 진행되고 있다. 노인복지법에서 '노인'을 '시니어'로 바꾸자는 개정안이 발의됐으나 한글 단체가 거세게 항의하는 일도 벌어졌다. 공공기관 민원실은 선생님, 여사님, 어르신, OOO 씨, OOO 님을 비롯한 온갖 호칭을 소환했다. 불필요한 불만을 미연에 방지하기 위해 OOO 씨, OOO 님과 같은 실명 호칭을 기본 원칙으로 두는 곳이 많지만, 부르는 이도 불리는 이도 선뜻 입에 담지 못하는 실정이다.

재밌는 건 정확히 26년 전, 한국 사회가 똑같은 고민을 하고 있었단 사실이다. 한국 사회복지 협의회에서 '노인'을 대체할 새 호칭을 찾겠다며 공모전을 열었고, 당선된 단어가 지금의 '어르신'이었다. 노인은 단순히 늙은 사람을 뜻하니 이들의 사회적 기여도가 제대로 반영되지 않는다는 이유였다. 어르신이란 호칭엔 '노인의 경륜과 연륜에 대한 존경 그리고 감사의 뜻을 내포한다'는 의미가 담겼다며 변경한 것이었다.

영원할 줄 알았던 당대의 선의도 결국 오래 가지 못했다. '어르신' 또한 교체 대상이 되고 말았다. 국립국어원은 젊은 노인을 호칭하는 말로 '선생님'을 제안했다. 표준국어대사전에 등장하는 '선생님'의 정의는 여러 개이다. 학생을 가르치는 사람, 선생을 높여 부르는 호칭, 학예가 뛰어난 사람, 직함 따위에 붙여 남을 높여 이르는 말 그리고 나이가 어지간히 든 사람을 대접하여 부르는 말. 유의어로 꼰대가 등장한다는 건 조금 아이러니하지만.

교통카드를 찍으면 '행복하세요'라는 말을 건네며 '당신은 노인이야' '주변 사람들, 이 사람은 노인이에요' 알리려는 의도가 다분하면서도 호칭만큼은 선생님, 대접해서 부르겠다는 의도가 어쩐지 내게는 조금 모순처럼 느껴진다. 그러나 마냥 놓고 있을 수는 없다. 노인에 대한 논의는 내 가족이 어떤 이름으로 불리는지 또 어떻게 불릴지, 결국 나는 어떤 이름으로 불리고 싶은지를 결정하는 문제라서다. 그렇게 바뀐 이름이 과연 이 사회의 시선까지도 바꿔놓을지는 미지수다. 남성 노인한테는 곧잘 어르신, 사장님, 선생님과 같은 호칭으로 부르면서도 여성 노인은 유독 할머니로 불리는 것 또한 조금은 아이러니하다.

문제는 우리 사회가 고령층을 어떻게 바라보는지에 있다. 정확히 말하면 어떻게 노인을 콘텐츠로 소비하는지에 있다. 노인이라는 단어엔 전혀 문제가 없다. 학자 이어령은 노인에 숨은 한자를 풀어 기품 있는 해석을 더했다. 그는 《뜻으로 읽는 한국어 사전》에서 노인의 노(老)를 이렇게 묘사했다.

한자의 노(老)는 허리 굽은 늙은이가 지팡이를 짚고 있는 모양을 본뜬 상형 문자라고 한다. (…) 아무리 보아도 초라한 늙은이의 모습으로는 보이지 않는다. 오히려 원로니 노

착한 대화 콤플렉스

숙이니 하는 말 때문인지는 몰라도 그 글자의 인상은 매우 기품이 있어 보인다.10

- 이어령,《뜻으로 읽는 한국어 사전》, 문학사상사, 2018

기대수명이 늘어나면서 65세를 노인으로 보지 않는 시선이 생겨났다. 지공거사라는 제도에 쏟아지는 불만은 100세 수명을 기대하면서 65세부터 공짜를 누려 마땅한 존재로 사회가 만들어버린다는 데 있기도 하다. 퇴직하고, 마땅히 일할 수 있는 환경이 제대로 갖춰져 있지 않은 사회에서 건강한 신체를 가지고 은퇴한 사람들이 정처 없이 떠돌아다니게 돼서이다. 10년 전, 20년 전 막연하게 '노인' '어르신'이란 이름이 떠올리게 만들었던 이미지와 오늘날 65세는 확연한 차이가 있다. 백발, 베레모, 지팡이, 느린 거동처럼 단편적이었던 인상에서 훨씬 다채로운 모습으로 변화했기 때문이다.

한국보다 고령화 사회를 먼저 맞이한 일본 역시 노인 호칭 문제와 관련해 골머리를 앓고 있다. 1985년 일본 후생노동성은 50대와 60대를 지칭하는 이름을 공모한 결과 실년(實年, 활발히 경륜을 펼칠 나이)이라는 호칭이 채택됐다. 인생에서 가장 충실한 시기에 해당한다는 뜻이었다. 40세를 지칭하던 초로를 60세로 보자는 목소리. 중년을 45세부터 64세까지 보자는 목소리. 50세부터 60세를 숙년(熟年, 인생의 경험을 쌓아 원숙한 나이)으로 지정하자는 목소리. 65세부터 고년이라 부르자는 목소리. 다양한 목소리가 혼재된 채로 노인을 둘러싼 호칭 문제에 고민이 깊어지는 모양새다.

'노인'은 머지않은 미래의 나

호칭 문제에 대한 사회적 고민이 마치 무의미하다는 듯 등장한 일본 영화가 있다. 2024년에 개봉한 〈플랜 75〉다. 초고령 사회에 진입한 가까운 미래의 일본을 배경으로 설정한다. 극중 일본 정부는 청년층 부담을 줄이겠다는 명분으로 '플랜 75' 정책을 발표한다. 75세 이상인 국민에게 죽음의 선택권을 주겠다는 취지다. 초반엔 반발하는 이가 많지만, 점차 초고령화 문제의 대안으로 어쩔 수 없이 순응하는 분위기가 형성된다. 타인에게 민폐를 끼치는 행위를 극도로 꺼리는 문화이기에 노인들은 자신의 노년이 사회에 민폐가 될 수 있다는 생각에 점점 동요되기 시작한다. '선택'이라는 허울 좋은 단어로 사실상 죽음 앞으로 떠밀려질 수밖에 없는 노년층의 삶을, 영화는 조명한다.

이 영화가 나온 배경은 일본 사회 속 대다수 시민이 취약 계층을 바라보는 시선에서 비롯됐다. 초고령 사회, 장수국가라는 타이틀을 달고 있는 나라이지만 노년층에 대한 일부 시선은 곱

착한 대화 콤플렉스

지 않다는 점이 대단한 충격으로 다가왔다. 〈플랜 75〉는 영화적인 설정에 불과하지만, 노인을 향한 학대, 범죄, 사건 사고가 끊이지 않는 사회에서 노인을 대상화하는 콘텐츠가 어떤 식으로 소비되는지 찬찬히 들여다볼 필요가 있다.

영화보다 훨씬 잔인한 현실은 우리 앞에 놓여있다. 한국 노년층은 매체에서 곧잘 무기력하거나 부정적인 모습으로 등장한다. 특히나 보도물에선 더욱 잔인하다. 이른 아침부터 탑골공원에 나와 장기를 두는 모습. 그러다 막걸리를 마시고 취기가 올라 싸움이 붙는 모습. 대중교통을 공짜로 타는 지공거사로 낙인찍히는 모습. 택시 앱을 사용할 줄 몰라 한파 속에서 발을 동동 구르는 모습. 그러다 눈물을 쏟아내는 모습. 군청에서 나눠주는 1,000원짜리 택시 쿠폰을 1년 내내 품고 사는 모습. 그 티켓 없이는 섬마을 밖으로 나가는 걸 엄두도 내지 못하는 모습. 노년층의 현실을 직시한다는 명분으로 보도물은 곧잘 가장 극한의 상태인, 자극적인 모습만을 담아 조명한다.

노인들은 곧잘 동정의 대상으로도 소비된다. 도와줘야 마땅한 대상이라는 전제를 깔아두고 마이크를 들이대며 '괜찮으셔?' '할머니 지금 어디 가시는데?' 말이 점점 짧아지는 식이다. 손자뻘이란 점을 감안해 친근하게 대화를 유도하는 거라지만, 보도물에서 보고싶은 모습은 아니다. 내가 당연하게 할 수 있는 걸 저들은 할 수 없다. 나에겐 익숙한 일이 저들에겐 누군가의 도움이 있어야 가능하다. 사회적 약자라는 이름으로 노년층이 화면에 등장하는 순간 동정의 시선이 가해진다. 시청자들로 하여금 '내가 저들에게 무언가를 해주고 있다'는 착각마저 불러일으킨다. 우리가 낸 세금으로 저들이 지하철을 공짜로 타고 있다는 시각이 탄생한다. 내가 낸 세금은 전국 곳곳에서 훨씬 은밀하고 방대하게 낭비되고 있지만, 당장 눈 앞에 보이는 상대인 만큼 분노를 표출하기에도 수월한 대상이 된다. 결국 노년층을 대할 때도 선택적 친절을 적용한다. 동정하는 시선이 기저에 깔려있다 보니 내 마음에 들게 행동하면 착한 노인, 불쌍하고 도와주고 싶은 노인이 되지만 나와 마찰하는 순간 곧잘 돌봄의 대상, 학대의 대상, 공짜로 살아가는 수익 활동이 없는 대상으로 전락시켜버린다.

노년층에 대한 혐오 시선이 증폭될 때마다 도마에 오르는 문제는 고령 운전자 면허 반납이다. 교통사고 원인이 '운전자가 고령자이기 때문'이라는 조사 결과가 나오지 않은 상태에서 교통사고를 보도할 때마다 67세, 75세라는 운전자의 연령부터 다짜고짜 강조하는 식이다. 고령 운전자에 대한 면허 갱신이나 안전교육, 인지기능 테스트에 대한 정책을 점검하고 허점을 살펴보는 중간 과정은 모조리 생략된다. 대신 20~30만 원짜리 지역화폐와 교통카드를 유인책으로 반납률이 높아졌다고 자평하거나 기자가 노인 체험 복장을 하고 나와 '30대인 제가 직접 운전해

착한 대화 콤플렉스

보니 고령자는 시야 확보가 어려운 게 맞다'며 고령 운전자 면허 반납을 유도하는 식의 보도가 쏟아진다. 고령 운전자 면허 반납은 이동권과 같은 기본권과 직결되는 문제이지만, 대체로 이런 보도에 당사자들의 목소리는 쏙 빠져있다. 기껏 반영한다는 게 지나가는 노인을 붙잡고 '자진 반납하니까 지역 화폐 받고 좋아요' '고령이면 아무래도 잘 안 보이고……'라는 인터뷰를 넣는 게 전부다. 정상적이지 않은 비판의 방식을 묵인하기 시작하면 그 화살은 머지않아 내게로 돌아온다. 지금 우리가 만들어가는 방식은 곧 나의 이동권이자 기본권과 연결될 수밖에 없다.

〈플랜 75〉가 고령화 사회에 건네오는 메시지로 조력 자살의 합법화, 취약 계층이 되어버린 노년층, 잔인무도한 행정 정책이 거론되지만, 실로 가장 중요한 메시지는 따로 숨어있다. 영화엔 '플랜 75' 정책의 대상자인 노년층보다 '플랜 75' 정책에 가담하는 일꾼이 훨씬 많이 등장한다. 일꾼은 젊은 층이다. 그들이 생업으로 택한 건 누군가를 죽음으로 안내하는 일. 죽기 전날 마지막 전화 통화로 노인의 마음을 어루만지는 일. 결국 어떻게든 죽음에 연루되는 역할이다. 결과적으로 젊은 층 역시 죽음에서 헤어나올 수 없는, 사회 모두를 연루시키는 이야기라는 점이다.
　젊을 땐 모르지만, 그 일을 하면서 결국은 본인들도 같은 방식으로 죽게 된다는 걸 스스로 각인시키는 셈이다. 이는 감독이 의도한 메시지와도 맞닿는 부분이다.

> "누구나 살기 힘들고 누구도 구원받지 못하는 세상 속에서도 그런 걸 전혀 깨닫지 못하고 보고도 보지 못하고 느끼지 못하고 무감각한 사람들의 공포도 조명하고 싶었어요."
>
> – 하야카와 치에 감독(영화 〈플랜75〉 GV 중)

어쩌면 무감각한 공포는 우리가 매일같이 노년층을 바라보는 시선과도 맞닿아 있는지 모르겠다. 눈앞에 두고 보면서도 느끼지 못하는 무감각이란 영화 속 서류 접수를 돕는 젊은이의 일상이 아닌 우리가 매일 마주하고 소비하는 노인들의 이야기, 즉 머지않아 나의 것이 될 이야기다.

10년, 혹은 20년마다 한 번씩 바뀌는 단어는 물론 좋은 대안이 될 수 있다. 하지만 그렇게 다섯 번이 바뀌었을 때 나의 이름은 무엇이 될까. 매번 이름을 바꾸지 않아도 괜찮은 세상이면 더 좋지 않을까. 무엇보다 노인에게 부정적인 이미지를 덧대고 있는 건 우리다. '노인'이란 단어에 담는 마음은 어떤 색깔인가. 혹시 아직도 '노인'을 타자화하고 있지는 않은가. 만약 '노인'에 대한 거부감, 부담감, 혐오감이 사실은 '노화에 대한 두려움'을 대변하는 것이라면 이런 두려움이 마음을 닫는 방향이 아닌 마음을 여는 방향으로 갈 수 있기를 간절히 바란다.

착한 대화 콤플렉스

언어 안에서 다르게 존재할 자유

틀딱, 개저씨, 한녀, 맘충…….
우리를 둘러싼 무수한 이름들을 톺아본다.
그 프레임들 안에서 우리는 얼마나 자유로울까.

오래전, 튀르키예 남서부 작은 항구에 어린 소녀가 앉아있었다. 어느 더운 밤이었다. 이모가 소녀에게 말한다. 야카모즈가 얼마나 강렬한지 보렴. 소녀는 이모의 시선을 좇았지만, 어디에도 '강렬한 무언가'가 보이지 않았다. 이모가 바다를 가리켰지만 역시나 소녀는 아무것도 찾아내지 못했다. 보다 못한 소녀의 어머니가 나섰다.

"야카모즈는 물 위에 비친 달빛을 의미하는 단어란다."

그제야 소녀의 눈에도 어둠 가운데 환히 빛나는 야카모즈가

보이기 시작했다. 그리고 문득 궁금해진다. '야카모즈라는 단어를 모르는 사람도 야카모즈를 볼 수 있을까?'

《언어와 존재》에 나오는 야카모즈 일화이다.[11] 그저 스쳐 지나가던 일상 속 장면에 이름이 붙는 순간, 또 하나의 세계가 열린다. 이처럼 단어는 새로운 세상을 열고 들어갈 수 있게 해주는 열쇠와도 같다. 동시에 한번 인지한 세상에서 빠져나오기란 여간 어려운 일이 아니다. 물 위에 비친 달빛에도 이름이 있다는 걸 깨달은 소녀의 세상 역시 그날 이후 달라졌다. 밤바다를 산책할 때마다 물 위에 비친 달빛을 눈으로 좇게 된다. 수면 위로 반짝거리는 달빛을 볼 때마다 되레 야카모즈를 떠올리지 않는 게 훨씬 어려웠을지도 모른다. 어쩌면 당연하고도 일상적인 일이다.

각 언어에는 고유한 세계관이 담겨 있다는 빌헬름 폰 훔볼트의 말처럼 이 둥그런 지구엔 서로 다른 현상에 서로 다른 이름을 붙이고 살아가는 사람들이 공존한다. 나뭇잎 사이로 희미하게 비치는 햇빛을 일본에선 고모레비(木漏れ日)◆라고 부른다. 아랍어로 구르파(Gurfa)[12]는 한 움큼의 물을 의미한다. 오스트레일리아 북부에 사는 쿠크 타요르족(Kuuk Thaayorre)의 언어는 공간

◆ 고모레비 : 2024년에 개봉한 영화 〈퍼펙트 데이즈〉에서 주요 키워드로 등장하기도 했지만, 고모레비는 영어로 번역할 수 없는 말로도 유명하다. 한자를 살펴보면 '고(木) 모레(漏れ) 비(日)'로 나무 사이사이(木)에서 태양의 빛(日)이 새어 나오는(漏) 걸 의미하는데, 빛이나 바람, 구름이 잎사귀의 움직임에 의해 매 순간 달라지는 것을 뜻한다. 작은 나날의 매 순간의 변화를 온몸으로 맛보는 의미까지 포함한 단어다.

과 시간에 대한 인식이 남다르다. 그들이 쓰는 언어엔 왼쪽과 오른쪽을 의미하는 단어가 없다. 오로지 나침반으로서의 감각만이 존재한다. 방향만을 표현할 뿐이다. 그들의 대화는 이런 식으로 흘러간다고 볼 수 있다. 너의 북서쪽 팔에 개미가 있다, 남남동 방향으로 찻잔을 밀어줄 수 있겠니?13

　　내가 가진 언어로 세상에 존재하는 모든 걸 표현할 수 없다는 걸 알게 되는 순간, 인간은 겸허해진다. 언어는 다양한 걸 표현할 수 있는 도구가 되지만, 동시에 제한된 존재만을 표현하는 한계를 가진다. 한낱 잡초라 여겨왔던 풀에도 개미취, 오이 풀꽃, 큰산꼬리풀과 같은 이름이 있다는 걸 알게 됐을 때 그런 생각이 들었다. 잡초라는 단어가 존재하지 않는 세상이라면 풀들은 좀 더 귀한 존재로 대우받을까. 저마다 다른 이름을 가진 풀이 존중받는 세상은 얼마나 선명하고 다채로울까.

　　몰랐던 세상을 알게 되면 더는 기존 언어에 만족하지 못한다. 이를테면 우리가 영화를 보며 숨은 해석을 찾게 되는 심리도 마찬가지다. N차 관람 끝에 발견하는 감독의 힌트, 숨겨진 메시지를 제힘으로 발견해본 사람은 그 맛을 잊지 못한다.

　　　　"이 영화 속에서 탕웨이는 주로 대략 두 가지 색을 번갈아
　　　　입고 나옵니다. 붉은색, 청록색인데요. 청록색 드레스를

입고 영화의 가장 후반부에서 결정적인 장면에서 그녀가 입었던 드레스 색깔이나 혹은 상황에 관한 것들이 영화에서 아주 중요한 모티브가 됩니다. 청록색 드레스는 평상시에 녹색인데 햇빛을 받으면 파란색으로 보이죠. 어떻게 생각하면 그녀의 양면적인 측면이죠. 굉장히 끔찍한 살인자일 수 있는 용의자이자 다른 한편으로는 품격 높은 절절한 사랑의 주체일 수도 있겠죠……."

– 영화 평론가 이동진(『이동진의 파이아키아』에서)

이후 관객들이 눈을 번득이며 스크린을 더듬게 된다. 색깔이라는 언어로 시야가 또 한 번 확장되기 때문이다. 영화 〈헤어질 결심〉에서 숫자 '138'은 중요한 단서로 작용한다. 공교롭게도 영화 러닝타임 역시 138분이다. 이를 발견한 관객은 이후 스쳐 지나가는 숫자 하나도 그저 넘겨짚을 수 없는 지경에 이르게 된다. 이처럼 모르고 지내온 장면, 간과하던 장면에 새로운 언어가 입혀지는 순간 우린 그다음 세계로 나아간다. 언어와 세상이 끊임없이 서로를 끌어당기며 우리의 시선을 확장해주기 때문이다.

착한 대화 콤플렉스

어느 날 갑자기 튀어나온 프레임

세상에 태어난 이름, 새롭게 알게 된 이름들은 서로 다른 이름들과 서서히 얽히기 시작한다. '광화문 광장'이 **세종대왕 동상, 외국인 관광객, 분수대, 산책하는 시민**과 같은 단어들과 함께 있을 때와 **확성기, 태극기, 임시 천막, 경찰, 머리에 띠를 두른 군중**과 같은 단어들과 묶여있을 때 우린 각각 다른 느낌을 전달받는다. 같은 단어라 할지라도 어떤 프레임과 엮이냐에 따라 전혀 다르게 사용될 수 있기 때문이다. 사진을 찍는 주체가 어떤 구도에 맞춰 액자 안에 들어갈 대상과 빼낼 대상을 선택하는지에 따라 전혀 다른 풍경이 펼쳐지는 것처럼.

프레임은 우리가 세상을 바라보는 틀, 종국엔 우리의 생각과 행동을 결정짓는 역할을 한다. 언어학자 조지 레이코프는 프레임을 두고 '특정한 언어와 연결되어 연상되는 사고의 체계'라고 정의했다. 사실상 우리가 사용하는 모든 언어는 프레임으로 존재한다. 듣고, 말하고 생각할 때 늘 우리 머릿속에는 프레임이 작동한다는 그의 주장처럼 말이다. 언어의 힘을 제대로 이해하려면 프레임을 알아야 한다. 언어를 업으로 삼는 이들에겐 바이블처럼 통용되는 이 말은 머릿속 깊이 각인 되어버린 프레임에서 벗어나는 일이 좀처럼 쉽지 않다는 의미와도 직결된다.

여의도 한강공원에 있는 괴물 조형물을 철거할 무렵 전국 각지에 있는 공공 조형물을 취재한 적이 있었다. 전국 각지의 조형물은 매번 억대 예산을 들여 설치된다. 제아무리 비싼 세금으로 지었다 한들 민원이 들어오면 예외 없이 장소를 이동시키거나 철거를 강행한다.

한강에 설치했던 괴물 조형물은 봉준호 감독이 만든 영화 〈괴물〉에 등장하는 캐릭터 괴물을 재현한 조형물이었다. 밋밋한 한강에 이야기를 입히자는 취지로 2014년 박원순 시장 시절 1억 8000만 원을 들여 조성했지만, 점차 흉물 취급을 받으면서 결국 10년 만에 철거 수순을 밟게 됐다. 10년 동안 흉물 이슈를 끌고 왔지만 지지부진하던 철거가 한 달 반 만에 이루어진 데엔 '시민의 안전을 위협하거나 공감을 얻지 못하는 조형물은 적극 철거하라'는 오세훈 시장의 방침이 있었다.

취재하던 과정에 '정치적인 이야기로 해석될 우려가 있'으니 한강 조형물은 배제하자는 의견이 나왔다. 오세훈 시장이 철거 지시를 내렸고, 불가피하게 전 시장의 이름을 언급해야 한다는 이유였다. 결국 한강공원 괴물 조형물 이야기는 쏙 빠진 채 전국 곳곳에 있는 조형물을 사례로 보도했다. 정치와 무관하지도 않지만, 정치가 본질은 아닌 이야기들. 지극히 평범하고, 일상적인 이슈조차 곧잘 '정치'라는 프레임으로 변질되는 순간 이야기는 본질에서 한참 벗어난 채 항간을 떠돈다. 한번 자리 잡은 프레임

착한 대화 콤플렉스

을 걷어내기란 여간 힘든 게 아니다. 동시에 생각보다 빠르게 무의식으로 자리 잡는다. 그렇다고 피해만 다닐 순 없는 노릇이다.

한국전쟁이 발발하기 직전까지 사람들은 친구라는 말 대신 동무라는 말을 즐겨 썼다. 늘 친하게 어울리는 사람을 뜻하는 단어로 스스럼없이 사용되어오다 어느 날 갑자기 금기어가 되었다. 동무 따라 강남 간다는 속담은 친구 따라 강남 간다는 말로 대체되었다. 북한이 동지, 동료를 뜻하는 'Comrade'를 동무로 번역 사용하면서부터였다. 죄 없는 단어들은 종종 이렇게 각종 프레임을 뒤집어쓴 채 미움받거나 매장당한다. 전혀 무관한 삶을 살아온 두 단어, 두 개념이 얽히기 시작한 순간 본래 지니고 있던 의미마저 희석되어버리기 십상이다.

분명 프레임의 순기능은 있다. 상황을 분류하고 범주화하는 작업을 손쉽게 도와준다는 점에서다. 반복되는 패턴을 인식하고 빠른 결정을 돕는다. 새로운 현상을 마주했을 때 우리가 떠올리는 건 오래전 머릿속에 저장해두었던 이미지와 정보들이다. 자연스럽게 어느 범주에 집어넣어야 할지 분류 작업을 거치게 되고, 한번 들어간 범주에서 빠져나오는 일은 쉽지 않다.

《언어와 존재》에서 퀴브라 귀뮈샤이는 프레임을 '새장'에 비유한다. 문제는 프레임이란 새장에 대한 절대적 믿음을 가지고 있을 때 발생한다는 것이다. 세상을 파악하기 위해 스스로 만들어낸 프레임이 정작 우리를 가두는 새장이 된다는 걸 쉽게 망각해서다. 우리가 가진 생각의 자유가 타인에게 부자유로 다가갈 수 있다는 걸 곧잘 놓치기 때문이다. 지극히 넓어보이는 공간에도 경계는 존재한다는 걸 잠시 망각한 채 그 새장만이 완벽하고, 보편적이란 생각에 젖어들 때 우리는 실수를 저지른다.[14]

나와 다른 상식을 가진 사람을 만났을 때 우린 저절로 그 사람에게 어떤 프레임을 뒤집어씌울지 찾게 된다. 테이블에 기저귀를 놔두고 간 젊은 엄마를 보는 순간 '맘충'이란 프레임을 떠올린다. 그가 의도적으로 저지른 실수가 아니었을 가능성은 아예 처음부터 배제하는 식이다. 지하철에서 큰소리로 통화하는 할아버지를 만나면 '틀딱'이란 프레임을 떠올린다. 한 명이 모두를 대변할 수 없다는 걸 알면서도 자주 저지르는 실수다.

차별 언어 프레임에서 벗어나는 건 생각보다 간단할지도 모른다. 괜찮은 사람을 '단 한 명'만이라도 알고 지내는 방법이다. 실수로 테이블에 기저귀를 놓고 왔다며 두고두고 후회하는 엄마를 알게 되는 순간 '맘충'은 쉽게 뱉을 수 없는 단어가 되어버린다. 정말 괜찮은 한국인 남자 지인을 곁에 두고 있다면 섣불리 '한남'이란 단어를 쓰고 싶지 않다. 이야기가 잘 통하는 장년층 지인이 주변에 있다면 '꼰대'라는 말이 얼마나 잔인한지 알게 된다. 단 한 사람만 알고 있다면 '맘충' '틀딱' '꼰대'와 같은 단어들에 맞설 수 있는 힘이 생긴다. 단 한 명은 그 모든 프레임을 벗

착한 대화 콤플렉스

겨낼 수 있는 충분한 자원이 된다.

'개저씨' 같은 단어를 입에 자주 담는 사람을 마주할 때면 부디 그의 주변에 괜찮은 '아저씨'가 한 명쯤 있어주길 빌어보게 된다. 한 명은 두 명이 되고, 두 명은 네 명이 되어간다면 손쉽게 불특정 다수를 혐오하는 단어를 입에 담기 불편해질 테니. 희박하지만 희망의 가능성을 본다. 사회생활을 하면서 '개저씨'라 부르고 싶은 남성을 열 명, 스무 명 만나도 진심으로 존경하는 아저씨 한 명을 안다면 쉽게 내뱉을 수 없는 단어가 된다. 죄 없는 그가 개저씨라는 범주에 들어가는 걸 누구보다도 스스로가 용납할 수 없기 때문이다. 이는 혐오와 차별이 담긴 다른 단어들에도 똑같이 적용된다. 말과 호칭에 담긴 분노가 얼마나 많은 이를 이유 없이 위축시키고 주눅 들게 만드는지 생각할 수 있는 힘이 우리에겐 있다. 편견을 유도하는 특정 프레임이 만연하다면 언제든 누구든 혐오의 프레임 속으로 들어가는 건 시간문제다. 내 마음이 자연스럽게 동요될 때 고질적인 프레임은 자연스럽게 가면을 벗어던질 것이다.

언어는 우리에게 밤의 어둠 속에서 환하게 비추는 달 역할을 한다. 야카모즈처럼 말이다. 야카모즈를 몰랐던 세상과 알고난 후의 세상은 달라져있다. 우리의 세계를 제한해버릴 수 있지만 무한히 열어줄 수 있는 것 또한 언어의 역할이란 뜻이다. 언어가 무기로 존재할 때 과연 그 언어는 나를 방어해줄까. 남을 죽이는 언어는 언제든 나를 죽일 수도 있다.[15] 우리에게 다의성이 필요하고, 모호성이 필요하고, 언어 안에서 다르게 존재할 수 있는 자유가 필요한 이유다.[16]

착한 대화 콤플렉스

3	부	,			
	낡	은			
		단	어	에	
	물				
	음				
	표		던		
	를		질		
		,			때

한 단어에 담긴 세상은 시공간을 초월한다

가족관계의 호칭 변화는
시간이 흐른다 해서 자연스럽게 개선되지 않는다.
'도련님'이란 호칭으로 여전히 속끓이는
가까운 지인만 봐도 그렇다.
누군가에겐 진부한, 누군가에겐 당연한 가족 호칭,
그 답은 어디에 있을까.

"언니, 어떡하죠? 결혼 다시 생각해야 하나요?"

둘이 좋아 꽁냥꽁냥하던 관계가 무르익어 어느덧 서로의 가족을 만나기 시작한 단계. 부모님이 슬슬 호칭 정리에 발동을 걸어온 날, 지인이 내게 물어왔다. 우애 좋은 형제와 각각의 예비 배우자들은 평소 돈독한 관계였다. 서로 이름을 부르는 사이로 캠핑이며 운동을 함께 해온 넷은 하루아침에 아주버님과 형님, 도련님과 동서로 정리되었다. 좀처럼 외워지지 않는 호칭을 되새기기 위해 매번 포털 사이트에 '남편의 동생의 아내' '아내의 남동생의 아내'와 같은 단어를 써넣는 모습은 어쩐지 조금

안쓰럽다.

　지인을 불편하게 만든 지점들이 있었다. 주변 언니들에게 물어도 아무도 그런 호칭을 쓰지 않는다는 것. 대화도 잘 통하고 젊은 세대에 포용력을 보여주던 어머니가 호칭 문제만큼은 완고하다는 것. 여성을 낮추는 언어에 반기를 들었는데 정작 같은 여성이 구시대적인 언어를 고집한다는 대목이었다. 유일한 희망이었던 지인의 연인조차 아무런 위화감을 느끼지 못한 채 '나 이제 도련님 된다'며 한껏 들떠있었다는 점도 한몫했던 모양이었다. 지인은 96년생, 그의 연인은 95년생. 이 정도 세대라면 '도련님'과 같은 호칭으로 고민하지 않을 거라 생각했다. 착각이었다. 가족관계 호칭 변화는 그저 시대가 흘러간다 하여 자연스럽게 개선되는 건 아니었던 모양이다. 세대 간의 격차도 아니었다. 변화가 간절한 누군가가 먼저 소리 내어 말하지 않는 이상 잔존할 수밖에 없는 고질적인 관습이었다. 지인 역시 울분을 토하며 내게 말해왔다. '언니, 저는 제 세대에서 이걸 끝내버리고 싶어요. 물려주고 싶지 않아요.'

　'아가씨, 도련님과 같은 단어는 신분제 사회에서 하인이 주인집 자녀를 부르던 말과 같다'는 문장도 조금은 무색해진 느낌이다. 다만 굳이 지금 바뀌야 하느냐는 게 호칭을 고집하는 이들의 기저에 깔린 마음이다. 남들이 다 바꿔간다 하면 요즘은 시대가 변했구나, 그럴 필요가 있지, 막연하게 긍정하다가도 정작 내 집

　　　　　　　　　　　　착한 대화 콤플렉스

에서 이루어지는 변화에는 조금 낯설게 반응하게 되는 것이다.

자세히 뜯어볼수록 마냥 웃어넘길 수 없는 부분들은 분명 있다. 예컨대 도련님이라 부르던 시동생이 결혼한 뒤에는 서방님이란 호칭으로 바꿔 부르는 게 관습인데, 남자 형제 세 명이 있는 집안의 둘째와 결혼하는 여자는 졸지에 서방이 셋이나 생기는 셈이다. 참으로 이상한 역할극이다. 도련님에서 서방님으로 승격하는 남편의 남동생과는 달리 아내의 남동생은 평생 처남 신세다. 손위 처남을 형님이라 부르기도 하지만, 손위 처남이건 손아래 처남이건 구별 없이 그저 처남으로 불리는 경우도 흔하다. 이 진부한 호칭 문제는 '가내 평화와 질서를 위해 이번엔 넘어가자'는 입장과 '시대가 어느 때인데 아직도?'라는 물음이 여전히 대립하고 있다. 무려 25년 동안 말이다.

도련님이란 호칭을 꼭 써야 할까요?

이 질문은 2000년대 초반에 처음 등장했다. 충분히 이야기해볼 만한 여지가 있었다. 공론화되지 못했을 뿐이다. 언론마저도 명절 때만 되면 꾸역꾸역 서열 정리에 나섰다. 이번 명절 때는 '바른 호칭을 쓰자'며 '제대로 부르기 위한 호칭 정리표'라 불리는 가족 관계도를 소환했다.

10년쯤 흐르고 재미있는 일이 벌어진다. 2013년 12월, 공영방송 KBS 주말드라마 〈왕가네 식구들〉에서 아내가 남편의 동생을 '삼촌'이라 불러버린다. 방송이 나가고 시청자 게시판에는 비난의 글이 쇄도했다. '호칭이 익숙지 않은 청소년이 볼 경우 삼촌이 맞는 표현이라 오해할 수 있다'는 것이었다. 제작진은 '앞으로 잘못된 호칭을 사용하지 않겠다'며 해명했지만, 이후 드라마에서 아내가 남편의 동생과 대화하는 장면은 볼 수 없었다.

본격적으로 개선의 목소리에 힘이 실린 건 비교적 최근이다. 2016년 추석 때까지만 해도 알아두면 좋은 호칭 '서방님'을 홍보하던 한 언론사[1]는 2년 만에 '도련님과 아가씨 대신 OO 씨, OO 동생이라는 호칭은 어떨까요?'[2]라며 호칭 정리에 나섰다. 시민들을 대상으로 호칭 설문조사를 지속해온 국립국어원은 2020년,《우리, 뭐라고 부를까요?》[3]라는 책자를 세상에 내놓는다. 기존의 옳고 그름에서 벗어나 전 국민을 대상으로 이야기의 장이 펼쳐진 셈이다. 정답은 없으니 싸우지들 말고, 서로 불편해하지 않는 선에서 부르는 것이야말로 '옳은 호칭'이라는 취지였다.

이로써 '친정' 대신 '본가'를, 남사스럽다는 이유로 어른들 앞에서 입에 담지 못했던 '자기야'를 부부들은 공식적으로 내뱉을 수 있게 되었다. '마누라'나 '와이프'보다 '아내'라는 말을 쓰자는 목소리도 커졌다. 도련님과 아가씨가 불러온 열풍은 그간 고질적이었던 호칭 문화를 차례로 보란 듯이 바꾸어 나갔다. 물꼬가 터지고 급변한 것처럼 느껴지지만, 실로 20년이나 걸린 셈이다. 그러나 사라진 줄 알았던 호칭 문제는 젊은 부부들이 결혼이란 제도와 직면할 때마다 보란 듯이 고개를 치켜든다.

이제 막 한자를 배우기 시작한 어린이에게 묻는다. "엄마의 엄마를 아빠가 장모님이라고 불러. 어미 '모'라는 한자거든. 그러면 엄마의 아빠는 뭐라고 부를까?" 맥락상 이 질문의 답은 '장부님'이 마땅하다. '어른'이라는 단어를 막 배운 외국인의 눈에는 왜 여자의 아버지는 장인 '어른'인데, 어머니는 '장모님'일까라는 질문이 떠오른다. 하나하나 뜯어놓고 보면 그저 '관습' '전통'이라는 맥락을 제외하곤 도무지 이해할 수 없는 호칭들투성이다.

흘러가는 시간 속 멈춰버린 단어들

지인의 호칭 불화설을 듣고 얼마 지나지 않아 일본 오사카 코리아타운을 방문했다. 십수 년 전과 크게 달라진 게 없는 동네. 젓갈이며 김치며 짠 내 가득한 골목도 그대로였다. 이상하리만치 시간이 느리게 흘러가는 곳. 그것은 비단 조국으로부터 멀리 떨어져 있다는 물리적인 거리감 때문만은 아니었다. 그걸 알게 해준 건 오사카 코리아타운 역사박물관에서 만난 재일교포 3세 김 씨였다. 박물관을 둘러보고 슬슬 나가려는 찰나 안내

데스크 앞에 놓여있는 클리어 파일이 눈에 들어왔다. 가족 관계도와 호칭을 정리해 놓은 그림들이 프린트되어 있는 파일이었다. 마침 호칭에 대한 화두가 머릿속을 떠나지 않았던 때였기에 도련님이란 호칭을 찾기 시작했다. 역시나, 있었다. 여자 쪽엔 어김없이 '외'자가, 남자 쪽엔 '시'자가 꼬리표처럼 붙어 대가족을 이루는 클리어 파일을 보니 문득 궁금해졌다.

'한국에서는 세대가 바뀌면서 이전처럼 도련님이나 서방님, 아가씨와 같은 호칭들을 바꾸자는 추세다. 실제로 많이 바뀌었다. 교포들이 사용하는 호칭 문화에도 그러한 변화가 있느냐'. 기나긴 설명 끝에 던져진 물음표에 김 씨는 눈이 휘둥그레졌다.

> "흥미롭네요. 교포들 사회에선 전혀 그런 이야기가 나오지 않아요. 우리는 무언가를 바꾸려는 시도를 쉽게 할 수 없는 환경이었어요. 고국에서 오래 떨어져 지냈잖아요. 그러니까 가능하면 우리가 가진 걸 오래 간직하려는 힘이 강해요. 그것마저 빼앗기면 안 된다는 생각인 거죠. 이래서 바꾸고, 저래서 바꾸기 시작하면 결국은 우리 색깔을 다 잃어버리는 거니까. 한국은 그럴 수 있죠. 당면하는 사람들의 입장인 거니까. 교포들은 조금 달라요. 우린 최대한 한번 가진 걸 안 뺏기려고 오래 붙잡고 있는 것뿐이에요."

착한 대화 콤플렉스

김 씨가 들려준 이야기에 따르면 그는 재일교포 3세, 어머니는 2세였다. 1세였던 할머니는 제주 조천읍에서 태어났다. 자연스럽게 그의 어머니가 구사하는 한국어는 어릴 때 듣고 자랐던 할머니의 옛날 제주말이었다.

> "그런데 재밌는 게 뭔지 아세요? 할머니랑 어머니가 하는 말을 정작 지금 제주에 살고 있는 우리 친척들은 하나도 못 알아듣는다는 거예요. 제주말에 표준어가 섞이면서 발음도 많이 바뀐 거죠. 할머니랑 어머니가 기억하는 건 너무 오래전의 제주말인 거예요. 그러니까 우리 교포들의 시간은 느리게 흘러갈 수밖에 없어요. 변화한다는 걸 알아도 쉽사리 바꾸지 못하는 거죠."

단어에 담긴 100년의 얼굴들

내게 고민을 털어놨던 지인의 호칭 사건은 지금도 보류 상태다. 엄밀히 말하자면 원점으로 돌아갔다. 연인을 설득하는 일까지 성공했지만, 그의 어머니는 굳건했던 모양이다. 수많은 대화가 오갔음에도 이름으로 불리는 호칭들은 끝끝내 용납되지 못했다. 듣기 거북하다는 이유였다. 결국 모두가 주어를 생략하고 말하기 시작했다. 대화는 급격히 줄었다. 돈독하게 모였던 관계도 조금씩 소원해졌다. '저는 이 낡은 관습을 저의 세대에서 끊어버리고 싶어요'라는 그의 다부진 의지도 기약 없는 보류 상태다. 그런 그에게 주변인들이 조언을 해오기 시작했다. '왜 굳이 사서 고생하느냐' '옛날 사람의 생각은 바꾸기 어렵다' '그냥 호칭일 뿐인데' '자주 안 보면 그만인 것을'. 한참 듣고 있던 지인은 야무진 소망을 되뇌었다.

> "전 그분들 자주 보면서 살고 싶어요. 제 가족들이고 제가 받아들일 사람들인데, 이게 맞나 싶어요. 그냥 편하게 잘 지내면 되는 단순한 문제인데…… 싶었죠."

수명을 다하고 사라지는 말들이 있다. 대대손손 전해져왔다 할지라도 새로 태어난 사람들이 더 이상 사용하지 않겠다고 결정하는 순간 말은 갈 곳을 잃는다. 조금씩 존재를 감추기 시작했던 도련님과 아가씨가 동해 너머 낯선 땅에 남아있을 줄은 몰랐다. 아마도 교포들에게 그 말들은 앞으로도 아주 오랫동안 붙들고 싶은 단어일지도 모르겠다. 한 세대가 다음 세대로 넘어가기까지 그 단어에 얽히고설켜있는 얼굴들은 그 시대를 살아낸 방증이기도 하다. 교포들이 입에 담는 가족의 호칭은 그 오랜 시절, 낯선 땅에서 유일하게 기댈 수 있는 정체성이었을 테니.

착한 대화 콤플렉스

단어 하나에 담긴 세상은 시공간을 초월한다. 고질적이고 낡은 관습일지언정 그 또한 우리가 걸어온 길이다. 그랬던 이 단어들이 그 어느 때보다 치열하게 직격탄을 날려오고 있다. 결혼이라는 관문 앞에 선 이들에게 '어느 쪽을 선택할래?'라는 질문을 던지고 있는 셈이다. 단어에 걸린 건 비단 표현만의 문제가 아닌 자존심이자 기싸움, 네 편 내 편을 가르는 승부, 구시대와 신시대를 판가름할 수 있는 증표이기도 하다. 많은 이가 내적 갈등을 겪은 후 저마다의 대답을 내놓을 것이다. 그 끝에 어떤 언어가 살아남을지는 모르겠지만, 부디 소외되는 이 없이 모든 세대가 남아있길 바라본다.

지인은 포기나 타협 혹은 관계를 놓아버리는 쪽을 애써 외면했다. 그가 사람을 외면하지 않는 한, 관계의 끈을 끝끝내 놓지 않는다면 제법 지난한 여정일지라도 그것은 유일한 희망이 된다. 애초에 호칭이란 이름과 마찬가지로, 불리는 사람과 부르는 사람의 소망이 맞물린 결과물이 아니었을지. 적어도 우리가 지금 살아가는 시대는 그러한 소망에 좀 더 비중을 놓아도 괜찮은 건 아닐지. 호칭의 당사자들이 조금 더 자유롭게 지낼 수 있는 이름이길 바라본다. 서로 존중하고 배려하기 위해 존재할 뿐 호칭은 제삼자가 강요할 수 있는 이름이 아니기에.

내가 괴물일 수 있다는 자각

어쩌면 진짜 '괴물'은 나일 수도 있다.
보통, 평범, 대세에 지장 없는 수준을 요구하는
무의식적인 강박. 그것은 때때로 폭력이 된다.

제76회 칸 영화제 각본상 수상작은 고레에다 히로카즈 감독
의 〈괴물〉이었다. 영화는 보통의 삶에 익숙해진 우리가 보통의
시선으로 세상을 바라볼 때 괴물로 변할 수 있다는 지점에 착안
한다.

"돼지의 뇌를 이식한 인간은 인간이야, 돼지야?"

영화 〈괴물〉 첫 장면에 나오는 대사다. 질문을 던진 건 아들
미나토다. 대답을 기다리는 미나토에게 엄마 사오리는 대수롭
지 않게 말한다. "그게 어떻게 인간이야, 돼지지." 미나토는 엄마

착한 대화 콤플렉스

와 자신 사이, 어떠한 간극이 존재한다는 걸 깨닫는다. 덩달아 대수롭지 않은 척 대화를 얼버무린다. 영화는 얼버무림 속에서 시작된다.

〈괴물〉은 일본 나가노현 작은 초등학교에서 일어난 사건을 당사자들 시선으로 차례차례 보여준다. 엄마인 사오리, 담임교사인 호리, 아들 미나토와 그의 친구 요리. 같은 사건을 두고 미묘하게 달라지는 관점이 차례로 등장할 때마다 저도 모르게 괴물이 누군지 찾고 있던 관객들은 속으로 울부짖는다. '저 사람도 괴물이 아니었어!' 추측과 확신, 좌절이 반복되면서 결국 영화 말미엔 자조 섞인 목소리로 되뇐다.

'괴물은 나였구나.'

초등학교 5학년 미나토를 혼자 키우는 사오리. 점점 미나토의 모습이 이상하다는 걸 깨닫는다. 잃어버린 신발 한 짝, 물통에서 나온 흙탕물, 잘려 나간 머리카락, 알 수 없는 상처. 미나토는 담임교사 호리로부터 학교 폭력을 당했다고 털어놓는다. 사오리는 학교를 찾아가지만, 교장을 비롯한 학교 관계자들의 대응은 무성의하기 짝이 없다. 동시에 다양한 형태로 강요되는 사회의 '보통의 시선'들은 두 아이를 끊임없이 괴롭혀 댄다.

보통의 시선들

영화는 보통의 시선에 기인하여 전개된다. 여기서 '보통의 시선'이란 다수가 사용하는 언어다. 지극히 익숙하다 못해 위화감조차 느낄 수 없는 언어들. 그 언어들은 선의를 기반으로 둔다. 보통의 삶에서 크게 엇나가는 걸 원치 않는 엄마의 마음, 다수로부터 소외되지 않고 다른 남자아이들처럼 평범하고 씩씩하게 지내주었으면 하는 교사의 마음. 그러나 이러한 보통과 평범을 끊임없이 강요하는 어른들의 언어는 아이들의 고유성은 물론 숨겨진 이야기들까지 간과해버리는 결과를 낳는다.

[장면 #1]

어느 날 집으로 돌아가는 차 안에서 엄마 사오리는 아들 미나토에게 이런 말을 건넨다.

"미나토의 아빠는 웬만한 상처엔 끄떡없을 정도로 남자다웠어."

"그런 남자다운 모습이 좋아서 결혼했어."

"미나토가 결혼해서 가족을 만들 때까지 열심히 키우겠다고 아빠한테 약속했어."

"미나토가 어디에나 있을 법한 보통의 가정을 꾸리는 것. 엄마는 그거면 돼."

착한 대화 콤플렉스

[장면 #2]

학교 운동장에선 체육 수업으로 인간 탑 쌓기가 한창이다. 꼭대기까지 올라갈 수 있도록 맨 아래 엎드린 사람이 잘 버텨주어야 탑이 완성되는 구조. 가장 아래에서 힘겹게 엎드리고 있던 미나토는 자꾸만 주저앉는다. 그런 미나토를 보며 담임교사 호리는 씨익 웃어보이며 말한다.

"야야, 그러고도 네가 남자냐."

[장면 #3]

교실에서 심한 몸싸움을 벌인 미나토와 요리. 담임교사 호리는 두 아이를 나란히 앉힌다. 억지로 손을 잡게 만들며 이렇게 말한다.

"선생님이 싸운 건 비밀로 해줄 테니 남자답게 화해할까?"

영화 속 어른들의 언동에 처음부터 악의는 없었을 터. 아들 요리가 동성 친구에게 호감을 보이는 모습을 기이하게 여기던 아버지는 현실을 부정한다. 학대를 일삼는다. 동성애자는 '돼지의 뇌를 이식한 인간'에 불과하다는 공식을 요리에게 세뇌한다. 요리는 스스로를 병에 걸린 사람이라 여기기 시작한다.

엄마 사오리는 아들 미나토에게 '도로에 그려진 흰 선을 넘으면 지옥에 떨어진다'는 공식을 각인시킨다. 걸어서 학교 다니는 아들이 안전하길 바라는 마음에서다. 평범하게, 보통의 삶으로, 안전하길 바라는 마음에서 강요된 규칙은 어느 날 미나토가 제 발로 일탈하게 만든다.

'많이 바라지도 않아. 그냥 평범하게 살고 싶어'라는 말이 유행처럼 돌던 시절이 있었다. '무탈함과 소박함이 곧 행복'이라는 사고에서 나온 말이었다. 그러다 어느 순간 '평범한 게 가장 어려운 거야'라는 말에 수긍하기 시작했다. 다양한 인간 군상이 존재하는 세상에, 한 치 앞도 내다볼 수 없는 삶에서, 무탈함은 최고의 안녕이라는 심리를 대변해 준 말이었다.

누군가는 이렇게 물을 수 있다. 아니, 평범하자는 게 왜 폭력이지? 이런 목소리들이 자연스럽게 존재하는 세상에선 소수의 목소리가 좀처럼 드러나지 않는다. 다수의 눈에 띄지 않기 때문이다. 그러나 소수는 스스로가 다수에 속해있지 않다는 자각을 매일 같이 반복한다. 요리와 미나토가 끊임없이 '돼지의 뇌를 이식한 인간은 인간일까?'를 어른들에게 확인받고 싶어 했던 것처럼. 넘지 말라는 흰 선을 비틀거리며 넘을까 말까 고민했던 것처럼. 소수의 입장에선 평범도 보통도 일반도 전부 압박으로 다가올 수 있는 폭력이 된다. 어쩌다 저항이라도 하는 순간 이단아가 되어 세간의 관심이 집중된다. 하지만 그런 그에게 취해지는 조치는 정작 그의 고민과는 전혀 무관한 방식으로 진행된다. 사오

착한 대화 콤플렉스

리로부터 '평범하게 살았으면 좋겠다'는 말을 듣고 결국 차에서 뛰어내린 미나토가 얼토당토않게 MRI 검사를 받아야 했던 것처럼 말이다.

내가 괴물일 수 있다는 자각

우리는 어디까지나 내가 생각하는 정상 범주가 가장 옳은 세상이라 여기며 살아간다. 그것은 때론 보통의 삶, 평범한 삶이라는 이름으로 대변된다. 어쩌면 액자 속 사진처럼 내 시야가 닿는 범위만을 의미하는 프레임과도 마찬가지일 터. 그러니 내가 보는 세상이 전부라 여기는 이에겐 보통의 삶도 평범한 삶도 결코 벗어나면 안 되는 테두리가 되어버리는 것이다.

영화 속 어른들은 오랜 세월 믿어온 것을 고집함으로써 은연중에 마음속으로 괴물을 끌어들인다. 괴물의 정체는 내 안에 있는 정의감이 낳은 편견—동성애는 안 돼, 남자는 씩씩해야 돼, 화해는 남자답게 해야 돼, 정상가정을 이뤄야 해—이다.

관객 역시 내가 알고 있는 것, 추측하는 것이 맞다고 생각한 채 몰입하기에 이 영화는 그저 모호한 상태로 지속되는 것이다. 누가 무슨 생각을 하는지, 쟤가 범인인 것 같은데 아닌 것 같기도 한 줄다리기가 끝없이 이어진다. 차라리 쫓아오는 악당을 보는 게 훨씬 편안할 것이다. 스토리를 좇아 괴물 찾기를 하던 관객은 쉽게 제시되지 않는 단서를 두고 머리를 싸맨 채 점점 초조해진다. 누군가를 차라리 악당으로 보는 게 이해하기 쉽고 편할 거란 마음. 그것이야말로 현실을 살아가는 우리도 우리만의 괴물을 만들고 있다는 증거가 된다.

영화가 그리는 괴물은 세 명의 시점을 통해 각각 다른 이유를 보여준다. 미처 보지 못했지만 사실은 이런 사정이 있었고, 이런 말들이 오갔고, 이런 시간이 존재했다는 걸 관객들만이 알 수 있다. 그저 차근차근 따라가지만 계속 혼란스러울 뿐이다.

영화는 왜 굳이 각각 다른 세 명의 시점으로 이야기를 전개했을까. 사건 당사자의 시선에선 절대로 알 수 없는 것들을 제3자(관객)로 하여금 보게 만들기 위해서다. 당신이 미처 보지 못했던 그 일의 배경엔 이런 사정이 존재했고, 알고 보면 이런 이유가 있었다고. 관객들은 비로소 이 사건을 직시할 수 있게 된다. 그렇게 깨닫는다. 내가 보고 듣고 아는 게 전부가 아닐 수 있음을.

결국 내가 본 걸 전부라고 할 수 없다는 것을 영화는 말해준다. 동시에 아무런 의도 없는 언동조차도 어느새 타인을 몰아붙일 수 있다는 걸, 그게 바로 괴물의 모습이라는 걸.

"저는 각본가입니다만, 늘 말이라는 걸 의심하며 이야기를 만듭니다. 사람과 사람이 대화를 주고받으며 오해라는

착한 대화 콤플렉스

게 생기고, 다툼이 생기고, 문화가 생기죠. 그러나 동시에 말에는 애정을 전하는 힘이 있습니다. 그 모순된 존재인 말과 우리는 어떻게 사귀어가면 좋을까. 하나의 표현, 혹은 하나의 장면만으로 말로는 연결되지 않았던 무언가를 느낄 수 있습니다. 그런 마음을 그리고 싶었습니다."

　　　　　　　　　　　　　　　- 사카모토 유지('칸 영화제' 인터뷰 중에서)

　내가 괴물일 수 있다는 자각은 정상과 비정상, 보통의 개념을 넘나들 때 비로소 찾아온다. 정상은 보통과 뭐가 다른 걸까. 정상이라는 개념은 비정상과 대조항을 이룬다. '특별한 변동이나 탈이 없이 제대로인 상태'를 의미하는 정상과 달리 비정상은 '정상이 아닌 상태'를 뜻한다. 자연스럽게도 옳고 그름, 맞고 틀림의 경계는 뚜렷해진다. 정상이 아닌 존재한테 곧잘 배타적인 시선이 동반되는 까닭이다.

　비슷한 듯 다른 보통이란 개념이 있다. 몹시 포괄적인 단어다. 특별하지 않고 어디서나 흔히 볼 수 있으며 월등하지도 열등하지도 않은 중간 표본. 양적으로 수치화했을 때 가장 넓게 분포된 집단. 이 집단은 정상 범주라는 단단한 둥지 안에 속한 덕분에 가장 이상적인 형태가 아님에도 가장 안전하고 평범하게 살아간다. 엄마 사오리가 아들 미나토에게 "미나토가 어디에

나 있을 법한 보통의 가정을 꾸리는 것. 엄마는 그거면 돼"라고 말했던 건 그가 보여줄 수 있는 최대치의 이해심을 의미하는 것이기도 했다. 너무 많은 걸 바라지 않고, 가장 이상적인 모습이 아니어도 괜찮으니 가장 흔하지만, 가장 안정적인 그런 계층에 속해 달라는 이야기.

어쩌면 보통의 범주에 속하길 바라는 마음이란 불안정에서 나오는 안정감을 향한 절박함이다. 우선 안심할 수 있는 영역. 어디까지나 선의로밖에 해석하게 되는 이 마음조차도 괴물이 될 수 있다는 것이니 어쩌면 우리가 가야할 길은 아주 멀다.

정상 범주를 벗어났다는 시선은 아프다

어쩌면 치매는 내가 인생에서
가장 기억하고 싶었던 순간으로 되돌아가는 일일지도 모른다.
가장 머물고 싶은 시간을 선택하는 일일지도 모른다.
누구에게나 예고 없이 닥쳐올 수 있는 순간을
'비정상'적이고 '멍청'한 모습이라 부를 수 있을까.

'반갑다방'은 서울 은평구 한 건물 옥상에 있다. 다섯 평 남짓한 커피숍이다. 문을 열고 들어가면 여느 커피숍과 다를 게 없는 이곳에 단 한 가지 없는 게 있다. 가격표다. 대신 특별한 규칙이 있다. 주문한 음료가 늦거나 엉뚱한 음료가 나와도 이해하자는 약속이다. '반갑다방'이라는 이름을 가진 이곳은 가벼운 치매를 앓고 있는 노인이 음료를 만드는 공간이다.

2023년 7월, 은평구에 등록된 경증 치매 노인 세 명과 가족 한 명이 자원봉사 직원으로 나섰다. 사회 활동은 경증 치매의 속도를 더디게 만드는 데 중요한 역할을 한다는 연구 결과에 따라 지자체에서 마련한 작은 시도였다. 노인들은 음료 주문부터 제조, 서빙에 이르는 교육을 마치고 카페 직원이 됐다. 월요일, 화요일, 수요일. 여섯 시간 남짓 운영하는 카페를 하루 스무 명씩 이용한다고 했다. 어느덧 동네 사랑방으로 자리매김한 셈이다.

'치매'라는 검색어를 넣으면 십중팔구 부정적인 기사가 쏟아진다. 그 거대한 온라인 포털에 한 줄쯤은 '그게 전부가 아닌데……'라는 목소리를 더하고 싶었다. 이들을 취재하게 된 이유였다. 반갑다방은 실로 이러한 사회 활동이 치매에 효과적이란 걸 보여주고 있었다. 커피와 차, 아이스티 같은 주문이 들어올 때마다 직원들은 펜을 쥐고 끄적끄적 메모한다. 따뜻한 음료는 빨간색 칸에, 차가운 음료는 파란색 칸에 표시를 해두는 식이다. 선반과 서랍장엔 깔때기, 고무장갑, 계량기, 일회용 컵 등 수납된 물품 위치가 적혀있었다. 그걸로도 모자라 직원들은 스마트폰을 수시로 들여다보며 기억을 되새기고 떠올렸다. 자꾸만 잊어버리는 게 늘어난다면 잊어버리지 않는 방법을 강구하는 것. 반갑다방이 알려준 세상은 지금 우리가 있는 곳보다 좀 더 친절한 세상이었다.

방송을 만드는 입장에선 보다 다양한 장면이 등장해주길 바랐던 게 솔직한 심정이었다. 실수가 발생하거나 음료가 조금 느리게 나오는 모습들. 그러한 변수가 이 공간에서 어떤 모습으로 버무려질지 궁금했다. 그러나 촬영 기간 내내 실수는 단 한 번도 발생하지 않았다. 그도 그럴 것이 직원들이 끝없이 복기를

착한 대화 콤플렉스

해가며 충실하게 업무에 임했기 때문이다. 실수의 발생 여부를 떠나 그들이 카페 업무에 임하는 모습은 결과적으로 그들이 '치매'라는 이름에 걸맞지 않다는 걸 명백하게 보여주고 있었다.

'나도 나에게 이런 일이 벌어질 줄 몰랐어요.'
'진단 받고 한동안은 남들에게 치매라는 이야기를 못 하고 다녔어요.'
'치매라는 게 부끄러웠거든요.'

어느 날 들이닥친 증상을 끌어안고 엉엉 울다가 다시 바깥으로 나온 사람들. 그런 그들을 두고 '어리석고(癡) 미련하다(呆)'는 뜻의 치매란 이름으로 부를 수 있을까. 용어 사용에 대한 우려는 취재가 시작된 단계에서부터 존재했지만, 끝끝내 반갑다방은 '가벼운 치매를 앓는 노인들이 무료로 음료를 만들어주는 곳'이란 문장으로 방송에 나갔다.

잘못된 표현이라 해서 당장 그날부터 마음대로 바꿔 사용할 수는 없다. 전달력이 떨어지기 때문이다. 누구나 알아들을 수 있는 단어를 사용해 전달하는 게 뉴스가 언어를 선택하는 근본적인 기준이기 때문이다. 공식적인 언어 변경은 마지노선에서 이루어지는 일임에도 가능한 한 많은 사람에게 환기시키는 절차를 거쳐야 하는 이유다.

공식적으로 '치매'라는 표기가 전국에서 쓰이고 있는 데다 공영방송에서도 '치매'라는 단어를 사용하고 있다는 사실은 생각보다 단단한 장벽이었다. 동시에 대체어가 확정되지 않았다는 점에서도 조심스러웠다. 그럼에도 '취재진은 치매라는 단어 대신 인지증이라는 용어로 보도하겠다'는 맥락조차 반영하지 못했던 건 끝끝내 후회로 남았다.

정상 범주를 벗어났다는 시선

치매를 의학용어로 설명하면 '대뇌 신경 세포의 손상 따위로 말미암아 지능, 의지, 기억 따위가 지속적 혹은 본질적으로 상실되는 병'이다. 반면 보건복지부에서 정의하는 치매란 '정상적으로 생활해오던 사람이 후천적으로 다양한 원인으로 인해 기억, 언어, 판단력 등의 여러 영역의 인지기능이 떨어져서 일상생활에 상당한 지장이 나타나는 상태'라고 풀이된다. 더불어 홈페이지에 명시한 치매 진단 기준엔 치매노인과 정상노인이란 대조항이 존재한다. 경증 치매 진단을 받는 순간 정상이 아닌 범주로 분류되는 이들은 홈페이지에 쓰인 활자에 또 한번 짓눌리는 셈이다.

'치매'라는 단어는 일본에서 건너왔다. 정작 일본에는 더 이상 '치매'라는 단어가 존재하지 않는다. 2004년부터 인지증(認知症)이라 바꿔 사용하고 있다. '다양한 뇌의 병에 의해 뇌 신경세포의 움직임이 점점 저하되면서 인지기능(기억, 판단력 등)이 저하되고, 사회생활에 지장이 생기는 정도'라고 정의한다. 대만은 그보다 앞선 2001년 실지증(失智症)으로, 홍콩과 중국은 각각 2010년과 2012년에 뇌퇴화증(腦退化症)으로 변경했다. 치매란 단어가 부정적인 인식을 강화한다는 이유로 어떠한 편견도 담지 않은 중립적 언어를 선택한 것이다.

한국에 '치매 관리법'이 있다면 일본에는 '공생사회를 위한 인지증 기본법'이 있다. 여기엔 인지증 환자 수가 700만 명에 육박한다는 현실도 한몫하지만, 사회를 같이 살아가는 주체로 바라본다는 점에서도 차이는 크다. 그저 부정적인 인식이 가해지는 것만을 우려한 것도 아니다. 당사자에 대한 존중과 배려, 환자를 돌보는 가족이 고통스럽고 불안해질 수 있는 표현이란 점. 더불어 치매라는 명칭이 환자의 조기 진단이나 예방에 걸림돌이 된다는 이유였다. 치매환자를 관리 대상으로 바라보는 한국은 2024년에 이미 치매환자 100만 명의 시대를 맞이했다. 더불어 초로 치매환자라는 말이 등장할 정도로 발병 연령이 앞당겨진 걸 감안하면 용어 변경은 더욱 시급한 문제일 수밖에 없다. 2023년 말, '곧 치매라는 이름을 바꿀 것'이며 '국립국어원이 고심 중'이라는 기사가 쏟아져나왔지만, 여전히 기약은 없다. 그래도 반가운 건 최근 들어 언론들이 인지증(치매)이라는 표기를 내놓기 시작했다는 점이다.

노인이란 호칭이 어르신에서 선생님으로 바뀌는 동안 치매 용어와 관련해선 아무런 논의가 없었다는 사실이 조금은 놀랍다. 그간 치매는 65세 이상 노인 인구에서 많이 발병하는 것으로 알려져왔다. 같은 노인이지만, 치매 환자는 그중에서도 좀 더 고립된, 꼭꼭 숨겨져있던 셈이다. 치매라는 명칭이 환자의 조기 진단이나 예방에 걸림돌이 될 수 있다는 우려가 말해주듯 어쩌면 치매라는 단어가 품고 있는 두려움이 그 용어 변경의 속도를 더디게 만든 건 아닐까 생각해 본다.

2021년 보건복지부는 '치매 용어에 대한 대국민 인식조사'를 실시했다. 치매라는 용어를 변경하는 것에 대해 '그대로 유지하든 바꾸든 무방하다'는 대답이 45%에 달했다. 같은 해 중앙치매센터에서는 치매 환자에 대한 거부감을 조사했다. '나는 치매 환자가 두렵다'는 질문에 '그렇다'는 답변이 압도적으로 많았다(67.7%). '치매 환자의 가족은 절망스러울 것'이라는 응답도 77.9%에 달했다. 동시에 둘 중 한 명은 '치매 환자와 가까이하고 싶지 않다'는 항목에도 '그렇다'라고 답했다. 정리해 보면 '치매'라는 용어에 딱히 관심을 두지도 않고, '치매 환자'를 가까이 두는 삶은 절망스러울 것이며 내가 치매 환자가 될 거란 생각은 차마 할 수 없을 정도로 두려움을 가진다는 것. 이 두려움 속에

착한 대화 콤플렉스

서 철저하게 고립된 '치매'의 발병률은 점점 높아진다는 사실만이 남을 뿐이다.[4, 5, 6]

조금 더 넓어진 세계에서

영화 〈원더풀 라이프〉 이야기로 마무리해보려 한다. 여기엔 림보가 등장한다. 영화는 '림보'를 '인간이 죽음 이후 그다음 세상으로 넘어가기 전까지 머무르는 곳'으로 설정한다. 선과 악의 경계는 존재하지 않는, 누구에게나 열려있는 가상의 시공간. 천국의 입구다.

림보에 머물 수 있는 기간은 단 일주일. 망자들에겐 과제가 주어진다. 가장 소중했던 추억을 딱 한 가지만 꼽는 것. 그들이 고른 추억은 세트장에서 재현되어 영상에 담긴다. 마지막 날, 영상을 시청하며 자신의 추억을 선명하게 떠올리는 순간 망자는 자리에서 사라진다. 다음 세상인 천국으로 넘어가는 것이다. 죽음을 맞이하는 순간, 가장 행복했던 추억만 가지고 떠날 수 있다는 메시지다.

망자 가운데엔 니시무라 기요라, 라는 할머니가 있다. 살아온 인생을 열심히 떠드는 다른 망자들과 달리 그는 말이 없다. 숲속을 돌아다니며 도토리나 낙엽 같은 걸 줍는다. 주워온 것들을 책상에 하나씩 올려놓으며 수줍게 웃는다. 창가에서 흩날리는 벚꽃을 하염없이 바라본다. 그는 작고 소중하고 아름다운 것들을 천천히 음미하는 모습만을 보여준다.

그를 담당하는 직원이 뭘 물어도 듣는 둥 마는 둥. 일주일 내에 추억 한 가지를 골라야 하는데, 여전히 대답 없는 할머니의 모습에 담당자는 난감하기만 하다. 그러던 어느 날, 담당자는 우연히 할머니가 알츠하이머병으로 세상을 떠났다는 걸 알게 된다. 그날 저녁, 이 사실을 림보의 다른 직원들에게 공유하는 장면에서 알츠하이머병을 표현한 말이 인상적이었다.

"니시무라 기요라 씨는 살아계실 때 이미 추억을 선택하셨더라고요. 저도 처음엔 몰랐는데, 가만 보니 아홉 살 때 기억으로 살아가시는 것 같아요."

살아오며 가장 행복했던 시절을 선택하는 일. 살아온 모든 기억을 잃는다 해도 돌아가고 싶은 순간. 그 순간에서 영원을 살고 싶어 하는 마음. 누구나 림보에 도착하면 해야 할 선택을 할머니는 단지 조금 일찍 했을 뿐이라고. 치매라는 증상이 또 다른 세상에선 이렇게 해석되기도 한다.

나와 무관한 단어라는 이유로 관심을 두지 않겠다는 마음을 이해한다. 나와 무관할지라도 잘못된 단어라면 고쳐야 한다는 목소리가 나오길 바라는 건 이상일 수도 있겠다. 그러나 본질적으로 '치매'에 대한 무관심이 두려움과 직결된다면 그건 더 이상 누군가의 이야기가 아닌 우리의 이야기가 된다.

　내 가족 혹은 내가 어느 날 갑자기 치매 진단을 받았을 때 '어느 카페에 가서 일하지?'라는 질문부터 떠올릴 수 있다면 얼마나 좋을까. 높은 등급을 진단 받아 좀 더 오래 돌봐줄 수 있는 요양 보호사를 찾지 않아도 된다면. 나도 이웃집의 그도 건너편 집의 그도 다 같이 겪는 일이라 생각한다면. 조금 더 안심하고 시간의 흐름에 나를 맡길 수도 있지 않을까. 그 질문을 떠올리게 만들 수 있는 유일한 사람은 우리다. 우리가 갇혀있는 언어의 사고를 빠져나오면 어느 순간 치매는 더 이상 두려움의 대상이 아닐지도 모른다.

당신은 광장 안인가, 밖인가

———
더할 나위 없이 친근했던 '우리'라는 말에
어느 날 위화감이 들었다.
'우리' 안에 포함되지 않은 사람이
점점 눈에 들어오면서부터였다.
'우리'라는 테두리는 과연 누구를 포함하고 있을까?

　　1초의 망설임도 없이 '우리'라는 말을 꼽는다. 가장 좋아하는 한국어를 골라보라고 누군가 묻는다면 말이다. 이유는 단순하다. 한 명, 열 명, 1,000명, 대한민국 전체 인구 수인 5175만 명……. 거기서 더 나아가 지구 전체 인구인 81억 명을 품어낼 수 있는 단어라서이다. 어쩌면 우주에 있을 정체 모를 존재들까지 보듬어 낼 수 있을지도 모른다. 우리는 은하계에도 '우리 은하계'라는 호칭을 붙인다. 은하계 안에는 1000억 개가 넘는 별들이 존재하는 걸로 알려졌다. '우리'란 이토록 광대하고도 반짝거리는 빛을 담은 단어다.

　　좀 더 평범한 쓰임새를 살펴보자면 '우리'는 '우리 다 같이 생

　　　　　　　　　　　　　　　　　착한 대화 콤플렉스

각해 보자'는 화두로 끌어당길 때 사용하는 공동체의 언어다. 상대방을 나와 같은 선상에 놓겠다는 동질감을 표현한 친목의 언어다. 이처럼 상대방과 공동체를 자석처럼 언제든 유연하게 끌어당길 수 있다는 점에서 늘 유용한 말이었다. 내가 부름으로써 상대와 순간을 공유하고, 내가 불림으로써 상대의 애정에 폭 빠지는 마법과도 같은 단어.

그랬던 '우리'에 의문점을 가지게 된 순간이 있었다. 어느 북토크에 참가했던 날, 글쓰기를 할 때 '우리'라는 단어를 쓰지 말란 가르침을 받았다던 어느 작가의 말을 듣고 나서였다. 웃으며 고개를 끄덕였지만, 속으론 소스라치게 놀랐다. 받침도 없어 '빠르게 말하기' 100번 정도는 거뜬히 해낼 수 있는 이 단어가 누군가를 배제해버릴 수 있다는 사실이 믿기지 않아서였다.

'우리'라는 단어는 '우리가 남이가'라는 말처럼 끌어당김과 동시에 언제든 밀어낼 수 있는 힘을 지녔다. 그간 내가 초점을 맞추어온 '우리'의 긍정성은 어디까지나 내가 그 테두리 안에 존재한다는 전제를 두었을 때나 가능한 것이었다. 어쩌면 익숙하고도 게으른 해석에 불과할 뿐이란 것을 그렇게 깨달았다.

'우리'라는 단어에서 한걸음 뒤로 물러나보았다. 단어에 박혀있는 가시가 처음으로 보였다. 공감에 대해 이야기 한 책에서 '우리는 외국인, 이주민, 성소수자, 장애인, 동물의 고통에도 내 집단에게 하듯이 함께 느낌으로써 공감하는가?'라는 문장을 발견했을 때. 어딘가 모르게 위화감이 일었다. 문장에서 말하는 '우리'엔 뒤로 나열되는 집단들이 포함되어있지 않았다. 그 뒤엔 이런 문장이 이어졌다. '자신 있게 그렇다고 말할 사람은 많지 않을 것이다. 우리 집단이 아닌 존재에 대한 공감은 무언가 다르다.' 결과적으로 '우리'는 내집단, '외국인, 이주민, 성소수자, 장애인'은 집단에서 제외된 대상들이었다. '우리 집단이 아닌 존재'라는 구절이 선명하게 도드라졌다. 공감을 이야기하고 있었지만, 특정 범주에 있는 사람들만 공감하는 내용이었다. 공감이란 단어를 앞에 두고 내집단, 외집단을 나눠야 할 필요가 있었을까.

이처럼 무의식 속에서 나오는 '우리'는 나 역시 많은 순간 범하는 오류다. 지극히 평범한 일상을 보내다 누군가를 재단하는 순간이 오면 '우리'와 '남'으로 사정없이 그어버리는 경계선처럼 말이다. 지하철에 타고 있던 사람들이 다음 역에서 탑승하려는 장애인 시위대를 목격하는 순간. 앉아있던 사람들 가운데 분노를 표현하는 이들은 한순간에 '우리'라는 내집단으로 묶인다. 어쩌다 광화문에 나갔는데, 성소수자 퍼레이드와 반대 입장을 펼치는 자들이 보행에 방해가 된다고 느끼는 순간 그들은 '우리'가 아닌 '저 사람들'이 된다. 이것은 단순히 '우리 김밥 먹으러 갈래?'라는 물음에 '아니, 나는 국밥이 땡기는걸'이라고 대답함에도 여전히 '우리'로 묶이는 끈끈함과는 다르다. 나는 속해있지

착한 대화 콤플렉스

않다고 느껴지는 대상을 바라볼 때마다 '우리'와 '남'은 선명한 갈래를 만들어낸다.

'한국인 다 되었네요'

어디에서나 불쑥불쑥 튀어나오는 단어이지만, '우리'는 결코 모호하게 쓰이는 법이 없다. '우리'라는 단어 안에 누가 포함되어 있는지가 명확히 드러난다는 점에서 그렇다. 방치된 유령 아파트를 고발하는 기사에서 '이렇게 폐허로 변해버린 건물은 결국 우리의 안전을 위협합니다'라는 문장 속 '우리'는 사회 전체에 속한 구성원 한 명 한 명을 다 내포한다.

불법 우회전을 고발하는 기사에서 '차에서 내리면 우리 모두 보행자입니다'라는 멘트도 마찬가지다. 인간 사회에서 이륜차, 사륜차, 대중교통을 비롯한 모든 바퀴 달린 차에서 내리는 순간 모두가 보행자라는 절대적 진리에 따르면 '우리'를 강조하는 이유는 분명하다. 모두가 경각심을 가지자는 차원에서 공감대 형성을 위해 쓰인다.

동시에 '우리'는 말하는 이의 시선이 어디로 향해있는가를 명백하게 보여준다. 놓치기 쉬운 건 이러한 시선이 누군가를 향한 날카로운 칼날로 변질되는 순간이다. 너와 내가 깊은 연결성을 지닌 관계, 사회적 관계성을 구축하는 테두리, 집단이 가진 강한 신뢰에 기반한 시선들. 평소엔 안정되어있다고 느끼는 이 유대감은 한순간에 날 선 칼자루로 변모한다. 상대방과 나의 고유한 연결성을 찾는 데서 느끼는 정서적 편안함은 '우리가 남이가'라는 말의 기저에 숨어있는 '밀어내는 힘'을 소환한다. 각각의 정체성을 배제한 채 끊임없이 닮은 점을 찾아 '우리'로 묶어버리는 오랜 습관의 결과물이다.

'난민 역시 우리와 닮은 그저 평범한 사람들'이란 기사 제목과 '외모만 다른 또 다른 한국인'이란 기사 제목은 동일한 선상에 존재한다. 이러한 관점들이 "한국인 다 되었네요"라는 말을 낳기까지는 그리 오랜 시간이 걸리지 않는다. 《선량한 차별주의자》에서 사회복지학자 김지혜는 보통의 시선이 차별을 미처 포착하지 못하는 순간들을 조명한다. 그중 하나가 '한국인이 다 되었다'는 말이다.

저자는 선량한 의도로 건넸을 이러한 말들이 이주민을 향한 모욕적인 표현의 대표적인 예로 언급된다는 점을 지적한다. 으레 칭찬으로 쓰여온 이 말을 이주민은 '자신이 아무리 한국에서 오래 살아도 우리는 당신을 온전히 한국인으로 생각하지 않는다는 전제가 깔려있다'[7]고 받아들인다는 것이다. 거기에 '굳이 한국인이 되고 싶은 것도 아닌데 왜 한국인이 된다는 말을 칭찬으로 받아들여야 하는가'[8]라는 본질적인 질문이 더해진다. 이는

　　　　　　　　　　　　　　　着한 대화 콤플렉스

한국 사회가 무의식적으로 끌어들이는 '우리'라는 시선이 끌어 당김과 동시에 밀어냄 역시 동반하고 있음을 말해준다.

상대방의 언어, 사고방식, 겉모습, 행동에서 내 집단 혹은 내가 지향하는 가치와의 동질성을 발견하는 것. 그렇게 발견한 동질성을 상대방에게 칭찬의 의미로 전달하는 것. 이 막연한 착각은 적응을 동화로, 동화를 조화로 바꾸어 버린다. 이 과정엔 순응을 강요하는 강력한 힘이 숨어있다. 그저 눈에 보이지 않을 뿐이다. '그럴 의도가 전혀 없었다'고 할지라도 끝끝내 고유의 정체성을 지워버리는 도구가 된다. 정체성을 잃지 않으려고 아등바등하며 보낸 하루의 끝에 내가 서있는 곳이 어디인가, 자책하는 스스로가 남겨질 뿐이다.

정체성을 드러내는 용기

유학 시절 내 방엔 항상 태극기가 걸려있었다. 인터넷 이미지 파일을 인쇄한 종이 한 장에 불과했지만, 하루의 끝에 그 종이 한 장과 마주할 때 비로소 나는 나와 마주할 수 있었다. 처음 만난 사람이 나의 국적을 알게 됐을 때 무심코 건네는 '일본인인 줄 알았어'라는 말. 지인들이 어떤 유대감을 형성하기 위해 건네는 '일본인 다 됐네'라는 말. 한국인이라고 말하는 순간 거듭 놀라는 얼굴로 '순 한국인?'이라고 되묻는 그들의 얼굴에서 나는 나의 일본어 실력을 가늠해보곤 했다. 으레 건네는 말임을 알면서도 어느 순간 그 말을 듣기 위해 온몸을 무장하려 들었던 나날이 있었다. 칭찬으로 건넸을지 모를 '일본인 같다'는 말이 내겐 오랜 족쇄였단 사실을 비교적 최근에 깨달았다.

'일본인이 되려고 노력한 적도 없는데, 왜 저런 말을 하지?'라는 생각에 나는 미치지도 못했다. 동화된다는 건 이질감 없이, 불필요한 에너지 소모 없이, 모든 의사소통을 순조롭게 이루어 낼 수 있는 그들이 말하는 '평화'이자 '조화'를 의미했다. 그러니 방 안에서 늘 태극기를 보고 지낼지언정 바깥으로 나가면 나를 지우고 지냈다. 병원이라도 가는 날이면 난생처음 들어보는 한자어를 듣고도 '그게 뭔데요?'라고 되묻지 않았다. 희미하게 고개를 끄덕이고 진료실을 나오자마자 사전을 뒤적거릴 뿐이었다. 우체국에서 류(柳)라고 적힌 내 이름을 보고 직원이 '야나기'라고 부르는 순간, '류'로 불렀을 때 모두의 시선이 집중될 것을 우려했던 나는 몰래 안도했다. 겉모습만으론 한국인인지, 일본인인지, 쉽게 분간해낼 수 없는 세계에서 나는 많은 순간을 눈에 띄지 않으려 발버둥 쳤었다. 나를 지키기 위한 일이라 자위했지만, 내가 나로 살 수 없는 시간이기도 했다.

그러한 과거를 손바닥 위에 놓고 가만히 들여다볼 수 있게 된 건 6년 전, 재일교포를 취재하면서였다. 공사장에서 사용하는 안전모에 '김(金)'이라는 이름을 붙였다는 이유만으로 부당해고를 당한 노동자. 한국 음식을 팔고 있다는 이유로 불특정 다수로부터 공격을 받아야 했던 한인 타운의 자영업자들. 후배들이 다니는 민족학교가 문부과학성(일본의 교육청)으로부터 더 이상 차별 받지 않도록 매주 거리에 모여 우리말로 항의문을 읽어내려 가는 대학생들. 흰 저고리에 검정 치마를 입었다는 이유로 거리에서 칼부림을 당해야 했던 고등학생. 통명(일본식으로 개명한 이름)을 강요당하면서도 80년이란 세월 동안 끝끝내 굴복하지 않았던 이들을 보며 '일본인 같다'는 말끝에 알량하게 붙어 있던 나의 정체성을 가늠해볼 수 있었다.

당당하지 못했던 나날을 교포들 앞에 털어놓았던 어느 날. 그들은 아무 말 없이 내 이야기를 듣고는 이런 말을 건네왔다. '그 마음을 누구보다 우리가 잘 알지. 왜 그랬는지 너무 잘 알지. 그건 어쩌면 교포들 모두가 공감하는 마음일 거야.'

교포들을 향한 차별의 시선과 언어가 존재하는 오늘도 노동자는 여전히 김(金) 씨로 살아가는 중이다. 대학생들은 어김없이 문부과학성 앞에 모인다. 한인 타운의 자영업자는 내일도 젓갈을 팔고 있을 것이다. 라인 메신저를 수놓은 재일교포의 이름들은 익숙하고도 친근한 김 씨, 이 씨, 박 씨, 추 씨, 양 씨들이다. 민족학교에 다니는 재일교포 5세들이 우리말로 또박또박 '할아버지 고향은 제주도 조천읍 북촌리'라고 말할 수 있는 건 강요당하는 '같음'에 끈질기게 저항해온 덕분이다.

집단이 공유하는 가치가 '우리'라는 시선에 갇혀있을 때 그 안에서 나오는 언어는 때로 폭력이 된다. 그러니 이건 비단 이주민이나 난민, 교포만의 이야기로 한정되진 않는다. 언어가 사람을 가두는 일만큼 잔혹한 역사는 없다. '우리'라는 말 안에서도 각자가 자유로워질 수 있는 세상이야말로 우리가 원하는 세상이 아닐까.

착한 대화 콤플렉스

'가족'에 여전히 기대를 걸고 싶은 이유

우리에게 '가족'이란 단어로 떠오르는 얼굴엔
어떤 모습들이 존재할까.
가족 같은, 가족처럼, 가족과도 같다는
말들에 담긴 속내는 무엇일까.

아직도 가족을 찾는다. 채용 사이트에 '가족 같은 분위기로 함께 일하실 웹디자이너 인재분 모집합니다'라는 글을 보았다. 원활한 커뮤니케이션이 가능한 자, 포토샵 일러스트가 능숙하며 온라인몰 관리 유경험자, 우리 가족이 운영하고 있는 회사라 생각할 수 있는 자. 주 45시간을 일하고 월 260만 원 받는 그 자리에 장애인과 병역특례자는 앉을 수 없다고 적혀있다. '가족 같은 분위기'를 지향하지만, 어디까지나 본인들이 '선택한 가족'만이 받아들여진다는 뜻이다. 이 회사가 말하는 '가족 같음'이 어느 선상에 머물고 있을지 예측하는 건 그리 어렵지 않다.

열렬한 호응을 얻은 구인 글도 있었다. 우대사항에 '착한 사람' '끈기 있는 사람' '청결한 사람'을 적어두고 기타 소개란엔 '상호 존칭' '회식 없음' '가족 같지 않음'을 적었던 한 구인 공고 는 '좋아요' 수가 폭발했다. 비슷한 시기 또 다른 구인 글에 올라 왔던 문장 '조직의 끈끈한 정을 원치 않는 사람'도 뜨거운 반응 을 불러일으켰다. 급기야 요즘의 구인 글은 '가족 같음'과 '가족 같지 않음'으로 선명하게 갈리고 있다. '가족 같지 않은 직원분 을 채용합니다'라는 문구로 시작하는 구인 글을 발견하는 건 그 리 어렵지 않다. 근무지란 대개 가족이 아닌 사람들로 채워지는 곳이거늘 그 당연한 이야기를 구태여 한번 더 강조한다는 건 다 소 낯설게 느껴진다. 그만큼 한국 사회는 여전히 '가족'이란 단 어에 매몰되어있다는 방증이기도 하다.

가족에 담긴 의미는 점점 달라지고 있다지만, 변함없이 우리 가 곧잘 꺼내드는 수식어이기도 하다. 누군가와 돈독한 관계임 을 표현할 때, 따뜻한 격려와 지원이 존재한다는 걸 강조할 때, 화목한 분위기를 치켜세울 때 '가족'을 등장시킨다. '뭐든 다 털 어놓을 수 있는 가족 같은 사이' '가족 같은 분위기의 많은 부분 이 감독님 덕분이라 생각한다'라는 식이다. 아무도 강요하지 않 았지만, 스스로 가족의 일원이 된다는 것. 어쩌면 '가족 같다'는 말은 타인과의 관계를 설명할 때 할 수 있는 최대치의 칭찬이 아닐까 싶다. 그러니 '가족'이란 어디까지나 나에게 선택권이 주 어졌을 때 자유로운 단어가 되는 것인가 싶기도 하다. 타인으로

착한 대화 콤플렉스

부터 듣는 건 달갑지 않다 한들 내가 꺼내어들 땐 최고의 칭찬이 되는 언어. 그럴 때 비로소 가족은 본래의 의미를 다시 가지게 된다.

어느 가족이 알려주는 가족의 본질

가족이 서로 선택하는 사이라면 어떻게 꾸려질 수 있을까. 여기서 영화 〈어느 가족〉 이야기를 잠깐 꺼내본다. 2018년 칸 영화제에서 황금종려상을 받으며 국제적으로 주목받았던 이 영화는 '가족의 본질은 무엇인가'라는 질문을 던져준다.

도쿄 번화가 고층 빌딩 숲에 파묻힌 듯한 작고 낡은 단층집. 이곳에 할머니 하쓰에와 아빠 오사무, 엄마 노부요, 엄마의 여동생 아키, 아들 쇼타가 살아간다. 물론 어디까지나 보여지는 관계가 그러할 뿐 이들은 피 한 방울 섞이지 않은 남남이다.

하쓰에는 연금으로 살아가는 노인이다. 오사무는 공사 현장을 전전하는 일용직 노동자, 노부요는 세탁 공장에서 파트타임으로 근무한다. 아키는 유사 성행위 업소에서 성적 서비스를 제공하는 여성. 쇼타는 열 살이지만, 초등학교에 다니지 않는다. 경제적인 풍요로움 따위는 찾아볼 수 없는, 근근이 살아가는 사람들. 그러나 이들은 한데 모여 밥을 먹고, 시시콜콜한 일상을 주고받으며 단란하게 살아간다.

영화는 오사무와 쇼타가 마트에서 물건을 훔치는 장면으로 시작한다. 한두 번 해본 솜씨가 아닌 듯 능숙하다. 도둑질 또한 이들의 생계 수단이었음을 보여주는 대목이다. 여느 때처럼 가방 한가득 훔친 식료품을 담고 집으로 돌아오는 길. 오사무와 쇼타는 베란다에 버려진 아이, 유리를 발견한다. 밥이나 먹이고 다시 데려다줄 생각이었던 유리는 이 가족의 여섯 번째 멤버가 된다.

유리가 집에 온 첫날, 유리의 존재를 가장 강력하게 반대한 건 노부요였다. 그러나 오사무와 함께 유리를 데려다주러 집을 나선 노부요는 정작 유리의 집 앞에서 머뭇거린다. 유리 부모의 말다툼 소리가 들려왔기 때문이다. 이내 '누구 씨인지 모르는 애를 내가 왜 키워야 하느냐' '내가 낳고 싶어서 낳은 줄 아느냐'라는 대화가 오가는 걸 들어버린 노부요는 자리에 주저앉는다.

그날 이후 노부요는 온 마음을 다해 유리를 끌어안는다. 과거 학대로 인해 손목에 화상을 입은 노부요는 유리의 손목에서도 똑같은 상흔을 발견한다. 유리에게 새 옷을 입고 싶지 않느냐 묻자 유리는 '때릴 거야?'라는 대답을 되돌려준다. 학대 트라우마를 고백하는 작은 소녀를 보며 노부요는 자신의 과거를 복기한다. 입고 왔던 유리의 옷을 태워버린 날, 노부요는 유리를 꼬옥 끌어안고 이렇게 말해준다.

착한 대화 콤플렉스

"사랑하니까 때린다는 건 잘못된 거야. 진짜 사랑하면 이렇게 꼬옥 안아주는 거야."

　어쩌면 자신에게 건네는 듯한 그 말을 노부요는 울면서 속삭인다. 유리는 말없이 눈물을 닦아주며 노부요를 안아준다. 이렇듯 여섯 명의 가족들은 각자의 결핍을 안고, 서로를 갈망하며 여느 가족처럼 지내게 된다.

　아침 일찍 서둘러 출근하는 오사무를 붙잡아 따뜻한 차를 가져가라며 물통을 건네는 건 하쓰에다. 다 같이 밥먹는 자리에서 난데없이 발톱을 깎기 시작해 모두에게 핀잔을 듣는 것도 하쓰에다. 이들이 자신의 연금을 노린다는 것까지 알고 있음에도 그저 있어주는 것에 진심으로 고맙다고 말할 줄 아는 하쓰에다.

　정식 혼인관계는 아니지만, 누구보다 서로를 잘 알고 있다고 생각하는 오사무와 노부요는 늘상 옥신각신하고 또 가열차게 사랑을 나눈다. '아빠'라는 말이 듣고 싶어 매일같이 한 번만 불러달라고 쇼타를 조르는 오사무. 그런 오사무의 기대를 늘 꺾어버리는 쇼타이지만, 오사무가 돌아오는 소리를 들으면 밥 먹다 말고 뛰쳐나가 그를 맞이하는 것도 쇼타다. 쇼타는 새로운 일원이 된 유리에게 질투 혹은 원인 모를 감정을 느껴 거리를 두다가도 이내 여동생이라 부르기 시작한다. 동시에 유리에게만큼은 도둑질을 시키지 않겠노라 조용히 다짐해 보는 든든한 오빠이기도 하다.

그러나 세상엔 법이라는 잣대가 존재하기에 다섯 살 여자아이가 실종됐다는 보도가 나오고, 연금을 꼬박꼬박 받아오던 하쓰에가 돌연 세상을 뜨면서 이들을 향한 포위망도 점점 좁혀져온다. 마트에서 도둑질하던 쇼타는 유리를 보호하려다 경찰에 붙잡히고, 남겨진 가족은 야반도주하려다 체포당한다. 법은 오사무와 노부요를 경찰서로, 부모가 없는 쇼다는 시설로, 유리는 원래 키우던 부모의 곁으로 돌려놓는다. 이때 조사를 받던 노부요가 경찰과 주고받던 말을 옮겨본다.

경찰 : 아이한테는 엄마가 필요해요.

노부요 : 엄마가 그렇게 믿고 싶은 거겠죠. 낳는다고 다 엄마인가요?

경찰 : 하지만 안 낳으면 엄마가 될 수 없죠. 당신이 아이를 못 낳아 힘들었던 건 이해해요. 부러웠어요? 그래서 유괴했어요? 두 아이는 당신을 뭐라고 불렀어요? 엄마? 어머니?

노부요 : 뭐였을까요……. 뭘까…….

노부요가 말을 잇지 못하는 이유를 관객들은 알고 있다. 숙명처럼 얽혀버린 '가족'을 벗어나 운명처럼 선택하여 '가족'이

착한 대화 콤플렉스

된 여섯 명의 사람들. 그 누구보다 '가족'처럼 '인연'을 맺고 지내
왔음에도 세간으로부터 인정받지 못하는 관계는 무력하다는 걸
노부요는 깨닫게 된다. 도대체 '가족'이 뭐길래. '엄마'가 뭐길래.

　'엄마는 이래야 한다, 가족은 이렇게 존재해야 한다, 각자에
게 '해야 하는 역할'을 부여하는 게 과연 마땅한 것인가'라는 화
두를 영화는 던져준다. 동시에 '가족'이란 이름이 주는 모순을
드러낸다. 가정에서 학대를 당해온 유리가 원래의 보호자 곁으
로 돌아가는 게 과연 옳은 선택인가. 유리는 어느 가족과 함께
일 때 본연의 모습으로 살아갈 수 있을까. 끝끝내 '아빠'라고 불
리지 못했던 오사무와 헤어진 직후 쇼타가 나지막한 목소리로
불렀던 '아빠'는 누구를 의미했던 걸까.

도둑의 이름이 변한 이유

　영화의 원제는 〈도둑 가족万引き家族〉이다. 미국과 영국에서
는 〈좀도둑Shoplifters〉이란 이름으로 개봉했다. 홍콩과 중국은 각각
〈小偷家族Thieves' Family〉와 〈家族的小偷Shoplifting Family〉로 개봉했
다. 영화의 주요 플롯 요소 가운데 하나인 '가족이 상점에서 물
건을 훔치는 행위'를 강조한 선택이다. 이렇듯 해당 국가와 언
어, 문화적 배경을 고려해 원제는 조금씩 달라지기도 한다.

그러나 한국에서만큼은 전혀 다른 이름을 달고 나왔다. 〈어느 가족〉. 처음엔 '들치기 가족'이 후보군에 있었고, 얼마 지나지 않아 〈어떤 가족〉으로 바뀌었다가 결국 〈어느 가족〉에 정착했다. 당시 일본 주간지엔 '한국에서 〈도둑 가족〉이란 이름이 변경된 이유'라는 제목으로 기사가 올라왔다.

> "배급사 티캐스트에 따르면 '직역했을 경우 한국어 어감으로는 조금 부정적으로 느껴질 수 있고, 조금 모호하긴 해도, 홍보와 서정성을 강조하기 위해 〈어느 가족〉으로 정해졌다'고 한다. 영화 제목이 의역되는 일은 자주 있는 일이지만… 한국 사회가 이상적인 가족의 형태를 고집하고 있다는 생각도 들었다. 어쩌면 가족이라는 공동체의 해체가 급속하게 진행되고 있기 때문일지도 모른다."9
>
> – 일본 문예춘추(文藝春秋), 2018년 8월 10일자

이러한 해석은 다소 흥미로우면서도 결코 부정할 수 없는 지점이기도 하다. 국내에서 〈어느 가족〉은 17만 관객을 불러 모았다. 예고편의 문구는 지극히 평범하고도 보통의 가족을 조명한 듯한 '어느 여름날에 만나는 평범한 가족의 특별한 이야기'라는 문장으로 장식됐다. 영화가 품고 있는 거대한 '가족'이란 맥락을 담아내기에 한국 사회가 가진 '가족'이란 언어는 한계가 있었던

착한 대화 콤플렉스

것이다. 평범함과는 거리가 먼, 특별하다고 말하기엔 다소 애처롭기까지 한, 법의 잣대가 존재하지 않는 세상에서도 서로를 치유할 수 있는 관계를 한국에서 '가족'이란 단어로 포용할 수 있을까?

한국은 '자고로 가족이란……'이라는 말로 시작되는 무수히 많은 문장 속에서 살아가는 사회다. 일할 때도(가족 같은), 밥을 먹을 때도(식구처럼), 자식을 독립시킬 때도(가정을 이루고 살아야), 하물며 공공 화장실을 사용할 때도(여러분의 가족이라 생각해주세요)…… 한 사람의 일거수일투족은 가족이란 단어에 기반한다. 한국 사회가 가족이란 두 글자에 담는 무게는 좀처럼 가늠하기 어렵고 버겁다.

'어느'라는 단어는 일반적으로 두 가지 이상의 대상 가운데 하나를 가리키는 데 사용한다. 특정한 대상을 명확하게 지정하지 않을 때. 두 대상 가운데 어떤 것인지를 강조하거나 질문할 때. '어느'라는 말을 꺼내든다. 또한 알려지지 않은 대상을 말하거나 선택의 폭을 넓히는 데에도 사용할 수 있다. 결국 '어느'라는 관형사는 선택할 수 있는 의지를 내포한 단어다. 세상의 잣대를 들이댔을 때 〈어느 가족〉은 시신 유기, 유괴, 도둑질 종용, 아동 학대 등이 따라붙겠지만, 어디까지나 각자가 선택한 자발적 인연이란 점엔 변함이 없다.

국내에서 〈어느 가족〉은 '그들이 훔친 건 함께한 시간이었다'는 홍보 문구와 함께 등장했다. 일본의 홍보 문구는 "훔친 것은 인연이었습니다"라는 문장이었다. 좀 더 이들의 '인연'을 강조한 셈인데, 이 역시 한국과는 전혀 다른 관점임을 보여준다. 우리가 린으로 이름을 바꾸고 여섯 번째 멤버가 되었을 때 할머니 하쓰에와 엄마 노부요가 주고받는 대화가 있다.

> 하쓰에 : 집으로 돌아간다고 말할 줄 알았는데, 우리를 선택해 준 걸까?
> 노부요 : 보통은 부모를 선택하진 못하니까. 그런데 자기가 고르는 편이 더 강하지 않나?
> 하쓰에 : 뭐가?
> 노부요 : 인연이.
> 하쓰에 : 나는 너를 선택했어.

　여섯 명이 타의로 한 지붕 아래 모여 살게 되지만, 결국은 자의로 가족이 되는 사람들. 이를 두고 '그것은 선택이자 인연이다'라는 해석과 달리 우리는 '시간'에 초점을 맞춘다. 우리가 생각하는 이상적인 가족이란 시간을 공유하는 사이인 걸까. 혹은 도둑 가족 따위는 가족이란 형태로 존재할 수 없음을 의미하는 걸까. 어쩌면 우리가 경험하는 모든 시간에 마주하는 이들을 '가족'에 빗대어 표현하는 건 그만큼 한국 사회에서 '가족'과 '시간'

　　　　　　　　　　　　　　　　　착한 대화 콤플렉스

이 비례하는 관계라서가 아닐까, 생각해 본다.

가족이란 언어에 기대는 사람들

　가족같이 지내고, 가족 같은 분위기를 도모하는 건 어쩌면 정작 가족 내에서도 원활한 소통이 이루어지지 않기 때문일지도 모른다. 물리적인 학대, 언어폭력, 대화의 단절 등 갖가지 고충을 감내하며 살고 있지만, 그저 겉으로 보기엔 '평범한 가족'처럼 도란도란 지내고 있기에. 사실상 얽힌 실타래를 풀 엄두조차 내지 못하는. '이해한다'는 말은 오가고 있지만, 매번 같은 상황이 반복되는. 수평적인 관계엔 권위가 사라진다고 믿어버리는. 수많은 생각의 오차가 가족을 밀어내고, 또 당겨오는 힘을 가지게 만드는 것은 아닐까.

　'내가 너 어렸을 때 업어주고, 재워주고, 먹여줘 가며 어떻게 키웠는데' '내가 용돈도 챙겨드리고, 시간도 내서 효도 관광 시켜드리고, 싫은 말 해도 괜찮은 척 들어드렸는데'라는 각자의 억울함을 호소하는 목소리들. 그 사이엔 '해준다'라는 의식이 자리 잡고 있다. '해주다'와 '하다'는 비슷해보이지만, 거대한 마음의 차이가 있다. 행동이나 동작을 직접 수행한다는 뜻의 '하다'와 달리 '해주다'엔 선심을 쓰고, 상대를 배려하고, 친밀함을 표현하고자 하는 마음이 담겨있다. 상대를 챙기고자 하는 마음이 곧 부채가 되는 것이다.

흘러내리는 눈물을 그저 말없이 닦는 것만으로 노부요는 유리로부터 치유를 받는다. 어쩌면 치유란 그냥 말없이도 이루어지는 것이 아닐지. 서로에게 '해준다'는 감각이 아닌 '한다'는 선상에 섰을 때 가족이란 단어는 재정립될지도 모르겠다.

가족이라는 이유로 모든 걸 묵인하고 순응하는 시대는 지났다. 결혼과 가족이 당연했던 시대를 뛰어넘어 이제 나의 선택으로 만들어지는 제도 가운데 하나로 자리 잡기 시작했다. 결혼을 한 사람은 '결혼이란 제도를 선택하게 되었고' '결혼이란 제도 안으로 들어왔지만'이란 표현으로 기혼 여부를 소개한다. 가족을 이루었다는 말 역시 '가족이란 제도를 받아들였다'는 말로 대체되기도 한다.

최근에는 성대한 이혼식을 올리는 지인을 보았다. 장장 15년에 걸쳐 배우자와 동반 사업을 하였던 끈끈한 관계. 모두가 잘 어울리는 커플이라며 환호를 보냈던 두 사람은 같은 날 같은 시각 SNS에 「오늘 이혼식이 열립니다」라는 글로 말문을 열었다. 처음 혼인신고를 했던 사진을 올리며 장문의 글로 어떻게 이혼을 하게 되었는지 설명하는 글. 배우자 한쪽은 유튜브에 결혼식 축사를 보내듯 이혼하는 심경을 덤덤하고 유쾌하게 음성으로 내보냈다. 가장 사랑하는 사람이었고, 앞으로도 영원히 응원할 것이며 함께한 시간은 그 무엇보다 값졌다는 내용. 그리하여 더 좋은 마음으로 이혼식을 준비할 수 있었다는 이야기.

이렇듯 가족을 제도의 하나로 받아들이는가 하면 한편에선 여전히 아이돌을 '양육'한다는 표현이 존재한다. '삼촌 팬'과 '할미 팬'을 자처하며 동경하는 연예인을 좇는다. 마음에 드는 배우를 가리키며 '국민 여동생' '국민 남동생'이란 말에 호응을 보낸다. 타의로 '가족'이란 제도에 얽히는 건 거부하지만, 자처하여 가족이 되는 건 반기는 분위기다. 그러니 어쩌면 '가족'과 관련된 호칭들에 실낱같은 희망을 걸게 되는 건 여전히 누군가와 연결되고 싶어하는 마음을 대변하고 있는 걸지도 모르겠다. 혈연의 가족이든, 피 한 방울 안 섞인 공동체로 존재하는 가족이든, 사람은 가장 첫 번째 혹은 마지막으로 가족을 찾는다는 말처럼. '가족'이란 단어가 앞으로도 얼마나 변화무쌍한 모습까지 보듬어낼지 여전히 기대를 걸고 싶은 이유다.

투명 인간을 구경하는 사람들

불리지 않는 이름들이 있다.
영화에 나오는 행인 1에도 이름이 있다.
에베레스트를 오르는 등정가 옆 세르파에게도 이름이 있다.
이제는 그들의 이름을 조금 더 격하게 반겨본다.

종로구 경희궁 1가길. 경사를 오르면 작은 영화관이 등장한다. 멀티플렉스에 비하면 자리도 좁은 편이고 스크린도 그다지 크지 않은데다 다닥다닥 붙어서 봐야 하는 독립영화관이다. 영화관은 엔딩 크레딧이 다 올라갈 때까지 불을 켜지 않는다는 양해의 말을 상영 전 관객들에게 미리 건넨다. 그런 곳인 줄 알고 찾는 이들이 대부분이지만, 더러 모르더라도 중간에 불쑥 일어난 순간 자신과 그리 멀지 않은 곳에서 영사기가 불빛을 쏘아대고 있고, 자신의 머리가 커다란 그림자가 되어 스크린에 비친 걸 알면 그는 몹시 당황하며 털썩 주저앉기 마련이다.

엔딩 크레딧을 보기 시작한 건 국내 영화제에 가면서부터였다. 처음엔 박수를 치기 위한 기다림의 시간에 불과했다. 영화가 끝나고 엔딩 크레딧이 다 올라가야 박수를 칠 수 있으니까. 또 GV(영화 시작 전이나 후, 영화 관계자가 참석해 영화에 대해 관객과 대화하는 자리)를 기다리려면 어쩔 수 없이 자리를 지키고 있어야 했기에. 그러다 독립영화를 즐겨보게 되면서부터 엔딩 크레딧이 점점 짧아진다는 걸 느꼈다. 어쩔 땐 촬영, 감독, 각본, 조명, 편집, 음악을 전부 한 사람이 담당할 때도 있다. 저예산으로 만드는 경우다. 개미처럼 작은 글씨들이 올라갈 줄 알고 한껏 배에 힘을 주고 자세를 고쳐 앉았는데 달랑 이름 석 자가 등장할 때 느끼는 희열과 아쉬움이란. 점점 엔딩 크레딧에 서서히 올라오는 이름들을 눈여겨보게 되었던 것이다.

그렇게 익숙해졌다. 자연스럽게 그 시간은 영화를 곱씹는 시간이 되었고, 어쩌다 보니 즐기게 되었다. 영 취향에 맞지 않는 영화를 본 날에도 서둘러 나오는 일은 없다. 그런 날엔 엔딩 크레딧을 더 유심히 본다. 누가 이렇게 재미없게 만들었는지 기억하기 위해서다(물론 농담이다). 엔딩 크레딧은 생각보다 많은 정보를 포함하고 있다. 주기적으로 보다 보면 '이런 장르의 영화는 아무개 배급사가 담당하는구나' '아무개 홍보팀이 이번에도 맡았구나'라는 정보들을 접하는가 하면 촬영 장소로 사용했던 지역, 기관명을 알려주기도 하니 영화에서 보았던 곳들이 궁금했을 때도 크레딧은 꽤나 쏠쏠한 정보를 주는 셈이다.

초창기 영화엔 엔딩 크레딧 문화가 없었다. 감독과 주연 배우를 비롯한 인물만 올라갔을 뿐, 조연 배우, 보조 스태프 같은 사람들은 이름을 올리지 않았다. 최초로 모든 배우와 제작진의 이름을 엔딩 크레딧에 올린 사람은 스타워즈로 알려진 조지 루커스 감독의 영화 〈청춘 낙서(American Graffiti)〉였다. 감독이 충분한 제작비를 확보하지 못한 탓에 배우를 비롯한 스태프가 무료로 제작에 참여했고 이에 미안함을 느낀 루커스가 제작진의 이름을 전부 올려 감사를 표한 것. 영화를 만드는 모든 인물에 대한 고마움을 표시하고 그 노고를 널리 알리자는 취지로 엔딩 크레딧의 역사는 시작되었다.

이제는 엔딩 크레딧을 볼 수 있는 영화관에 골라서 가게 된다. 압도되기 위해서이다. 엔딩 크레딧의 가장 큰 매력은 셀 수 없이 많은 인물의 이름이 올라온다는 점에 있다. 재미있게 본 영화일수록 매력도는 배로 상승한다. 이렇게 재미있는 걸 이렇게 많은 사람이 만들었다고? 놀라며 하나하나 이름을 곱씹어 본다. 비로소 깨닫는다. 감독과 주연 배우의 이름으로 알려진 영화 한 편에 수백 명에 달하는 사람이 있다는 걸. 나에겐 낯선 이름이지만 누군가에겐 반가운 이름일 터. 쿠키영상이 있는 영화가 아닌 이상 일반 영화관에선 경험할 수 없는 감각이다. 평소에 보이지 않던 사람들을 보게 되는 낯선 감각 말이다.

착한 대화 콤플렉스

지워진 이름 앞에서

이름을 가지고도 끝끝내 불려지지 않는 존재들이 있다. 지인이 방송 프로그램을 제작하면서 적은 예산으로 막대한 업무량을 맡게 됐다며 고충을 토로했던 적이 있었다. 나는 그가 어떤 프로그램을 맡았는지 전혀 모르는 상황이었다. 이를테면 '100만 원을 가지고 우리 둘이 해야 해'라는 내용이었는데 나중에 알고 보니 그 팀엔 열 명이 있었다. 여덟 명이 증발해 버린 이유는 단 하나였다. 비정규직이라서. 진짜 둘이서 그걸 다 한다고? 되물었을 때 그가 말했다. 아니, 정규직이 둘이라는 거지.

방송가에서는 비일비재한 일이라지만 프로듀서 두 명을 제외하고 작가 셋, 촬영감독 둘, 조감독과 편집 감독, 코디까지. 정규직이 아니라는 이유로 조용히 명수에서 제외된다는 사실은 조금 놀라웠다. 무엇보다 그가 그런 말을 건네오는 상대인 나 역시 프리랜서이고, 그 또한 프리랜서로 일한 경험이 있다는 점에서. 그가 무의식 속에 가지고 있었을 '우리' 안에는 어쩌다 여덟 명이 포함되지 않았을까. 아마도 그 이유는 다양하게 찾아볼 수 있다. 프로그램을 기획하고 총괄하는 역할이라서. 나머지 사람들은 '우리' 둘이 내리는 지시를 그대로 따라오면 되는 수동적인 역할이니까. 주도권을 가진 사람만이 명수를 채울 수 있는 것일지. 평소에 다른 스태프들을 그저 보조하는 역할이라 생각했던 게 고스란히 흘러나온 것일지. 그 친구가 가진 감각 안에서는 비정규직을 프로그램을 만드는 주축으로 인정하지 않고 있다는 걸 어렴풋이 깨달았다.

놀라운 일은 아니었다. 초창기 내가 일하던 프로그램에서도 작가만큼은 바이라인(보도물 제작자의 이름. 본래 뜻은 기사를 작성한 기자의 이름을 넣는 일을 의미하지만, 보도영상인 경우 영상 취재기자, VJ, 편집기자, CG팀, PD, 인턴기자, 작가까지 다양한 직군들도 포함된다)에 넣지 않겠다는 지침이 존재하고 있었다. 다른 직군은 다 기재하는 데 반해 작가만 누락한다는 사실이 처음엔 다소 의아했다. 명확한 설명을 듣진 못했다. 들어도 납득이 안 되는 설명일 뿐이었다. 누군가는 말했다. 보도영상인 만큼 '작가'라는 타이틀이 가져오는 허구성이나 상상력 같은 불필요한 인식을 심어줄 수 있기 때문이라고. 어불성설이었다.

가장 마음을 쓰셨던 말은 '바이라인에 집착하는 건 초짜나 하는 일이야'라는 말이었다. 그렇다면 나는 초짜임에도 초짜가 아닌 것처럼 순응해야 한다는 뜻이었을까. 혹시 조금 더 연차가 쌓이고 경험이 생긴다면 생각이 달라질까. 주변 선배들을 통해서 물어봐도 '그냥 그런 거야. 어쩔 수 없어. 관행인데 뭐'라는 대답만이 돌아왔다.

그러다 어느 날엔가 취재기자와 영상 촬영기자, VJ, 편집기자, 인턴들까지 모두의 이름이 나열된 영상을 보면서 그 안에 나만 빠져있다는 느낌을 지울 수 없었다. 전후 맥락, 이해관계 그 모든 걸 감안한다 한들 그 느낌은 조금 허탈하고 소외감이 될 수도 있다는 걸 그때 절감했다. 그것은 반대로 말하면 내 이름이 들어가고 같이 만든 누군가의 이름은 안 들어갔을 때 나는 의문을 품을 법한 일에 아무도 의문을 품지 않는다는 허탈함 같은 것이었다.

누군가는 물을 수 있다. 왜 그렇게 바이라인에 집착하느냐고. 누가 성과를 알아주는 것도 아니고, 바이라인이 밥 먹여주는 것도 아니고, 굳이 불필요한 에너지 소모를 하면서까지 이루어야 할 일이냐고. 정답은 없다. 그러나 이 집착이 보이지 않는 사람들까지 보게 만드는 힘을 만들 수 있다면 더욱 집착해야 마땅하다고 지금도 생각한다.

다른 직종은 모르겠다. 다른 이들의 생각도 잘 모르겠다. 포트폴리오를 만들려는 목적이 있는 것도 나도 참여했다는 걸 드러내기 위함도 아니다. 누군가 텔레비전에서 내 이름을 보고 주는 연락을 기다리는 것도 아니다. 그냥 만든 이의 이름이 들어가는 곳엔 만든 이의 이름이 들어가야 하니까. 제외해야 할 이유를 아직 찾지 못했으니까. 그게 내가 가진 이유의 전부다.

아마도 그래서 엔딩 크레딧에 눈길이 한 번 더 가는 걸지도 모르겠다. 얼굴만 알고 있는 사람이 맡은 배역을 찾아내 그 사람의 본명을 한번 더 기억하기 위해. 촬영지가 환상적이었는데 누가 장소 섭외를 담당했는지 이름 한 번 더 들여다보기 위해. 잔상은 흐릿하지만 행인 1에도 행인 2에도 각자 예쁜 이름이 있다는 걸 곱씹기 위해. 또렷한 글자로 적혀있는 이름을 혼잣말로 되뇌어본다.

이름을 불러주세요

"에베레스트산(8,848m)을 정복하려는 욕심은 죽음을 불러요. 마음을 비워야 등정할 수 있습니다."[10]

네팔의 살아있는 산악 영웅이라 알려진 칸차 셰르파의 말이다. 1953년 영국 등반대를 이끌고 세계 최초로 에베레스트산을 등정했던 에드먼드 힐러리 경이 역사를 기록했을 때 막후 역할을 한 셰르파 대원들 중 한 명이었다. 놀랍게도 당시 칸차는 제대로 된 등반 장비 하나 없이 야크 가죽으로 만든 신발과 옷만 입고 에베레스트산을 올랐다. 폭이 넓은 크레바스(빙하의 표면에 생긴 깊게 갈라진 틈)를 발견했을 때 가지고 간 사다리가 짧아 도저히 건널 수 없는 상황에서 칸차는 다시 마을로 내려가 스무 그루의 나무를 베어 들고 올랐다. 등반대가 나무를 놓고 건너가게 하기 위해서.

네팔에서 등정을 하는 산악가들은 이처럼 셰르파의 도움을 받는다. 에베레스트산의 첫 등정은 네팔과 셰르파의 존재를 알린 대사건이었지만 사람들은 오늘날에도 셰르파보다 에드먼드 힐러리 경을 더 먼저 기억해낸다.

등정 길잡이라는 이름으로 알려진 셰르파는 본래 네팔 산악지대에 거주하는 민족이다. '셰르'가 동쪽, '파'는 사람을 의미한다고 하여 '동쪽에서 온 사람'이라고도 알려졌다. 셰르파가 약 500년 전 티베트에서 네팔 산악지대로 이주한 데서 유래한 이름이라고 한다. 셰르파족은 히말라야 고산지대에 거주한다. 고소에 적응하는 능력이 뛰어난 덕분에 자연스럽게 산악인을 돕는 안내자 혹은 짐꾼의 역할을 하게 된 것이다.

길을 닦은 건 셰르파였지만, 첫 등정도 이색적인 팀의 등정도 결국은 산악인의 이름으로 알려지게 된 세상. 거기에 도전장을 던진 이가 있다. 네팔 출신 무명 산악인 님스 푸르자다. 그는 2019년 4월부터 9월까지 약 7개월 동안 세계 최고봉인 에베레스트산(8,848m)부터 시샤팡마산(8,027m)까지 지구상에 존재하는 해발 8,000m가 넘는 히말라야 산맥의 열네 개 봉우리를 단기간에 등정하는 것에 도전한다. 그리고 결국 성공해낸다.

마지막 봉우리를 정복하고 하산한 그의 주위를 취재진이 둘러쌌다. 그는 동행했던 또 다른 셰르파에게 이런 말을 건넨다. 우리가 서양에서 온 산악인이었다면 이보단 많은 취재진이 몰렸을 거라고. 그리고 그를 둘러싼 카메라 앞에서 환하게 웃어

보인다.

그의 여정은 넷플릭스에서 만든 다큐멘터리 영상에 고스란히 담겼다. 그가 놀라운 도전기를 그릴 수 있었던 건 알려지지 않은 셰르파의 이름을 불러달라는 간절함이 있었기 때문이었다.

"수많은 서구 등반가들은 셰르파의 도움으로 산을 올랐어요. 하지만 그저 '셰르파가 도와줬다'는 말뿐이죠. 그건 잘못된 일이에요. 셰르파도 이름이 있으니까요. 밍마 데이비드가 날 도와줬다고 해야죠. 이름을 말해주지 않으면 셰르파는 유령일 뿐이에요. 모든 네팔 등반가와 가난한 환경에서 성장한 사람들이 제 여정을 본다면 이렇게 생각하겠죠. '나도 저 사람처럼 될 수 있어'라고."

등정가들이 셰르파의 이름을 굳이 언급하지 않은 것에 의도가 있다고 생각하지 않는다. 아쉬운 건 그들의 무의식 속에 셰르파는 그저 그림자에 불과한 역할로 자리잡고있다는 부분이다. '나는 님스 푸르자 덕분에 올라올 수 있었어요'라는 한 마디는 '님스 푸르자가 누구죠?'라는 그 다음 질문을 불러낼 수 있었을 테니.

착한 대화 콤플렉스

4부 '말이 어려운 시대를 살아가는' 우리의 자세

상식에서 벗어나는 단어를 맞닥뜨렸을 때

무례한 말을 들었을 때, 그 언어가
수십 년 묵혀온 고질적인 차별에서 우러나온 단어일 때,
단절보다 소통을 선택하자는 목소리는 진부하다.
하지만 때론 그 진부하고도 미미한 시도가
변화를 불러온다. 거짓말처럼.

예고 없이 훅 들어온 말이었다. 도쿄에 잠깐 머물렀을 때 동네 단골 바에 일본인 지인을 데려갔다. 바의 주인과는 오래 알고 지낸 사이였다. 데려간 지인 역시 나와 오래된 관계로 겸사겸사 한잔할 겸 찾아간 날이었다.

바에 도착하니 주인의 지인들이 둘러앉아 있었다. 그는 한 손으로 나를 반겨주며 또 다른 손을 뻗어 그의 지인을 차례차례 소개해 나갔다. 일본 동네 작은 바에서는 흔히 있는 일이었다. 이 친구는 고등학교 동창(이하 A)이고, (나를 가리키며) 이 친구는 예전에 이 동네 살았지만, 지금은 한국에 있는 아무개야. 간단한 자기소개가 오가면 주인은 음료를 제조하러 주방에 들어간

다. 남은 자들은 통성명과 자잘한 잡담을 나누는 분위기. 우리도 인사를 주고 받으며 자리를 잡았다.

A가 나에게 물었다. 한국에 산다는 건 한국 사람인가? 나는 맞다고 대답했다. 그리고 옆에 앉은 지인에게 시선이 집중됐다. 지인은 다소 쑥스러운 듯 '저는 가네다金田라고 합니다'라며 자신을 소개했다. 그러자 A가 대뜸 묻는다.

"뭐야, 조센진 같은 이름◆이네. 조센진이야?"

지인은 살짝 당황한 듯 손사래 치면서도 덤덤하게 잘못된 정보를 정정하기 시작했다.

"아니요, 저는 순 일본인◆◆ 입니다. 이름은 가네다 쓰요시예요. 부모님도 두 분 다 일본 사람입니다."

여기서 끝날 법도 한데, A는 짓궂게도 '이름이 딱 봐도 조센진스러운데, 진짜 일본인이 맞느냐'며 비죽거렸다. 지인은 상세하게 자신을 설명하기 시작했다. 이 동네에서 나고 자라 중학교

◆ 교포 사회에서 흔히 통명通名이라 불리는 일본식 이름으로 생활의 편의상 사용하는 가명에 가깝다. 이는 일제 강점기 창씨 개명에서 유래한 것으로 김金 씨는 가네모토金本, 가네다金田, 가네무라金村, 가네야마金山로 바꾸는 식이다.

◆◆ 순 일본인純日本人이란 '순수한 일본인'이란 뜻으로 혼혈이 아니란 걸 강조할 때 곧잘 사용되는 표현이다.

착한 대화 콤플렉스

는 어디를 졸업했으며 아버지도 여기가 고향이라는 이야기를 줄 줄 읊어댔다. 가만히 듣고 있던 A는 별로 대수롭지 않다는 듯 거참, 신기한 이름이네, 하고는 이내 다른 화두로 관심을 돌리기 시작했다.

순식간에 지나가 버린 장면이었다. A가 다소 비아냥대는 듯했지만 그 순간엔 위화감을 느끼지 않았다. 바는 여전히 화기애애한 분위기였다. 그런데 시간이 흐를수록 마음에 걸렸다. A는 조센진이란 단어를 어렸을 때부터 사용해왔을 것이다. 어쩌면 차별의 의미를 담지 않았을지도 모른다. 그러나 조센진이란 단어에 비하의 의미가 담겨있다는 걸 그가 모를 리 없다. 결국 어떻게 대응할까 고민만 하다 시간이 흘렀고 A는 다음에 보자는 말을 남긴 채 지인들과 유유히 사라졌다.

한국인을 앞에 두고 조센진이란 말을 스스럼없이 하는 사람이 여전히 일본에 존재한다는 사실에 나는 적잖이 놀랐다. 극우 단체도 아닌 평범한 시민이. 별다른 악의 없이도 내뱉을 수 있는 말이었던가. 재일교포들이 스스로를 '조센진'이라 소개하는 일은 더러 있다. 한반도가 남과 북으로 갈라지기 이전 일본으로 넘어간 교포들에게 '조센진'이란 단어는 정체성이자 자부심이기도하다. 하지만 일본인이 '조센진'이란 단어를 쓰는 건 차원이 다른 문제다. 일제강점기 때 사용되던 멸칭이기에 일본인이 사용하는 순간 그것은 차별 언어가 된다.

　이튿날, 알고 지내던 재일교포 2세를 만났다. 어제 이런 일이 있었고 불쾌했다는 내용을 전했다. 잠자코 듣고 있던 그가 내게 물었다. "혹시 몇 살 정도로 보이던가요?" 60대 중반이란 대답을 듣자 그는 조용히 고개를 끄덕이며 이렇게 말했다. 그 나이대 사람들이라면 그 말이 익숙할 수도 있어요. 악의를 가지고 한 말이라는 생각은 들지 않지만, 사실은 그게 가장 딘단하고 무서운 차별 감각인 거죠. 본인 스스로도 의식할 수 없을 정도로 깊은 곳에 자리 잡고 있기 때문이에요.

　그날 그 자리에서 다짜고짜 불쾌함을 표현하지 않았던 이유를 생각해본다. 아마도 나에겐 화기애애한 분위기를 깨면서까지 잘못을 바로잡을 용기는 없었던 모양이다. 지금 당신이 한 발언에 나는 불쾌했노라 최대한 예의를 갖추어 말했더라면 어땠을까. 두 가지 경우의 수를 상상해본다.

　대수롭지 않다는 듯 능글맞은 웃음을 지어 보이며 혹은 멋쩍은 얼굴로 당황하며 '아, 기분 나빴어? 미안, 미안!' 그리 어렵지 않은 사과를 건네는 것. 혹은 '조센진이라는 단어는 네가 태어나기도 전에 조선 반도에서 건너온 사람을 부르는 말이었는데 뭐가 불쾌한 거지?'라고 언성이 높아지는 것.

　어느 쪽이든 내가 원하는 방향은 아니었다. 그가 대수롭지 않게 사과를 건넨다 한들 나의 불쾌감은 사라지지 않았을 것이다. 그가 진심으로 사과를 건넬 위인이 아니란 것쯤은 어렵지 않게 가늠할 수 있었다. 바에 머무는 시간 내내 그는 떠들던 이야기는 '한국은 왜 지난 역사를 가지고 여태 난리냐' '언제까지 사과만 요구할 거냐' '지난 일은 잊고 사이좋게 지내면 되는 것 아니냐' 따위의 것들이었기에.

내 안에서 올라오는 감정을 내가 억누르지 못한 채로 내 입에서 나가버린다면 그 진의는 결코 상대에게 온전히 전달되지 못할 거란 생각도 있었다. 감정이 뒤섞여버린 말들은 곧잘 본래의 의미를 상쇄해버리기 때문이다.

차별 언어란 어쩌면 그러한 것일지도 모른다. 누가 봐도 명백히 잘못된 언어를 발설하는 것과 그 잘못된 언어를 지적하는 일엔 거쳐야 할 시간이 존재한다. 물론 위트를 섞어 상대방이 무안해하지 않는 선에서 조곤조곤 잘못된 점을 전달할 수 있다면 이상적이겠지만, 안타깝게도 나에게 그런 침착함과 현명함은 없었다.

오히려 그가 대놓고 비아냥거렸다면 응대하기가 조금은 쉬웠을지 모른다. 그러나 은은한 비아냥이 섞인 태도는 언제라도 '그럴 의도는 없었다'며 돌아설 명분이 된다. 대부분의 차별 언어가 그러하듯 자리에서 털어내지 못한 찜찜함은 마음에 조금씩 누적되고 만다.

공식 석상에 오르는 사람이라면 보다 자중해야 할 것이다. 무거운 책임감을 떠안은 자리인 만큼 어떤 언어를 선택하는지가 때론 그를 판단하는 기준이 되기도 하니까. 그러나 우리가 흔히 경험하는 일상에서 마주하는 말은 대부분 무거운 책임감을 상실한 채 흘러나오는 경우가 많다. 말은 주워 담을 수 없다는 명백한 진리가 존재함에도 여전히 즉각 주워 담을 수 있는 것처럼 무게를 싣지 않기에. '아, 미안 미안. 아, 실수했네'라는 말이 마치 없었던 일처럼 사라지게 만들어버리는 힘을 가진 것처럼.

만약 그 자리에서 단호한 얼굴로 불쾌감을 어필했다면? '더 이상 이 바에 오지 않겠다, 방금 그 말은 명백한 인종차별 발언이다, 당장 사과하라'와 같은 말들을 전달했다면? 혹 맞불을 놓듯 일본인을 비하해 부르는 말로 상대를 자극했다면? 그에게 어떤 영향을 미쳤을지 모르겠다. 발화자인 나는 통쾌할지언정 그에게 진의를 전달할 수 있는 방법이 아니란 것쯤은 어렴풋하게 짐작해볼 수 있다.

아마도 여행이 아닌 일상에서 그를 마주했더라면, 조금 더 오래 그를 볼 수 있는 시간적 여유가 내게 주어졌더라면, 나는 아마 이런 방법을 선택했을 것이다. 말 그대로 시간을 두는 것이다. 그리고 A와 가까워지는 방법을 찾는다. 거리감이 조금 좁혀질 무렵 무심하게 그에게 말할 것이다. 당신이 저번에 이런

착한 대화 콤플렉스

이야기를 했던 걸 기억한다. 물론 당신에게 어떤 의도가 있었을 거라 생각하지 않는다. 그렇게 믿는다. 하지만 그 단어는 결과적으로 나를 당황하게 했고, 앞으로 한국 사람이 있는 자리에서 그 단어를 사용하는 건 자제해주길 부탁하고 싶다고.

몇 달이나 지난 일이지만 여전히 그 생각에 변함은 없다. 목적은 그와 같은 사람들이 조센진이라는 단어를 더 이상 입에 담지 못하게 하는 데 있다. 나의 불쾌감을 전달하는 건 우선순위가 아니다. 어떻게 해야 저 단어를 사라지게 만들 수 있을까. 여전히 고민은 이어질 뿐이다.

상식을 벗어나는 단어와 마주하는 순간

상식을 벗어난 언어들은 언제나 예고 없이 훅 들어온다. 가까운 관계일 수 있고, 이해관계가 얽힌 사람일 수 있다. 일면식 없던 사람일 수도, 다신 안 볼 사람일 수도 있다. 허나 대상이 누구든 타인이 발설하는 언어에 내가 제재를 가할 권리는 없다는 점에서 우리의 고민은 시작된다.

아마도 고민의 지점은 '못 쓰게' 하는 것이 아닌 '안 쓰게' 만드는 것이 아닐까 싶다. 나는 이만큼의 세계를 더 알고 있는데 당신은 고작 그 세계에 머물고 있는가, 라며 상대를 억누르는 듯한 무언의 눈초리는 모름지기 전달되기 마련이다.

주변의 시선으로 자꾸 동조하게 만들어 상대방의 입을 다물게 하는 방법. 당사자를 낯 뜨겁게 만들어 면박과 창피를 주고 스스로 부끄럽게 여기도록 만들어버리는 방법. 우회적인 방식으로 그 단어를 사라지게 만드는 방법은 얼마든지 있다.

누군가 나한테 반감을 보내온다면 그 반감은 똑같이 상대방에게 되갚아주고 싶다는 마음으로 돌변한다. 비판을 받으면 반감이 생기기 마련이니까. 오기로라도 그 말을 더 내뱉고 싶어지는 인간의 나약한 본성은 누구에게나 존재한다고 생각한다. 어쩌면 별생각 없이 내뱉었던 말도 비판을 받는 순간 또다시 안 좋은 감정을 유발한다.

한동안 마음 언저리에 남아있는 일이었다. 언제 다시 만날지 모르는 사람이라서다. 그 자리에서 좀 더 현명하게 내 기분을 전하지 못했다는 죄책감도 어느 정도 남아있다. 그러나 그 자리에서 즉각 반응하지 않았던 것에 대해 자책하던 마음은 털어냈다. 어쨌든 그가 나의 기분을 망치기 위해 의도적으로 던진 발언이라 생각하지 않아서다. 나의 관심사는 오로지 훗날 그를 또다시 만났을 때 그가 가진 '조센진'이란 단어와 나에 대한 기억이 어떻게 맞물릴지를 고민하는 일이다.

착한 대화 콤플렉스

듣기 싫은 말을 들었을 때 대응하는 방법은 다양하다. 무시할 수도 있고, 분노를 표출할 수도 있다. 단호한 어조로 경고를 줄 수도 있고, 꾹 참고 넘어갈 수도 있다. 나는 A가 언젠가 다른 자리에 갔을 때 누군가 조센진이라는 발언을 한다면 그가 나에 대한 좋은 기억을 떠올려주었으면 한다. 이 단어를 뱉으면 누군가 화를 낸다는 기억이 아닌 누군가 슬퍼할 수도 있다는 기억. 내가 만났던 한국인이 이런 이야기를 해주었고, 그 이야기를 들으니 차마 그 단어는 못 쓰겠다는 말을 그로 하여금 할 수 있게 만들어 주는 것. 그 기억이 옆 사람에게 또 그 옆 사람에게 전달되어서 그 말이 자연스럽게 소멸하길 바란다. 어쩌면 자발적인 힘이란 강제로 입을 다물게 만들어 버리는 것보다 훨씬 빠르고 효과적인 방법이 될 수도 있기에.

그래서 조급함을 잠시 없애본다. 상대방이 그 단어를 안 쓰게 만드는 것만이 목표라면 거기엔 빠름이라는 속도가 굳이 필요 없는 건 아닐까. 지금 당장 대응해야 마땅하다고 여기는 건 어쩌면 조급함인지도 모른다. 조급함 또한 상대에겐 폭력이 될 수도 있다는 걸 기억해본다.

T는 공감 능력이 없다는 F에게

―――

'너 T야?'라는 질문은 이제 트렌드가 아닌
일상 속 언어로 자리 잡았다.
진부하다는 걸 알면서도 꾸역꾸역
이 질문을 던지게 되는 이유는 뭘까?

"T는 논리, 팩트가 중요하지. 누구의 팩트가, 누구의 데이
터가 더 정확한지가 중요하지. F는 누가 더 비유를 잘 들
었는지, 누가 더 먼저 울었는지가 중요해."

「F는 이래서 안 돼」[1]라는 4분 50초짜리 영상이 있다. 배우 겸
유튜버 문상훈이 운영하는 『빠너스』에 올라온 것. 이어 영상
속 그가 말한다.

"T가 말해. '지금 그거 맞는 이야기야? 그때 수연이가 했던
말이 무슨 상관이야? 지금 여기에 수연이가 있어? 말하는

착한 대화 콤플렉스

근거가 뭔데?' 그러면 F가 그래. '너 어떻게 사람이 그럴 수 있어? 누가 정답을 말해달래? 내 마음이 어땠는지에 대해 공감해달라고. 사실에 근간한 이야기만 할 거면 대화를 왜 하는 거야?'"

'너 T야?'라는 질문은 잊을 만하면 들려온다. 엠비티아이(MBTI·성격유형검사) 진단 결과에 T가 포함되었는지를 묻는 것이다. MBTI에서 T는 사고형(Thinking), F는 감정형(Feeling)으로 분류된다. 화자가 자신의 상황에 공감해주길 바라며 건넨 말을 두고 해결책, 사실관계에 초점을 맞추는 이들에게 주로 쓰인다. 농담 반, 우스갯소리로 건네는 말이지만 은연중에 서운함을 표현하고, 무안함을 전달할 때 던지는 질문이다.

MBTI는 1944년, 카를 융의 심리 유형론을 토대로 개발된 자기 보고식 성격 유형 테스트다. 주어진 문장들에 동의, 비동의를 단계별로 나누어 답하면 개인의 성격 유형이 알파벳 네 글자로 도출된다. 외향(E)-내향(I), 감각(S)-직관(N), 사고(T)-감정(F), 판단(J)-인식(P). 네 가지 축을 기준으로 총 열여섯 가지 성격 유형을 구성하고 있다.

국내 언론에 처음 소개된 건 2000년이었다. 부부가 함께 하는 '행복체크'. 서로를 알고 이해하면 관계에 도움이 된다는 맥락으로 심리상담 프로그램의 일환이었다. 그러나 약 20년이 지나면서 MBTI는 국내 유통업계 마케팅 수단으로 급부상한다. 각종 방송프로그램에 등장하기 시작했고, '젊은 세대들이 MBTI에 열광한다'는 기사가 쏟아져 나왔다.

스스로 소극적이라 생각하는 사람도 (내가 생각하는 나) 누군 가로부터 붙임성이 좋다는 말을 들으면 (타인이 보는 나) '주기적으로 새로운 친구를 만든다'는 항목에서 '그렇다'를 선택하게 되는 (내가 원하는 나) 식이다. 테스트 후 MBTI에 따라붙는 결과지를 보며 희소성(당신은 5%에 불과한 유형이에요!)과 자긍심(이 유형한테 손절 당하면 상대방이 개차반이란 이야기!), 더 나은 사람이 되려는 성장 욕구(당신은 지도자 유형이에요! 세상을 바꿀 수 있어요!)까지 챙기게 된다. 어떻게 사람 성격을 열여섯 가지로 나누겠어? 라는 문장 앞에서도 꿋꿋하게 MBTI가 살아남는 이유는 이러한 멀티 페르소나(multi-persona)를 충분히 발휘할 수 있다는 점에 있다. 개인이 가진 정체성을 다양하게 구현하고, 표출할 수 있는 좋은 수단이 되어주기 때문이다.

이 다채로운 자아들은 어느 순간부터 밈(meme)으로 재창조되기 시작했다. '대문자E(극단적인 외향형)' '쌈T(철저한 현실형)' '극I(몹시 소심한 유형)'와 같은 말들로 나의 세계관과 당신의 세계관을 설명할 언어를 찾아낸다. 이미 일상의 언어로 자리 잡은 지

착한 대화 콤플렉스

오래다. 무려 1년 전에 올라온 『빠더너스』 영상이 여전히 온라인에서 회자되는 이유이기도 하다.

그럼에도 불구하고 영상 말미에 문상훈이 덧붙이는 말이 있다. 옳은 말이 늘 맞는 말은 아니라고. 인공지능이 절대 못 넘는 게 F의 영역이라고. 애플이 만든 인공지능 시리(Siri)에게는 '가장, 가까운, 식당'처럼 한없이 바보처럼 소소하게 이야기해야 전달된다고. 그러나 '출출헌디? 속이 허한디?'라는 말로 소통이 가능한 게 사람과 사람 사이 아니겠냐고.

왜 '공감 못 하는 능력'에는 공감을 안 해줘?

여덟 개의 알파벳 가운데 유독 자주 언급되는 건 T와 F다. '너 T야?'라는 질문은 이미 상대방이 T라는 걸 알아도, 또는 상대방이 F라 할지라도 유효한 질문이다. 정말 T인지 궁금해서 묻는 게 아니다. '잠깐 반응 좀 해줘, 왜 말이 없어? 감성 좀 깨지 마, 나 괜찮은지 안 물어봐? 지금 팩트가 중요해?'라는 맥락으로 사용한다.

내향형(I) 인간에게 '말 좀 더 하라'고 다그치는 경우는 잘 없다. 계획이 틀어지는 순간 다소 예민할 것처럼 보이는 계획형(J) 인간에게 '왜 그리 계획을 세우느냐'고 묻지도 않는다. '너 T야?'

라는 질문이 유독 자주 들리는 건 '공감'이란 화두가 소환되는 순간이다. 내향인, 외향인처럼 본래 타고난 성격이나 계획, 즉흥처럼 하루아침에 바꿀 수 없는 성향과 달리 '공감'은 즉각적으로 반응이 가능한 상호작용의 영역이기에 기대를 걸어보는 것이다.

"해결책을 제시하는 것도 나름 우리의 방식대로 '공감'하는 건데, 그들이 기준으로 정해놓은 '공감 능력'에 못 미치는 우리의 능력엔 왜 공감을 안 해주느냐"[2]라는 혹자의 말처럼 '넌 공감 능력이 없어'라는 문장은 '넌 공감 능력이 없는 거에 대한 공감 능력이 없어'라는 끝없는 싸움을 불러온다.

오늘날에도 끝없이 이어지는 T와 F에 대한 논쟁은 때때로 지겹고 때때로 반갑다. 그것은 F라는 이유로 늘 따뜻하고, 다정한 공감을 암묵적으로 강요당하는 분위기에 대한 반골 기질일지도 모르겠다. E라는 이유로 조금만 말수가 적으면 어김없이 '오늘 컨디션 안 좋아?'라는 질문을 듣게 되는 MBTI 과몰입에서 오는 피로감일지도 모르겠다. T와 F의 논쟁에 끼어들기 싫어 '사실 그 차이를 잘 모르겠어'라고 얼버무리는 순간 '예를 들어 네가 교통사고를 당했는데……'라고 T와 F를 설명하려 드는 진부한 레퍼토리에서 오는 기시감일지도 모르겠다. 타인을 이해하기 위한 용도가 타인을 재단하기 위해 쓰인 지도 오래된 세상. MBTI는 스스로를 옥죄기 시작했다.

한 소셜 미디어엔 이런 글도 올라왔다.

착한 대화 콤플렉스

E : 영역 침범하면서 E 핑계대지 말고

I : 회피하면서 I 핑계대지 말고

S : 리스크 관리 안 하고 S 핑계대지 말고

N : 일처리 허술한 거 N 핑계대지 말고

T : 싸가지 없는 거 T 핑계대지 말고

F : 나이브한 거 F 핑계대지 말고

J : 남 쪼면서 J 핑계대지 말고

P : 게으름 피우면서 P 핑계대지 말고

상대에게 배려 없는 관계에 대해 MBTI 핑계대지 말기.

해당 글은 위근우 기자의 스토리(24시간이 지나면 자동으로 삭제
되는 기능)에 잠깐 올라왔음에도 한동안 커뮤니티에 박제되어 유
저들에게 '통쾌하다'는 반응을 불러모았다. 모든 문제를 MBTI
로 귀결시켜버리는 폐해에 지쳐버린 이들이 적지 않다는 방증
이기도 했다.

물론 MBTI가 불러온 반가운 변화도 있다. 이를테면 내향인
이 이전보다 당당하게 내향형(I)임을 외칠 수 있게된 것. 말수가
적고 소극적인 건 틀린 게 아니라 다른 것일 뿐이라는, 성향의
재발견 같은 것들 말이다.

이쯤 되면 본래의 취지대로 MBTI를 되돌려 놓고 싶다. 누군
가 온라인에 올렸던 '누구에게나 장점이 있다'는 제목의 글. 애

초에 MBTI는 상대의 허점을 발견하기 위한 도구가 아닌 (넌 왜 공감을 못해줘?) 상대의 장점을 이해하자는 취지였음을 (넌 이런 것도 공감할 줄 아는구나!).

E(외향)에게 사람과 어울리는 방법을,
I(내향)에겐 스스로와 잘 지내는 빙법을.

S(감각)한테는 현실적인 생각을,
N(직관)에게는 깊이 있는 생각을.

T(사고)에게서는 판단하는 방법을,
F(감정)에게서는 상대의 마음에 공감하는 방법을.

J(판단)에게서 철저함을,
P(인식)에게서 유연함을.

"너네 동네 T야? 우리 동네는 F인데…"

일상적인 언어, 온라인 커뮤니티에서나 볼 줄 알았던 MBTI 가 본격적으로 공공 문서에 등장하기 시작했다. 광역자치단체

착한 대화 콤플렉스

와 기초지방자치단체 결재 문서 가운데 'MBTI'라는 글자가 포함된 문서는 2018년 대비 무려 다섯 배 가까이 증가3했다. MBTI에 대한 대중의 관심도가 높아지면서 지방자치단체가 정책적으로 활용하기 시작했다는 뜻이다.

일례로 ㄱ군은 MBTI를 관광정책에 도입했다. 논리적이고 분석형(INTP, INTJ, ENTJ, ENTP)인 사람은 위인의 생가, 문화관, 특산품 시식지. 탐험가형(ISTP, ISFP, ESFP, ESTP)은 체험관, 동굴, 마을, 숲. 외교형(INFJ, INFP, ENFJ, ENFP)은 무지개다리, 휴양림, 관리자형(ISTJ, ISFJ, ESTJ, ESFJ)은 아울렛, 도립미술관, 지역 내 카페를 관광지로 추천하는 식이다.

여기에 정부도 발 벗고 나섰다. 인구 감소 대책을 맞춤형으로 수립하겠다며 지역별 MBTI 지표를 개발하겠다는 정책을 발표한다. 그리고 반년 만에 총 89개 지역 특성을 분석해 인구 감소 지역 89곳 중 51곳이 'INTP'에 해당한다는 결과를 내놓았다.

지역 특성 MBTI에선 안정적 거주환경을 중심으로 이웃 간 친밀성이 높고(I), 우수한 자연자산과 전통 유산을 보유해 이를 관광자원으로 활용하며(N), 전통 가치를 중시하고(T), 특정 시기 지역 행사를 통해 방문객이 집중되는 특징을 지닌다(P)는 뜻이다. 벌써부터 일각에서는 정교함이 떨어지고 실효성이 낮다는 지적이 나오고 있다.4, 5

열 길 물속은 알아도 한 길 사람 속은 모른다는 말은 옛말이 되

었다. 손쉽게 꺼내든 '너 T야?'라는 질문은 이제 '너네 동네 T야?'
로 둔갑고 있다. 사람, 지역, 문화의 가치를 T와 F로 나누겠다는
생각은 모호하고도 우스꽝스럽다. 이는 때때로 비인간적이고 비
도덕적인 시선과도 맞물린다. 개인과 개인이 주고받던 우스갯소
리는 어느새 권력이 개인을 판단하는 잣대가 되어버렸다.

인공지능도 공감할 줄 아는 세상

『빠더너스』 영상이 올라온 지 1년이 지났다. '축하한다'는 말
의 의미를 이해하지 못했던 인공지능은 이제 생일을 축하해주
고, 컨디션을 걱정해준다. 국내 기업이 개발한 인공지능 클로바
X에게 '나 교통사고 당했어'라고 말하면 즉각 F와 T의 기능을
둘 다 탑재한 대답을 돌려준다.

"교통사고를 당하셨다니 많이 놀라셨겠어요. 지금은 괜찮으
신가요? 교통사고를 당했을 때는 즉시 병원에 방문하여 진단과
치료를 받는 것이 중요합니다. 보험회사에 연락하여 사고 처리
를 진행하시고, 사고 현장을 보존하거나 사진을 찍어두는 것이
좋습니다."

어쩌면 이 모든 건 '너 T야?'라는 질문이 가져온 변화일지도
모른다. 공감에 대한 끊임없는 인간의 욕망을 이제는 인공지능

착한 대화 콤플렉스

에서 볼 수 있으니 말이다. 인공지능개발을 '육아'에 빗대어 표현한 개발팀 직원은 좋은 정보를 제공하는 것도 중요하지만, F(감정)를 한 스푼 넣어야겠다는 데 합의했다며 인공지능도 시행착오를 거치면 원하는 기능을 탑재할 수 있다고 설명6한다.

이로써 우리는 원하는 만큼의 공감을 얻을 수 있게 되었다. 시리(Siri)와 챗지피티(ChatGPT)에게 '나 교통사고 당했는데 5,000자의 언어로 나의 상황에 공감해 줘'라고 입력만 하면 그들은 화 한번 안 내고 꾸역꾸역 5,000자를 가득 채운 공감의 언어들을 가져다줄 것이다.

활자는 모든 의미를 담아낼 수 있지만, 모든 맥락을 담아내지는 않는다. '출출헌디?'라는 말엔 내가 배고프다는 의미가 담겨있지만, 당신과 함께 식사하고 싶다는 맥락까지 담아내지는 못한다. 활자를 통해 정보만을 취득하려 할 때, 우리는 그 너머에 존재하는 마음을 읽어낼 눈을 잃는다. MBTI 과몰입 현상이 우리에게 알려준 '공감'은 활자 안에 갇힐 수 없는 마음이 있다는 걸 알려주고 있는지도 모른다.

무지개는 빨주노초파남보일까

아무런 편견을 가지지 않는다는 착각.
한껏 공감할 수 있다는 착각.
나는 당신을 얼마나 이해하고 있을까?

그와 알고 지낸 지 한 달 정도 지난 무렵이었다. 두런두런 오가던 대화에서 어쩌면 잘 통할지도 모르겠단 생각에 술 약속은 단번에 잡혔다. 호탕하고도 섬세한 그의 말투에 매력을 느꼈던 날. 횟집에서 술을 거나하게 마시고 집으로 돌아가는 길, 그가 불쑥 던진 말이었다.

"언니, 혹시 호모포비아예요?"

잘 알고 있다고 생각해온 호모포비아란 단어를 순간 열심히 곱씹었다. 잘 모르고 있었다. 활자에 적힌 대로 호모포비아는

착한 대화 콤플렉스

'호모'를 '공포스럽게' 생각하는 사람들. 정작 그 단어를 꺼낸 그의 의도를 나는 읽지 못했다. '아니?'라고 서둘러 대답한 이유였다. 그는 덤덤하게 '저는 레즈비언이에요'라는 대답을 던지고 나의 대답을 기다린 채 조용히 걸어가고 있었다.

그를 바라보는 시선에 달라진 게 없었다. 그러나 그에게 애인이 생기고 알게 된 사실들은 있었다. 그와 애인이 같이 지하철을 탈 때마다 거의 모든 사람으로부터 시선이 집중된다는 것. 지하철 1호선을 타는 날이면 그 시선이 아프고 버겁게 느껴져 때론 지하철에서 내리기도 한다는 것. 거리에서 당당하게 손을 잡고 싶은데, 시선이 집중된다는 이유로 애인과 싸우게 되어 매번 마음이 아프다는 것. 그와 내가 사용하는 단어는 분명 같은 의미를 가진 말들이었는데, 그 안에 담긴 세상은 전혀 다른 곳을 향하고 있었다.

그와 가까워질수록 내가 알고 있던 단어의 세계는 조금씩 영역을 확장해나갔다. 그것은 즐겨 듣는 팟캐스트에서 이따금씩 들리는 경험담, 좋아하는 아티스트가 수다 삼아 던지는 우스갯소리, 좋아하는 영화와 소설에서 멋대로 머릿속에 떠올리는 그림들과는 전혀 달랐다. 막연하게 느껴졌던 이야기들이 간접적으로나마 현실이 되어갔다. 그때 깨닫게 되었다. 내가 알고 있다고 생각했던 '호모포비아'라는 단어, 두 팔 벌려 환영한다고 여겨왔던 '퀴어의 세계'는 그저 글자에 불과했다는 것을. 나는 아무런 편견을 가지지 않는다고 공허하게 울려 퍼졌던 내 안의 세계와 그가 직접 겪어내야 하는 현실은 동떨어진 곳에 머무르고 있었다.

그와 밥을 먹다가 '애인이랑 결혼할 생각이거든요'라는 말을 들었을 때 무심코 '하면 되지'라고 대답했다. '주말에 지하철을 탔는데 너무 쳐다보는 거예요'라는 말에 정적을 두고 생각하는 대신 '왜?'라는 질문부터 꺼냈다. 생활동반자법◆ 제정이 그에겐 인생을 좌우할 수도 있는 일이라는 걸, 그와 같이 목욕탕에 다녀오는 일이 그의 애인으로부터 질투를 살 수 있는 일이라는 걸 눈치채지 못했다.

섣불리 안다고 생각했던 단어들에 대해 나는 얼마만큼의 접점을 두고 사는가. 때론 이 문장에 담긴 무게가 버겁게 느껴지기도 한다. 경험하지 못한 것들에 대해 얼마나 많은 착각과 오만을 얹어왔는지 가늠조차 안 되기 때문이다. 어쩌면 막연하게 동경하고 살아온 '쿨'한 모습일지도 모르겠다. 다양성을 존중하는 사회에 살아감을 인지하고 '동성애자라는 이유로 차별받는 건 반대한다' 정도의 발언은 '쿨'하게 내뱉을 줄 아는 모습. 정작 내가 외쳐온 말들이 공허하고, 무색하게 느껴지는 순간이었다.

◆ 생활동반자법은 '다양한 형태의 생활공동체'를 '사회를 구성하는 법적 단위'로 인정하자는 게 취지. 이 법이 제정되면 생활동반자는 서로 법적 보호자가 될 수 있다. 2005년 10월 국가인권위원회는 혼인, 혈연, 입양으로만 형성된 건강가정기본법에 다양한 가족과 가정의 형태를 수용할 수 있도록 정비하라고 권고한 바 있다.

착한 대화 콤플렉스

'혹시 호모포비아예요?' 무엇이 그로 하여금 이 질문을 던지게 만들었을까 종종 곱씹어본다. 술기운을 빌려 겨우 꺼내야 할 만큼 그가 많은 순간을, 목구멍까지 차오른 말을 꾹꾹 눌러야 했다는 뜻일까. 기어이 그 질문이 입 밖으로 나온 순간부터 얼마간의 정적이 흐르는 동안 그의 안에 떠돌았을 무수한 말을 상상해 본다.

내가 겪어본 적 없는 세계에 시선을 돌리는 건 생각보다 많은 애정을 필요로 하는 일이었다. 운이 좋게도 나는 애정을 꾹꾹 담아 오랫동안 묵혀 두고 싶은 관계를 가질 수 있었기에 가능한 일이기도 했다. 있는 그대로 나를 드러내기 위해 '혹시 당신이 나를 싫어할 가능성이 있을까요?'라는 질문을 먼저 꺼내야 하는 일은 생각할수록 잔인한 가정이다.

이름이 붙여져야 정체성을 드러낼 수 있는 사회

무지개를 일곱 가지 색이라 처음 말한 사람은 누구일까. 분명한 건 한국인은 아니라는 점이다. 오색 무지개라는 단어가 말해주듯 한국에서 무지개란 흑, 백, 청, 홍, 황의 색을 가진 이름이었다. 혹자는 색채의 학문이 발달하지 않았기 때문이라 말한다. 그러나 노랑색 한 가지에도 누리끼리, 노르스름, 노랑 노랑,

누우런, 노르칙칙과 같은 언어를 구사한 선조들의 세상에 무수한 색의 정서가 이미 존재했음을 안다.

멕시코 원주민 마야인들에게 무지개는 검은색, 하얀색, 빨간색, 노란색, 파란색으로 이루어진 존재다. 아프리카에서는 부족에 따라 무지개를 두세 가지, 많게는 서른 가지 색으로 구분한다. 무려 707가지 색으로 표현할 수 있다는 무지개를 빨, 주, 노, 초, 파, 남, 보라는 익숙한 음절이 정답인 것처럼 살아가는 건 80억 인구 가운데서도 소수에 해당한다는 의미다.

오랜 시절부터 완도의 어민들은 불어오는 방향에 따라 바람에게도 각기 다른 이름을 붙여주었다.7 동풍은 샛바람, 동남풍은 샛마파람, 남풍은 마파람, 남서풍은 늦마파람, 서풍은 늦바람, 북서풍은 늦하누, 북풍은 하누, 북동풍은 높하누. 발음할 때마다 입안에서 바람이 불어오는 듯한 이 이름들은 어민들에게 날씨를, 배의 방향을, 그날의 안위를 결정해주었던 것이다.

하얀 눈으로 뒤덮인 땅에서 평생을 살아간 이누이트족은 내리는 눈과 바람에 휩쓸려온 눈, 녹기 시작한 눈, 땅 위에 있는 눈, 단단하게 뭉쳐진 눈을 서로 다르게 구분했다. 미묘하게 달라지는 차이를 다양한 언어로 마주한다는 건 작은 개체, 물성 하나하나에도 정체성을 부여한다는 의미와 연결된다.

이렇게 한번 명칭이 붙은 존재들은 이름이 곧 정체성이 된다. 한번 생겨난 이름은 쉬이 지워지지 않는다. 사고의 자유로

움은 어디까지나 그 이름 안에서 이루어진다. 오로지 내가 가진 언어 안에서 내가 속한 세계를 판단하는 일이 이어진다. 그렇기에 이름이 붙여진다는 건 다채로운 세계를 바라보는 눈을 주는 것과 동시에 그 세계를 국한해버리는 한계, 둘 다를 의미한다.

'언니, 혹시 호모포비아예요?'라는 질문엔 다수라는 권력이 소수에게 부여하는 정체성의 편견이 오롯이 담겨있다. 호모포비아, 동성혼, 퀴어, 레즈비언, 게이와 같은 단어들이 생겨난다는 건 다르게 바라봐야 한다는 시선이 더해져 있음을 의미한다. 그렇다면 과연 그 다름은 다양성의 다름일까, 차별을 위한 다름일까. 사람이 사람을 좋아하는 자연스러운 행위를 규정짓기 위한 언어가 필요한 이유는 무엇일까.

다름을 찾기 어려운 아이들

영국 BBC에서 사회적 편견과 관련해 재미있는 실험'[8]을 했다. 둘씩 짝지은 아이들에게 제작진이 퀴즈를 내는 것. 서로 다른 피부색과 인종, 장애를 가진 아이들에게 질문이 던져진다.

"너희 둘이 서로 다른 점이 뭔 거 같아?(What makes you two

different from each other?)"

질문을 던지고 한참 지나도 아이들은 여전히 고개를 갸우뚱거린다. 골똘히 몰두하는 표정이지만, 도무지 답을 모르겠다는 얼굴. 한 아이가 '유레카'를 외치는 표정으로 답한다.

"저는 양상추를 싫어했었는데 이제는 좋아하고요."

다른 친구가 말한다.

"저는 양상추를 전혀 안 좋아해요!"

또 한 아이가 말한다.

"얘는 칩을 좋아하고 나는 초밥을 좋아해요. 서로 좋아하는 음식이 달라요!"

옆에 있던 아이는 그보다 맞는 말은 없다는 듯 크게 고개를 끄덕거린다. 기어이 답을 찾아내는 아이들이 있는가 하면 끝끝내 답을 찾지 못하고 정적을 만들어내는 아이들도 있다. 영상을 시청하는 어른들은 목구멍까지 넘어온 말들을 잠시 삼킨다. 그

착한 대화 콤플렉스

리고 떠올린다. 내가 지목하고자 하는 차이점은 무엇이었을까. 무엇을 가려내기 위한 이름이었을까. 어쩌면 처음부터 그런 언어들은 필요 없었던 걸지도 모르겠다.

말을 배우기 전, 아이들은 세상을 그림으로 받아들인다. 이름 없는 세계는 동그랗거나 세모이거나 혹은 기다랗다. 빨간색이거나 하늘색이거나 혹은 알록달록하다. 쪼개고, 베어내서 이름을 붙이지 않은 단계. 형언할 수 없는 아이들의 세상엔 그저 눈앞에 펼쳐지는 그림들이 존재할 뿐이다. '빨주노초파남보를 모른 채 보는 무지개는 얼마나 온전하고 아름다울까'.9

맞춤형 사회에 남겨진 언어들

퍼스널 컬러, MBTI, 오마카세⋯⋯.
나에게 쏙 맞는 것들에 익숙해지는 사이
알아갈 기회는 점점 잃어간다.
이대로 괜찮을까?

2023년 2월, 나에게 새로운 이름이 생겼다. '겨울 쿨톤'이다.
퍼스널 컬러◆ 진단 결과였다. 채도가 높은 색이나 베이지, 브라
운 톤은 손에 넣을 수 없는 색채 영역이 되었다. 진단표를 건네
던 원장은 '카키색을 입지 말라'는 조언을 덧붙여 왔다. 옷이며
신발이며 카키색에 가장 먼저 손을 뻗고 마는 나에겐 청천벽력
같은 진단이었다. 내가 좋으면 입는 거지, 퍼스널 컬러 따위. 처

◆ 퍼스널 컬러는 얼굴에 가장 어울리는 색을 찾는 미용 이론을 뜻한다. 피부 톤에 어울
리는 색을 봄, 여름, 가을, 겨울 계절별로 나누어 웜톤과 쿨톤으로 구분 짓는다. 진단
결과에 따라 잘 어울리는 색조 화장품과 장신구를 찾는 데도 활용이 가능하다. 잘 맞
는 컬러를 진단 받으면 메이크업부터 패션까지 모든 면에서 탈바꿈하듯 변신을 이루
어 낼 수 있다는 말에 혹하고 만다. 그 후로 내가 선택하는 색조들은 오로지 퍼스널
컬러에 근거하게 되었고, 색채의 세계에서 선택의 폭은 퍽 좁아졌다.

착한 대화 콤플렉스

음엔 별 신경을 쓰지 않고 지냈다. 그러나 점점 옷장 속 카키색 야상 점퍼, 니트를 더 이상 찾지 않게 되었다는 걸 체감했다. 과학적인 정밀 진단이 아니란 걸 안다. 하루쯤 카키색 입는다고 큰 지장이 생기는 것도 아니다. 그럼에도 상대적으로 덜 어울리는 색을 입을 마음이 자연스레 사라진다는 것. 맞춤형 문화가 암묵적으로 새겨버린 경계선은 이렇듯 조심스럽게 올라온다.

퍼스널 컬러, MBTI, 오마카세, 알고리즘……. 모든 건 개개인에 맞춰진 형태로 진행된다. 나에게 맞는 걸 찾는다는 건 나의 가장 자연스러운 모습과 걸맞은 형태를 선택하게 된다는 것. 동시에 다양한 정보를 누리는 대신 특정 세계 안으로 더욱 깊숙하게 파고 들어가 그 외의 세계와는 접점이 사라진다는 뜻이다. 내가 좋아하고, 익숙해하고, 지향하는 세계에 둘러싸여 사는 것. 알고리즘을 제공하는 플랫폼과 다를 바 없다.

모든 건 비슷한 방향으로 흘러간다. X(트위터)에서 비슷한 성향의 사람들이 쏟아내는 말을 매일같이 둘러보게 되는 것. 특정 온라인 커뮤니티의 일관된 시선으로 시시각각 변하는 사회를 접해가는 것. 늘 비슷한 종류의 영상만이 나의 유튜브 세상을 장악하는 것. 그 안에서 소비되는 유희 콘텐츠 역시 늘 결을 같이 한다는 것. 결국 나를 둘러싼 세상만이 온 세계의 전부라 느끼는 데까지 그리 오랜 시간이 걸리지 않는다. 착각의 오류를 범하는 일이 반복되면서 착각은 점점 진실처럼 느껴진다. 알고

리즘에서 탈락한 세계를 알아갈 길이 사라지고, 새로운 경험은 기회조차 주어지지 않는다.

퍼스널 컬러는 지독한 폐쇄성을 가진 온라인 세계에서 벌어지는 일에 비하면 소소한 일상이다. 그럼에도 내가 거금을 주고 옷을 사야 하는 일이 생긴다면 상대적으로 카키색을 고를 확률은 낮아진다. 립스틱을 고를 때 선정 기준은 '겨울 쿨톤'이 된다. 한정된 범주 안에서 고민하게 된다는 뜻이다. 과감한 색을 바르는 모험은 끝났고, 실패를 넘어선 호기로운 선택은 줄어든다. 효율성은 좋아질지언정 시야는 좁아진다. 선택적 편의를 제공받는다는 건 곧 지극히 협소한 세계에서 살아감을 의미한다. 우린 종종 그것을 망각하고 지낸다.

과몰입 속에 남겨진 언어들

사라진 접점은 쉽게 갈등을 낳는다. 비대면으로 활동하는 시간이 늘어나면서 나와 다른 이를 마주할 기회가 사라졌기 때문이다. 그런 보이지 않는 장벽 너머에 어떤 세상이 펼쳐질지 유쾌하게 보여주는 프로그램이 있다. 2024년 초, 웨이브에서 방영한 〈사상검증구역 : 더 커뮤니티〉다. 이름에서 유추할 수 있듯이 프로그램은 서로 다른 커뮤니티에 속한 사람들을 하나의 커

착한 대화 콤플렉스

뮤니티로 모아놓은 설정이다. 접해볼 기회가 없었던 사람, 평생 살아도 만날 일 없을 듯한 사람 열두 명이 한 공간에 모인다. 이들을 대상으로 9일 동안 생존게임이 진행된다.

가장 기본이자 중요한 전제가 있다. 이들이 살아가는 공간에 시계가 존재하지 않는다는 점이다. 의도한 장치다. 시간은 개인의 경험을 계량화할 수 있다는 점, 시계가 없다는 건 시간 감각이 유동적으로 흘러간다는 점, 내가 처한 상황이나 겪는 감정을 스스로 통제할 수 없는 과몰입 상태가 된다는 점. 제작진은 이러한 장치를 통해 참가자들이 가장 자연스럽게 상황에 몰입할 수 있는 환경을 조성한다. 상대가 누구인지, 어떤 성향인지, 직업은 뭔지, 어디에 사는지, 정보가 전무한 상황에서 오롯이 '인간'으로 바라볼 때, 과연 무엇이 달라질까.

1일 차부터 4일 차까지는 매일 같은 일상이 반복된다. 낮에 수익 활동을 통해 돈을 벌어온다. 화기애애한 분위기 속에서 식사한다. 사회적 가면을 쓰고 지내다 밤이 찾아오면 이들은 익명의 탈을 쓰고 키보드로 토론의 장을 펼친다. 토론 주제는 한국 사회에서 곧잘 등장해 첨예한 대립을 야기하는 문장들이다. 하나같이 '격렬하게 싸울 수 있으나 예리하게 싸울 수는 없는 질문들'이다. 매일 밤 이들은 '우리가 이렇게 다른 사람들이구나'라는 걸 체감하면서도 그다음 날 아침이 되면 또다시 하하 호호 웃고 지내는 일상을 보낸다.[10]

참가자들이 끝까지 살아남으면 마지막 날, 개인 계좌에 있는 돈을 챙겨 나갈 수 있는 구조다. 돈을 벌 때는 화합하여 공동체가 이루어 낸 수익이 되지만, 한편에선 사상 검증을 통해 서로의 사상 점수를 맞춰 상대를 죽여야 내가 살아남는 데스 게임이 펼쳐진다. 사상을 검증하여 상대방이 가진 돈을 나의 계좌로 돌려놓으려면 어쩔 수 없이 상대방과 대화를 나누어야 한다. 참가자들은 그렇게 서로를 알아가는 과정에서 인간적인 접점을 느끼기 시작한다. 서로 다르다는 걸 알면서도 얼굴을 마주할 수밖에 없기에 발견하게 되는 접점은 '누군가를 알아간다'는 시작점을 완성시켜 준다.

이 프로그램은 온라인 커뮤니티가 주가 된 세상에서 상대방이 어떤 사람인지, 어떠한 배경과 맥락을 가졌는지 전혀 모른 채 그저 한두 줄의 문장으로 부딪히고 갈등의 골이 깊어지는, 우리네 현실을 고스란히 반영한다. 포털 사이트에, 온라인 커뮤니티에 쏟아지는 댓글을 보며 과연 버스 정류장에서, 커피숍에서, 지하철에서 마주 앉은 사람을 보며, 옆 차선을 달리는 차량들을 보며 한 번쯤은 상상해본 적이 있는 질문이다. 내가 본 그 댓글은 저런 사람이 쓴 걸까. 나에게 상처를 준 댓글을 쓴 사람은 어떤 얼굴을 하고 있을까. 그러나 사실은 그저 평범한 얼굴을 한 모든 이가 댓글러일 수 있음을 추측해낸다. 마음속에서 몇 번이고 엑스자를 그었을 얼굴들을 실제로 마주했을 때. 그

착한 대화 콤플렉스

사람의 서사를 직접 그의 목소리로 들었을 때. 그때에도 과연 우리의 마음엔 변화가 없을 것인가. 여전히 미워할 수 있을 것인가. 본질적인 질문이 던져진다.

이는 프로그램을 시청한 사람들에게 정확하게 관통한 메시지이기도 했다. 제작자인 권성민 피디가 가장 반가웠다는 소감 중 하나이기도 했다. '1회, 2회를 볼 때까지만 해도 속으로 욕하던 출연자가 9회, 10회에 나올 때, 어느새 그 사람 말에 동조하는 나를 발견했다'는 말이었다. 이 같은 시청자들의 소감은 제작진이 처음 설정해두었던 전제인 '실제로 만나면 많은 게 해결된다'는 메시지를 관통한다.

페미니스트, 극우, 극좌, 여혐, 국민의 힘(당), 더불어민주당, 빈곤, 부유, 보수, 진보, 평등, 자유……. 끝없이 펼쳐지는 낱말들 가운데 이름만 들어도 치를 떠는 프레임은 존재하기 마련이다. 그러나 서로 다른 사람이 9일 동안 만들어낸 서사는 우리가 그 누구도 쉽게 판단할 수 없음을 넌지시 알려준다. 내가 알던 페미니스트가 아니었어. 불순분자가 나쁨이 아닌 다름으로 해석될 수 있는 존재였어. 평생 진보로 살아왔는데 슈퍼맨(국민의 힘)은 굉장히 호감이야. 댓글창을 가득 메운 수많은 느낌표들은 위에 적힌 프레임을 접했을 때 적어도 한 명쯤은 떠올릴 수 있는 얼굴이 생겼음을 대변한다. '이 사람은 이렇기 때문에 이렇게 행동할 수밖에 없었겠구나'. 방송은 끊임없이 납득할 여지를, 마음을 열어둘 여지를 안겨준다.

> "어떤 사람이 이해할 수 없는 어떠한 말을 할 때는 (그 나름
> 대로) 역사가 있다는 거겠죠. 물론 우리가 거기에 동의하지
> 않을 수도 있고, 그 사람과 영영 연대하지 못할 수도 있겠
> 지만요. 혹은 친구가 될 수 없을 수도 있어요. 하지만 저 사
> 람이 왜 저렇게 말하는지, 그 맥락이라도 조금 이해를 한
> 다면 만약 그 사람과 싸우더라도 조금 더 효율적으로 싸울
> 수 있는 것 아닐까요?"[11]
>
> – 권성민 PD

붕괴되는 대화 속 유일한 빛 줄기

이 프로그램에서 처음부터 끝까지 관통하는 키워드는 '사상
검증'이다. 정치, 젠더, 계급, 소수자 이슈를 상징하는 코드화된
알파벳이다. 예상과 달리 참가자들은 나와 비슷해 보이는 사람
을 경계하거나 전혀 다른 사상 코드를 가졌음에도 마음을 터놓
는 모습을 보인다. 시청자들 역시 참가자들의 움직임에 따라 마
음이 동요한다. 처음과는 달라진 시선으로 참가자를 바라볼 때
마다 애초에 기댔던 코드화된 알파벳은 점점 의미가 없다는 걸

착한 대화 콤플렉스

절감한다. 나랑 조금 다를지라도 저 사람이 말한다면 들어볼 수 있겠다, 나와 같은 코드를 가졌지만 저 사람과 같은 범주는 아니고 싶다. 어쩌면 지극히 당연한 사고의 흐름은 우리에게 단 한 가지를 알려준다. 인간은 생각보다 쉽게 마음이 이어질 수 있다는 것. 화해도 싸움도 화합도 그리 거대한 장벽을 넘어야만 가능한 건 아니란 걸 깨닫는다. 미묘한 긴장감이 맴도는 와중에도 출연자들은 끝끝내 화합을 도모한다. 누군가 제거당하는 순간에도 남은 출연자들은 입을 모아 '이런 결말만큼은 원치 않았다'고 말한다. 어떤 결말이 다가올지 모르는 미지의 세계에서도 꿋꿋하게. 지금 우리 사회에서 살아가고 있는 이들이 마음 저 아래 간직한 그런 성정처럼 말이다.

말은 곧잘 붕괴된다. 말이 붕괴하는 순간 대화는 쉽게 무너진다. 더 이상 대화로써 역할을 수행하지 못하는 셈이다. 말이 붕괴된다는 건 활자끼리 다툼을 의미한다. 서로 말끝을 붙잡고 늘어지는 순간이다. 상대방의 맥락을 그저 가늠만 한 채 문장에 기대어 시작된 다툼은 좀처럼 화해할 수 없는 선상에 이른다.

동시에 말은 서로를 가장 쉽게 재단할 수 있는 도구이자 차단하기 위한 효과적인 수단이 된다. 가장 유용한 방패이자 무거운 신뢰를 단 한 마디로 얻어올 수 있는 재산이다. 어떤 그릇에 어떻게 담느냐에 따라 전혀 다른 물성을 지닌다. 공허한 메아리가 될 수도 서로를 이어줄 매개체가 될 수도 있는 것이다.

　그렇다면 다시 말해볼 수 있다. 우리가 매일 밤낮으로 모니터 속 활자들을 향해 퍼붓던 분노와 위화감, 불쾌함들은 한낱 활자들의 다툼에 지나지 않았다는 것을. 그렇다면 이 프로그램을 관통하는 키워드인 '사상 검증'은 결국 '알아감'과 일맥상통한다.

　물론 우리 사회가 방송 프로그램처럼 흘러가진 않는다. 현실은 훨씬 거칠고 첨예하게 대립한다. 출연자들의 대화가 우아하고 교양 있게 진행될 수 있었던 건 어디까지나 방송이라는 매체이기에, 알려진 얼굴이기에 가능했던 점 또한 무시할 수 없다. 그러나 혹자의 말처럼 정치라는 것이 '어떠한 욕망과 원하는 것들 사이에서 이루어지는 조율'이라고 한다면 우리에겐 남은 희망이 있다. 여전히 서로를 알아가야 할 이유가 다분하다는 점이다.

착한 대화 콤플렉스

빈 그릇에 어떤 말을 담아낼 것인가

내가 옳다고 생각하는 것과
내가 미처 보지 못한 것.
그 사이에 생겨나는 '간극'.
괴물은 '간극'에서 태어난다.

버스 안에서 임산부석 앞에 서있는 남성을 본다. 가방에 기타에 제법 무거워 보이는 짐을 한가득 안고도 앉으려는 기색 없이 꿋꿋하게 손잡이를 잡고 서서 버틴다. 임산부석은 두 자리나 비어있었다. 물론 임산부석에 자연스럽게 앉아버리는 이 역시 반갑지는 않지만 밉지도 않다. 오죽 피곤했으면 그랬을까, 싶다. 하지만 꿋꿋하게 버티고 서 있는 남성의 모습은 어째서인지 조금 더 인상적이다. 그가 의도했을지, 의도하지 않았을지는 모른다. 확인할 길도 없고 확인할 이유도 없다. 그저 그에게서 닮고 싶은 면모를 발견할 뿐이다.

소셜 미디어의 세상은 왠지 모르게 시간이란 개념에서 조금

동 떨어진 듯 느껴질 때가 있다. 문자나 전화, 카카오톡과는 달리 인스타그램의 댓글을 달 때 시간에 대한 자각을 못하는 것이다. 그래서 종종 야심한 시각에 소셜미디어 알람 소리가 들려도 개의치 않는다. 확인도 답장도 내일 하면 되는 것이니. 게다가 난 잠들기 직전에서야 휴대폰을 매너모드에서 소리로 바꾸기 때문에 내가 깨어있는 한 소리가 울려도 크게 지장이 없다고 생각하는 편이다. 어느 날엔가 자기 직전에 매너모드를 풀었는데 하필 그 시간에 사람들이 DM(메시지)을 보내왔다. 스토리를 보고 반응을 보냈던 것인데 유일하게 단 한 명의 메시지만 알람이 울리지 않는 것이었다. 신기해서 확인해보니 그의 메시지엔 /silent(메시지 가장 앞에 붙이면 알람이 울리지 않도록 만드는 기능)가 붙어있었다. 띠링띠링 쉴 새 없이 울리는 알람 가운데 조용히 스며들었던 그의 메시지는 어떤 메시지보다도 존재감이 컸다. 스쳐지나갈 수 있는 자잘한 기능을 잘 외워두었다가 적절한 때 요긴하게 써먹는 능력 그리고 배려.

아마도 간극이란 그런 것일지도 모르겠다. 어떠한 말들로도 규정되지 않은 미세한 틈새이자 미지의 세계. 눈에 보이지도 않을 정도로 작은 여백. 열쇠가 들어가는 구멍처럼 작디 작은 것. 그 작은 여백은 어떻게 사용하느냐에 따라 불안감을 조성할 수도 마음을 열 수 있는 열쇠가 되기도 한다.

　　　　　　　　　　　　　　착한 대화 콤플렉스

간극이 만들어 내는 가해성

앞에서 언급했던 영화 〈괴물〉 이야기를 살짝 가져와본다.

> "괴물이란 무엇인가. 확실하게 눈에 보이는 형태로 존재
> 하는 '괴물'이라면 무찌르면 된다. 그러나 현실에서 우리
> 가 마주하는 괴물들은 그렇지 않은 복잡함 속에 존재한다.
> 특별한 상황을 말하는 게 아니다. 일상이 반복될 뿐인데
> 그 간극에서 '괴물'이 태어난다."[12]
>
> — 고레에다 히로카즈 감독

　내가 옳다고 생각하는 장면, 내가 미처 보지 못했던 장면. 두 장면 사이엔 간극이 존재한다. 하지만 우리는 전자가 맞을 거란 확신에 차있다. 내가 이해할 수 없거나 모른다는 이유로 배제해 버리기 때문이다. 미처 보지 못한 장면은 어느 순간 자연스럽게 편집되어 사라진다. 분명히 존재하지만 끝끝내 모습을 드러내지 못하는 것이다.

　삶의 여정 순간순간에도 간극은 존재한다. 긴 세월을 알아왔어도 상대방과 나 사이, 공유되지 않은 여백은 있기 마련이다. 그러나 곧잘 그 여백은 내가 다 알고 있다는 착각으로 메워진다. 영화에서 엄마 사오리가 미나토에게 끊임 없이 자신의 시선을 관

철했던 것처럼 부모와 자식 간에도 상대를 나와 동일시하려는 시도는 수없이 반복된다. 내가 원하는 모습, 내가 옳다고 생각하는 모습, 내가 보고 싶은 모습 위주로 보려고 하는 것이다. 그러니 그 상대가 타인이 되는 순간 우리는 너무나도 쉽게 그 간극을 메우려 든다. 우리 사이에 거리가, 틈이, 공백이 있다는 걸 용납할 수 없기에.

간극을 메우려는 힘은 때때로 강력하다. '우리에게는 모든 것을 서로 다른 두 집단, 나아가 상충하는 두 집단으로 나누고 둘 사이에 거대한 불평등의 틈을 상상하는 거부하기 힘든 본능이 있'[13]기 때문이다. 본능에 가깝다시피 한 이 강력한 마음은 내가 알고 있는 적극적인 지식이 지극히 옳다고 판단될 때 체계적인 오답을 만들어낸다는 치명적인 허점이 있다. 한스 로슬링은 《팩트풀니스》에서 양극으로 나뉜 대부분의 판단은 사실과 거리가 먼 범주에 있다는 걸 통계를 통해 알려준다. 많은 이들이 틀린 답을 옳다고 착각하며 살아간다는 의미다. 저자가 책에서 소개했던 몇 가지 퀴즈를 가져와봤다.

Q. 오늘날 세계 모든 저소득 국가에서 초등학교를 나온 여성은 얼마나 될까?

A. 20%

B. 40%

C. 60%

Q. 세계 인구의 다수는 어디에 살까?
A. 저소득 국가
B. 중간 소득 국가
C. 고소득 국가

Q. 지난 20년간 세계 인구에서 극빈층 비율은 어떻게
바뀌었을까?
A. 거의 2배로 늘었다
B. 거의 같다
C. 거의 절반으로 줄었다

순서대로 정답은 C, B, C. 응답자 중 평균 7%, 9%, 7%가 정답을 맞추었다. 열 명 가운데 아홉 명이 틀렸다는 뜻이다. 저소득 국가에서 여성의 60%가 초등학교를 나왔고, 전 세계 9%가 저소득 국가에 살며, 지난 20년간 세계 인구에서 극빈층 비율은 절반으로 줄었다는 걸 저자는 통계를 근거로 설명한다.

'둘로 나뉜 세계에서 다수가 비참하고 결핍된 상태로 살아간다는 생각은 그야말로 착각'14에 불과하다. 놀라운 건 이 문제들이 지구상의 삶에 대해 알아야 할 아주 기본적인 사실이라는 점이다. 그럼에도 대부분의 사람은 이를 간과하고 쉽게 판단한다고 그는 지적한다.

"우리는 이분법을 좋아한다. 좋은 것과 나쁜 것, 영웅과 악

인, 우리나라와 다른 나라. 세상을 뚜렷이 구별되는 양측으로 나누는 것은 간단하고 직관적일 뿐 아니라, 충돌을 암시한다는 점에서 극적이다. 우리는 별다른 생각 없이 항상 그런 구분을 한다."15

— 한스 로슬링 외, 《팩트풀니스》, 김영사, 2019

간극의 무한한 가능성이 열린다면

간극은 무궁무진하게 대입할 수 있는 언어다. 단순하게 접목해 본다. 이를테면 사랑도 간극에서 시작된다. 어쩌다 가방에 우산이 들어있었을 뿐인데 그날따라 비가 내렸고 마침 가지고 있던 우산을 같이 쓰자는 A에게 B는 반한다. B는 비 예보를 확인하고 우산을 챙기는 A의 섬세함에 반한 것이다. 고작 우산 하나로도 사랑은 시작될 수 있다. 그게 착각이든 오산이든 B에게는 중요치 않다. 확인할 수 없는 우연도 인연이기에.

간극은 마음을 끌어당기는 자석과도 같다. 한 사람을 만나 감정이 무르익을 때까지 예열 시간이 필요하다. 우산 하나에도 갑자기 타오르는 사랑이 있는가 하면 천천히 조금씩 올라오는 사랑도 있으니까. 분절된 시간 사이사이 C와 D는 매번 엇갈린다. 엇갈림이 반복되면 기다림이 발생한다. 기다림은 또 다른 형태의 설렘이 된다. 결국 엇갈림이라는 이름의 간극은 설렘으로 변질되기도 하는 것이다.

영화 〈올빼미〉를 만든 안태진 감독이 수상 소감을 말하며 울먹거렸다.

> "〈올빼미〉 관련해서 어느 블로그에 쓰인 글을 봤습니다. 우리 류준열 배우가 연기한 경수에 대한 내용이었는데요. 주인공 경수의 선택은 역사에 기록되지 않았다는 내용이었습니다. 맞습니다. 우리들 대부분의 선택은 역사에 기록되지 못하죠. 그렇게 기록되지 못한 것과 기록된 것 사이의 간극이 제 상상력을 자극했던 것 같습니다. 우리 대부분의 선택은 역사에 기록되지 않겠지만, 우리들의 선택이 역사를 만들어가는 거라는 얘기를 하고 싶었습니다."
>
> – 안태진 감독(제44회 청룡영화제)

생방송으로 그의 모습을 지켜보며 난생처음 알게 된 간극의 가능성에 나 또한 울컥했다. 그가 말하는 간극은 기록된 것과 기록되지 못한 것 사이의 무한한 공간. 정의되지 않은 것, 표현하지 못한 것, 누군가의 힘으로 흔적조차 없이 사라지는 것. 내가 알고 있는 것과 모르는 것의 사이, 말과 말 사이 언제든 비집고 들어올 놀라운 존재를 의미했다.

〈올빼미〉는 낮에는 맹인, 밤이 되면 희미하게 앞이 보이는 주맹증 침술사가 소현세자의 죽음을 목격했다는 설정으로 시작되는 영화다. 소현세자는 병자호란(1636) 때 청나라에 인질로 끌려갔다가 돌아온 지 두 달 만에 죽는다. 그의 죽음은 《인조실록》에 아래와 같은 의미심장한 문장으로 기록되었다.[16]

> "세자는 본국에 돌아온 지 얼마 안 되어 병을 얻었고 병이 난 지 수일 만에 죽었는데, 온몸이 전부 검은 빛이었고 이목구비의 일곱 구멍에서는 모두 선혈이 흘러나오므로, 검은 멱목(幎目)으로 그 얼굴 반쪽만 덮어놓았으나, 곁에 있는 사람도 그 얼굴 빛을 분변할 수 없어서 마치 약물에 중독되어 죽은 사람과 같았다."[17] (1645년 6월 27일)

문장에 존재하는 간극이 오늘날 〈올빼미〉를 만들어 냈다. 간극의 부재가 폭력을 만드는 세계가 있는 반면 간극의 부재로 과거와 현재의 다리가 만들어지는 세상도 존재한다.

간극 [명사]

- 사물 사이의 틈
- 시간 사이의 틈

착한 대화 콤플렉스

• 두 가지 사건, 두 가지 현상 사이의 틈

사이 간(間), 틈 극(隙). 어쩌면 우리가 간극을 자꾸 메우려는 마음엔 틈(隙)이라는 한자가 구멍, 흠, 결점을 의미하기 때문이 아닐까. 구멍 난 양말, 결점투성이, 벌어진 틈처럼 무언가 멋대로 공간이 생겼다는 사실은 흔히 미지의 두려움, 무지에서 오는 불안감을 안겨준다. 간극이란 단어에서 여백이 느껴지는 건 무한한 가능성과도 연결될 수 있음을 의미한다. 갈피를 못 잡는 마음, 두려움에서 용기로 바뀌어가는 순간, 강한 부정이 강한 긍정으로 연결되는 시간. 쉽게 정의를 내릴 수 없는 간극은 때때로 우리를 좀 더 나은 모습으로 만들어내는 여정이 되기도 한다.

부정의 언어가 사라진 세계에서

━━━━

뾰족하게 날을 세워야 이길 수 있다는 착각.
우리의 대화는 때때로 상대방을 찌르기 위해 존재하는 것처럼 날카
롭다. 그러나 승자도 패자도 없는 대화도 있다. 그 비결은 뭘까?

무언가를 금지하는 공적 언어는 대체로 강렬하다. '처벌합
니다' '과속 금지' '절대 금지' '징역 또는 벌금에 처함' '단 한 번
의 졸음, 모든 것을 잃습니다' '과속, 졸음운전. 목숨을 건 도박입
니다'. 지금 당장 멈추지 않으면 큰일이 벌어질 것 같은 기세로
다가온다. 경각심을 심어주기 위해서다. 누가 누가 더 단단하고
강력한 언어를 써낼 것인가, 경쟁이라도 하듯 나부끼는 금지 현
수막들 가운데 실소를 자아내는 문장이 있다.

'그렇게 바쁘면 어제 오지 그랬슈!'

착한 대화 콤플렉스

충청 지역에 붙은 과속 방지 현수막. 이색 현수막으로 온라인에서도 한창 떠돌았다. 충청도식 화법은 언제나 즐거움, 웃을 거리를 안겨주곤 했다. 간접적으로 돌려 말하고, 의중이 모호하다는 이유로 답답하다는 목소리도 있지만, 들여다볼수록 이 특유의 화법이 시사해주는 메시지는 현명하고 선명하다.

짜장면을 주문할 때 조금 빨리 갖다주었으면 하는 마음을 담아 말한다.
'우덜 3일 굶었슈.'

그럼에도 늦게 나오면 이리 말한다.
'허이고, 명 짧은 놈은 이번 생에 밥도 못 먹거따.'

드디어 나온 짜장면. 그러나 단무지가 빠졌다.
'요즘 단무지 값 많이 비싸유?'

한참 먹다 머리카락이라도 나온다면 주인장을 부른다.
'사장님 이건 서비스유?'

짜장면에 고기가 없어 서운하다면 비건이 되어본다.
'냅둬유~ 오늘부터 채식만 할라니께.'

그럼에도 고기가 씹고 싶다면 이렇게 말해본다.
'괜찮혀~ 햇바닥 한번씩 씹으면 도ㅑ.'

맛이 영 성에 차지 않으면 긍정을 찾는다.
'몸에는 좋것지? 좋을꺼여~ 맛이 이러니께.'

급기야 단무지를 극찬하기 시작한다.
'이 집은 단무지 맛집이여.'

결코 맛이 없다 말하거나 맛없게 만든 주인을 탓하지 않는다.
'아부지는 외식을 지양헌다'

짜장면 하나를 가지고도 충청도 화법은 무궁한 갈래를 뻗어
나간다. 전 세계에 소문이 나버린 한국의 빨리빨리 문화. 모든
게 빠르게 돌아가는 한반도이지만, 그 한가운데 충청도에서만
큼은 느림의 미학이 더해진다.

사진 찍어주는 이가 한참 뜸을 들이면 천천히 말한다. '이러
다 영정 사진 되겠슈~.' 느리게 출발하는 앞차를 보며 이유를 찾
아낸다. '신호등 색깔이 맘에 안 들어서 그려~.' 내가 탄 차량이
조금 빨리 달린다 싶으면 이렇게 묻는다. '목적지가 황천이여?'
다른 차량이 위험하게 속도를 낸다 싶으면 그의 안위를 걱정한

착한 대화 콤플렉스

다. '저거는 곧 하느님 만나것네.'

　불편함과 서운함을 직접적으로 표현하지 않는다. 결코 쉬운 일이 아니다. 안 돼, 하지 마, 싫어. 쉽게 금지하고 부정해버리는 화법에서는 찾아볼 수 없는 여유가 있다. 밥이 너무 질어 먹기 불편해도 이리 말할 뿐이다. '아가야, 이건 장화 신고 먹어야 거따~.'

　통 연락 없던 자식이 오랜만에 전화를 걸어온다 '어뜨케, 손가락 부러진 덴 다 나슨겨?'

　사고뭉치에게도 그저 좋은 점을 찾는다. '놔두유~, 그래도 애는 착혀.'

　운전할 때 매너 없이 끼어드는 차를 향해 창문을 내린다. 여기까진 서울과 비슷하다. 시원하게 욕 한 사발 쏟아낼 것 같은 얼굴로 이렇게 말한다. '뭐여~.'

　폭우 속 택시를 타고 무사히 목적지에 도착했을 때 기사에게 '감사합니다, 기사님'이라 인사를 건네자 기사가 '아이, 선장이라고 불러~'라고 대답했다는 이야기에 경이로움을 느꼈다. 유머러스함, 재치, 순발력과 같은 좋은 것들을 어디 보따리에 쟁여두기라도 한 듯 충청도식 화법은 파도 파도 새로운 언어가 등장한다.

　이러한 충청도 화법은 누구도 소외하지 않는다. 모두 같이 살자며 활자들이 말하고 있다. 혹자의 말처럼 속 터져 죽을지언정 날카로움에 찔려 죽을 일은 없다는 의미다. 다 각자의 사정이 있겠지, 그럴만한 이유가 있었겠지. 공감은 자연스럽고, 쉽게 이루어진다. 조금 답답하면 답답한 대로 살아가는 걸 결코 용납하려 하지 않는 사회에선 매우 이해할 수 없는 장면일 테다. 전화를 걸면 즉각 받아야 하고, 나를 부르는 메신저에 칼답으로 응답하는 세상. 빠르고 신속하게 돌아가지만, 가끔은 그 속도에 지친 스스로를 발견하는 세상. 사람을 살려내는 말의 가치가 그 어느 때보다 빛난다는 걸 체감하는 요즘이다.

물론 이러한 데엔 지리적 배경도 한몫한다. 국토 전체 면적 가운데 약 65%가 산지에 달하는 한반도 땅에서 충청도는 유독 여유롭다. 예로부터 평야가 넓고, 강이 흐르고, 토지가 비옥하여 넉넉한 이가 많았다. 팔도 사투리 가운데 가장 부드러운 말이란 평가를 받기도 한다. '충청도 사투리는 정치적으로나 지정학적으로 대립 구도를 형성하고 있지 않다'며 '은유적 화법이 상대방으로 하여금 거부감을 갖지 않게 하고 무장해제 시키는 마력이 있다'는 주창윤 교수의 말[18]처럼. 충청도의 말에서 때로 숨통이 트이는, 어떠한 해방감을 종종 느끼곤 한다.

착한 대화 콤플렉스

익살의 고장, 오사카

한때 국내 개그맨 가운데 충청도 출신이 열 명 중 세 명에 달한다는 통계가 있었다. 어쩌면 이러한 은유적인 화법에서 나오는 재미, 해학, 풍자의 묘미가 다소 연관이 있는지도 모르겠다. 충청도식 완곡 화법은 곧잘 교토의 그것과 비교 대상에 놓이곤한다. 의중을 알 수 없다는 까닭이다. 그러나 상대에게 끊임없이 눈치를 줘서 알아차리게끔 말하는 교토의 화법은 해학 그 자체인 충청도의 화법과는 조금 차이가 있다. 오히려 실생활의 언어와 유머러스함을 같은 선상에 놓고 본다면 오사카의 화법이 떠오르기도 한다.

일본 예능인(개그맨) 열 명 중 네 명은 오사카 출신으로 알려졌다. 공공연한 사실이기도 하지만, 일반 시민들의 화법도 곧잘 방송에서 소개되곤 한다. 대화를 유머러스함으로 귀결시키는 화법이다. 한 방송[19]에서 제작진은 무턱대고 오사카를 찾는다. 닥치는 대로 시민들을 만나 질문을 던진다.

"상대방이 '너 바지 지퍼 열렸어'라고 지적한다면 뭐라고 대답할 건가요?"

바지 지퍼가 열린 걸 상대방이 알려준다면 조금 쉽게 예상해

볼 수 있는 말은 '고마워'였다. 지퍼가 열렸다는 건 어디까지나 정보 전달의 기능이니까 상대방 역시 최대한 은밀하게, 민망하지 않게 알려줄 것이기 때문이다. 그러나 제작진이 만난 오사카 사람들은 하나같이 똑같은 답을 내놓는다.

"열어둔 건데?"

신기하게도 다들 다른 답이 딱히 없다는 반응. 제작진은 궁금해진다. '보통은 창피하니까 알려줘서 고맙다고 하지 않나요?' 이번엔 오사카 시민들이 궁금해한다. '고맙다고요? 고맙긴 한데…… (익살스럽게 웃으며) 하지만 열어둔 건데?' 그리고 폭소를 터뜨린다. 왜 열어두는 것이냐, 고 되받아 친 제작진에게 시민들은 이렇게 답한다. '환기시키려고…….'

어디까지가 농담이고 어디까지가 진담인지 알 수 없는 이들의 화법은 '재미'에 초점이 맞춰져 있다. 재미는 곧 유쾌함이자 여유로움이다. 창피하기야 하겠지만, 곧 죽어도 상대방을 웃겨야 직성이 풀린다는 것. 일상적인 대화를 나누더라도 유머가 없다면 그건 대화로 인정할 수 없다는 설명이 덧붙었다. 민망한 실수도, 지적을 할만한 포인트도 웃음으로 승화시킨다. 틈새조차 '찬스'라 불리는 곳. 나에게 어떤 말이 건네져도 내가 상대방에게 어떻게 돌려주는지에 따라 실패는 얼마든지 찬스로 바꿔

낼 수 있다는 의미였다.

　오사카 화법은 무슨 말이든 웃기게 하려는 데에 목적을 두진 않는다. 오히려 '진실을 전달하는 방법엔 여러 가지가 있다'는 데에 초점을 둔다. 사실을 전달하더라도 상대방이 싫어할 수 있기에 화자가 말하는 방법을 고민해야 한다는 뜻이다. 실패는 찬스로, 민망함은 개그로, 말 한 마디에도 곳곳에 쿠션을 넣어 서로 자연스러운 대화가 오갈 수 있게 만드는 여정. 웃음으로 승화하지만, 결코 상대방도 나도 낮추지 않는 화법이다. 말끝에 웃음이 터져나오는 대화엔 승자도 패자도 없기 때문이다.

결코 다른 언어로 번역할 수 없는
고유의 언어

갖은 말을 고르고 골라도 충분하지 않을 때
어떤 말로 위로를 건네야 할지 모를 때
한껏 감정이 충만하게 차오를 때
우리는 이렇게 말해본다.

"할머니가 자꾸 아이코 씨를 찾아요."

할머니를 돌보던 도우미가 어느 날 가족을 찾아온다. 할머니는 일제 강점기 때 일본으로 건너온 교포 1세. 알츠하이머 환자였다. 낯선 이름에 가족들은 당황한다. 사돈에 팔촌까지, 아이코라는 이름을 가진 사람은 없다. 그러나 점점 아이코를 찾는 할머니가 늘어나기 시작했다. 그제야 가족들은 알게 된다. 할머니가 찾는 아이코는 어릴 적 한반도에서 들어온 '아이고'라는 것을. 고령화가 진행되어 점점 일본어를 잊어가는 할머니들이 오랜 기억에서 꺼내든 단어는 '아이고'였다.

착한 대화 콤플렉스

교토에 있는 재일교포 노인복지시설 '에루화'가 생겨난 배경이다. 재일교포 3세에서 4세로, 4세에서 5세로 넘어갈수록 이들이 한국어를 사용하는 빈도는 현저히 줄었다. 가족들은 할머니 입에서 쏟아져나오는 고국 말을 알아들을 길이 없었다. 한국어를 할 줄 몰랐던 일본인 간호 직원 역시 이해할 도리가 없었다. 점점 고립되어가는 재일교포 1세를 위해 동포 도우미를 교육하고, 고용하기 시작한 곳이 '에루화'다. 즐겁고 기쁠 때 사용하던 옛 우리말 감탄사에서 가져왔다. 할머니들의 '아이고(원통함)'를 '에루화(기쁨)'로 바꿔놓자는 취지에서 만들어진 이름이다.

평생 까마득한 기억 속 묻혀있던 '아이고'가 그렇게 어느 날 갑자기 수면 위로 떠올랐다. 재일교포 사회에선 한동안 묻혔다 다시 기억되기 시작한 말이었다. 발음이 비슷하다는 이유로 정체 모를 아이코 씨를 찾아다녔다는 직원들의 에피소드는 웃음조차 지어보일 수 없는 비통한 아이고의 역사를 대변한다. 어머니도 아니고, 아버지도 아니고, 왜 하필 아이고였을까. 감히 가늠해 볼 수 없는 70년의 역사가 세 글자에 담겨 있다.

아이고, 아이고

아이고는 쉽게 전염된다. 도쿄에서 한국식 야키니쿠집 아르

바이트할 때, 전체 직원 스무 명 가운데 한국인은 점장과 다른 아르바이트생 두 명 그리고 나까지 네 명이었다. 점장은 가게 안에 들어온 순간, 모두가 일본어로만 대화할 것을 고집했다. 혹여라도 다른 직원들이 오해하거나 소외당할 수 있음을 고려한 처사였다. 나를 비롯한 한국인 아르바이트생들은 점장의 지시에 따랐다. 그렇게 모두가 일본어를 쓰는 와중에도 유일하게 존재하는 한국어가 있었으니, 그것은 '아이고'였다. 시작은 점장이었다. 제아무리 일본어로만 대화한다 한들 저도 모르게 나오는 추임새는 어쩔 수 없었다. 발주를 잘못해도 아이고, 종업원이 실수로 물잔을 엎질러도 아이고, 술에 취한 손님이 비틀거려도 아이고, 단골손님이 나눠 먹으라며 사온 간식을 받을 때도 아이고. 시도 때도 없이 흘러나오는 아이고 소리에 다들 조금씩 전염되기 시작한 것이었다.

> "아이고~ 오쓰카레사마데시타(고생하셨습니다)."
> "아이고~ 이타소다네(아프겠다)."
> "아이고~ 욧파랏타네(취했나보구나)."
> "아이고~ 가와이이쟝(귀여워라)."

신기한 건 아이고의 뜻을 물어본 이도, 가르쳐준 이도 없다는 점이었다. 어린아이가 언어를 배우듯 점장이 '아이고'를 연발

할 때마다 끊임없이 귀로 흘러들어간 탓인지, 언제부터인가 직원들이 덩달아 아이고를 연발하기 시작했다. 아이고~ 하고 어미를 살짝 늘려주는 억양은 물론이요, 적재적소에 딱딱 등장하는 쓰임새도 절묘하게도 맞아떨어졌다. 그러니 아이고는 일종의 언어이자 문화였다. 새로 들어온 일본인 아르바이트생은 영문도 모르고 아이고 사용법을 자연스레 익혀갔다. 이들의 아이고는 비단 점장을 따라 하는 추임새만이 아니었다. 처음엔 장난 삼아 시작했을지언정 어느새 입에 짝짝 달라붙어버린 그 끈덕끈덕한 억양에 다들 동화되어가고 있었다.

나에게 '아이고'란 타인의 죽음으로 다가온 언어였다. 시골로 이사가 살던 초등학교 2학년 때 이웃집 할머니가 돌아가셨고, 상여를 멘 동네 사람들이 서서히 멀어져가는 걸 한참 바라보았던 날. 그들의 상여소리에서 아이고의 의미를 어렴풋이 짐작했다. 할머니 외롭지 말라 불러주는 노래구나. 소리가 끝끝내 안 들리는 순간까지 바라보다 알게 되었다. 할머니 가는 걸 알려주는 노래였구나. 시작은 원통함일지언정 '아이고'엔 남겨진 사람들을 살게 하는 힘이 있다는 걸 이제는 안다. 끝없이 서로를 이어주기 위한 무언의 연결고리에서 비롯된 소리라는 것도.

K-감탄사, 아이고

'아이고'는 여전히 우리 곁을 살아간다. 더 나아가 이제 미국 땅에도, 말레이시아 땅에도, 일본 땅에도 고개를 불쑥불쑥 내미는 언어가 되었다. 〈오징어 게임〉, 〈종이의 집〉을 비롯한 각종 영상 콘텐츠가 전 세계로 퍼지면서 '아이고'에 대한 관심은 나날이 커지는 중이다.

아이고 〔감탄사〕

- **아프거나 힘들거나 놀라거나 원통하거나 기막힐 때 내는 소리**
- **반갑거나 좋은 때 내는 소리**
- **절망하거나 좌절하거나 탄식할 때 내는 소리**

그러나 이러한 사전적 의미만으론 '아이고'를 설명해 낼 수 없다. 영어의 'Oh my(이런)' 'OMG(Oh, my god!의 줄임말)' 'geez(헐, 대박처럼 놀라움, 분노, 성가심을 표현하는 말)', 일본어의 'まあ(어머, 어머나, 정말 등 의외의 기분을 나타내는 말)' 'あら(어머, 감동하거나 놀랐을 때 내는 소리)' 같은 단어들도 '아이고'로 표현되는 심정을 담아내진 못한다. 한 일본어 사이트엔 '아이고'에 대한 풀이가 이렇게 정리되어있다.

착한 대화 콤플렉스

"'아이고'는 감정, 마음이 동요했을 때 형언할 수 없는 심정을 일단 뭐라도 입 밖으로 내보내야 할 때 쓰입니다. 그렇기에 실제로 사용하는 한국인도, 사실은 무의식으로 입에서 나와버리는 느낌의 소리가 많은 걸지도 모릅니다. 그러나 무심코 사용하면 조금 오버하는 사람 같은 인상이 될 수 있어요."[20]

역사적인 맥락을 빼놓고 설명할 수 없겠지만, 찾아본 답변 가운데 가장 명쾌한 설명이었다. 감정이나 마음이 동요할 때 말 그대로 형언할 수 없는 심정을 뭐라도 입 밖으로 내보내야 할 때 쓰는 말. 그러나 결코 어떤 언어로도 번역할 수 없는 고유의 언어.

'아이고'에 담긴 우리의 마음들

숱한 세월 한반도에서 소리 내어 불렸을 수많은 '아이고'를 상상해본다. 빼앗긴 역사, 상실과 애환, 설움과 억울함. 한반도를 관통해온 뼈아픈 역사는 '아이고'라는 세 글자에 오롯이 담겨 있다.

소중한 이를 떠나보낸 사람들은 땅바닥을 치며 '아이고'로 통곡을 대신한다. 남겨진 이들은 '아이고'를 함께 부르며 여생을 기약한다. 가까운 이가 안타까운 일을 당했을 때 그리 긴 말을 건네지 않고도 당신의 고통을 통감하고 있다는 뜻이다. '아이고'를 받아든 이들은 '아이고'를 돌려준다. 당신의 마음을 잘 받았고, 고맙다는 뜻을 담는다. 비통함 속에 탄생한 '아이고'일지라도 주고받을수록 그 고통을 조금씩 희석시켜 나아가는 힘을 가진 언어가 '아이고'다. 눈에 넣어도 아프지 않을 손주를 향해 할머니는 함박웃음을 지으며 '아이고'를 외친다. 그 이상의 말이 필요할까. 사랑하고 또 사랑한다는 마음을 전달할 수 있는 최상의 언어는 '아이고, 내 새끼'가 아닐까. 애정이 가득 담긴 '아이고'를 듣고 자라난 아이들은 또다시 내리사랑의 대상을 향해 '아이고'를 외친다.

우리는 '아이고' 안에서 살아가는 사람들이다. '아이고'는 모든 상황을 수긍하고, 상대를 있는 그대로 긍정한다. 지금 당신의 곁에 내가 있다는 언어이자 곁에 있어 주어 고맙다는 화답이다. 그 어떤 화려한 화술로도 전할 수 없었던 이야기가 고스란히 전해지는 세 글자.

한 번도 '아이고'라는 말을 의도적으로 발음해본 적은 없다. 의식하지 않아도 절로 터져 나오는 말이기에. 활자로 치자면 말줄임표와 같은, 하지만 말줄임표가 때때로 100마디 말보다 낫

착한 대화 콤플렉스

다는 걸 우리는 안다. 그래서일까. 말들의 전쟁에서 지치는 날이면 하염없이 '아이고' 소리가 쏟아져 나온다. 오랜 역사를 가진 이 단어가 내게 말해주는 듯하다. 사실 마음을 전달하는 데엔 그리 긴 말이 필요한 게 아니라고. 말로는 다 담지 못할 그런 마음들도 있는 거라고. 그러니 말 한 마디에 너무 일희일비하지 말라고.

미주

1부 내 선의가 무례가 되는 사회

1 김승섭, 《타인의 고통에 응답하는 공부》, 동아시아, 2023년.

2 《훈민정음》 공표일 (음력 1446년 9월 10일)

3 이어령, 《뜻으로 읽는 한국어사전》, 문학사상사, 2018년, 11~12쪽.

2부 말은 잘못이 없다, 쓰임이 잘못됐을 뿐

1 김성우, 캣츠랩 연구위원, #지극히주관적인어휘집, 개인 블로그.

2 〈"아줌마" 호칭에 격분…소녀 머리채 잡은 중년여성〉(서울신문, 2020.11.15.)

3 〈'망언의 아이콘' 아소 "日 외무상 아줌마인데 잘하네"〉(서울신문, 2024.01.29.)

4 〈"아가씨인데 아줌마?" 30대女 격분…지하철 흉기 난동 전말〉(머니투데이, 2023.03.04.)

5 〈사회적 소통을 위한 언어 실태 조사〉(국립국어원, 2017년)

6 〈'가녀장의 시대' 이슬아 작가②, 가상 캐스팅을 했을 때 가장 먼저 떠 오른 배우〉(씨네21, 2022.11.10)

7 〈'가녀장의 시대' 이슬아 작가②, 가상 캐스팅을 했을 때 가장 먼저 떠 오른 배우〉(씨네21, 2022.11.10)

8 정이현, 〈삼풍백화점〉, 《현대문학상 수상소설집》, ㈜현대문학, 2006년, 11쪽.

9 김훈, 《허송세월》, 나남, 2024년, 34쪽.

10 이어령, 《뜻으로 읽는 한국어사전》, 문학사상사, 2018년, 205쪽.

11 퀴브라 귀뮈샤이, 《언어와 존재》, 시프, 2023년, 21쪽.

12 The Guardian, 〈Weird Foreign Words Every Traveller Should Know〉

13 Stowaway Magazine, 〈Kuuk Thaayorre: An Endangered Language with the Right Direction〉

14 퀴브라 귀뮈샤이, 《언어와 존재》, 시프, 2023년, 206쪽.

15 퀴브라 귀뮈샤이, 《언어와 존재》, 시프, 2023년, 34쪽.

16 퀴브라 귀뮈샤이, 《언어와 존재》, 시프, 2023년, 48쪽.

3부 낡은 단어에 물음표를 던질 때

1 〈남편 여동생의 남편은?…알아두면 좋은 친척 호칭〉(KBS, 2016.09.15)

2 〈"도련님·아가씨" 대신 "OO씨·동생"은 어떨까요?〉(KBS, 2018.09.25)

3 《우리, 뭐라고 부를까요?》(국립국어원 언어 예절 안내서, 2020)

4 〈치매 용어에 대한 대국민 인식조사〉(보건복지부, 2021)

5 〈치매 인식도 평가도구 마련 및 조사 연구 보고서〉(중앙치매센터, 2021)

6 '마음의 흐림과 마주하다', 〈시사기획 창〉(KBS)

7 김지혜, 《선량한 차별주의자》, 창비, 2019년, 13쪽.

8 김지혜, 《선량한 차별주의자》, 창비, 2019년, 13쪽.

9 〈韓国で10万人動員,「万引き家族」のタイトルが変更された理由〉(문예춘추 온라인, 2018.08.10)

10 〈힐러리 경 에베레스트 첫 등정 함께 했다, 92세 네팔 산악영웅〉(조선일보, 2023.11.30)

4부 말이 어려운 시대를 살아가는 우리의 자세

1 「F는 이래서 안 돼」, 유튜브 채널 『빠더너스』

2 「드디어 만난 뱀뱀의 소울메이트! 종이인'형' 주우재」, 유튜브 채널 『뱀집』

3 〈지자체도 MBTI에 빠졌다?…관광지 추천·행정 지표 활용〉(경향신문, 2024.02.11)

4 〈우리지역 MBTI는?…인구감소 51곳 'INTP'〉(세계일보, 2024.09.24)

5 〈'지역특성 MBTI'로 지역이 희망하는 맞춤형 정책수립 지원한다〉(행정안전부 보도자료, 2024.04.24)

6 〈'네이버 어벤저스' 지금은 클로바X 육아 중…MBTI 'F' 한스푼 넣은 AI〉(디지털데일리, 2023.09.29)

7 〈바람과 물때 이야기〉(한겨레:온, 2021.01.05)

8 BBC 어린이 채널 『CBeebies』(https://www.cbeebies.com)

9 김진해, 《말끝이 당신이다》, 한겨레출판사, 2021년.

10 〈「안담의 추천사」 극단이 가장 넓다 - 사상검증구역: 더 커뮤니티〉(채널예스, 2024.02.21)

11 〈사상검증구역: 더 커뮤니티〉, 유튜브 채널 『천재이승국』

12 〈怪物とは日常の隙間から生まれる何か 映画「怪物」の是枝裕和監督 脚本の坂元裕二と異色のタッグ〉(中國新聞デジタル, 2023.06.03)

13 《팩트풀니스 : 우리가 세상을 오해하는 10가지 이유와 세상이 생각보다 괜찮은 이유》, 한스 로슬링, 김영사, 2019년, 36쪽.

14 《팩트풀니스 : 우리가 세상을 오해하는 10가지 이유와 세상이 생각보다 괜찮은 이유》, 한스 로슬링, 김영사, 2019년, 45쪽.

15 《팩트풀니스 : 우리가 세상을 오해하는 10가지 이유와 세상이 생각보다 괜찮은 이유》, 한스 로슬링, 김영사, 2019년, 56쪽.

16 〈세자의 죽음을 맹인이 목격했다면?…역사에 상상 더한 '올빼미'〉(중앙일보, 2022.11.16)

17 《조선왕조실록》(국사편찬위원회, 인조23년 6월)

18 〈'소년시대', 충청도 사투리 불패신화 이어간다〉(뉴스핌, 2024.01.16)

19 〈비밀의 현민(県民) SHOW〉 : 지역을 찾아다니며 그 지역에서만 볼 수 있는 매력을 발견하자는 컨셉인 일본 방송 프로그램.

20 〈韓国語「アイゴ（아이고）」の意味は？正しい使い方をわかりやすく解説〉(K Village 韓国語, 2020.04.15)

착한 대화 콤플렉스

착한 대화 콤플렉스

초판 1쇄 인쇄 2024년 11월 01일
초판 2쇄 발행 2025년 1월 15일

지은이   유승민
펴낸이   이소영
디자인   디스커버
모니터단   박혜주, 신나래, 임영이, 천희원, 하다인

펴낸곳   투래빗
주소   서울시 도봉구 방학로 3길 13, 3층
전화   070-4506-4534
팩스   050-4360-6780
이메일   2rbbook@gmail.com

© 유승민, 2024

ISBN 979-11-984741-8-6 03800